Reshad Feild

Wissen, dass wir geliebt sind

Reshad Feild

Wissen, dass wir geliebt sind

Das Siegel des Derwischs

Autobiografische Trilogie
Zweiter Teil

Aus dem Englischen von
Jochen Eggert

Chalice Verlag

Die englische Originalausgabe erschien
1979 bei Harper & Row, New York, NY, USA
unter dem Titel *The Invisible Way*

Die deutsche Erstausgabe erschien
1980 im Eugen Diederichs Verlag, München
unter dem Titel *Das Siegel des Derwisch*

Überarbeitete deutsche Neuausgabe

Bildmaterial für Umschlag und Frontispiz:
basexxx / iStockPhoto und Alois Alexander
Buchgestaltung: Robert Cathomas
Herstellung: Books on Demand GmbH
Printed in Germany

ISBN 978-3-942914-12-3

All denen gewidmet,
die den Mut haben, den Weg
der Wahrheit zu gehen

Inhalt

Weil ich liebe,
Führt ein unsichtbarer Weg über den Himmel,
Vögel reisen diesen Weg, Sonne und Mond,
Und alle Sterne wandern diesen Pfad bei Nacht.

Weil ich liebe,
Strömt ein Fluss die ganze Nacht.

Weil ich liebe,
Strömt der Fluss die ganze Nacht in meinen Schlaf,
Zehntausend Lebewesen schlafen in meinen Armen
Und wachen schlafend und ruhen strömend.

Kathleen Raine

Prolog

EIN PHÄNOMEN, DAS NIE AUFHÖREN WIRD, MICH ZU FASZI-nieren, ist die Zeit. Mein Leben war so ereignisreich, dass sein Verlauf mir im Rückblick erbarmungslos festgelegt erscheint, mag ich es auch oft anders betrachtet haben. Meine Bestimmung zeichnete den Weg vor. Immer wieder versuchte ich, ihr zu entrinnen, ergab mich stattdessen einem blinden Schicksal und fand mich fortgetrieben mit dem Strom der Schlafwandler, die diese Welt niemals wirklich bewohnten und auch ihre unglaubliche Schönheit nicht sahen. Erst als das Leben immer quälender und meine Unzulänglichkeit überdeutlich wurde, erlangte ich die Fähigkeit, mich einer Macht zu unterwerfen, die viel größer war als ich. Es war ein Experiment am lebenden Objekt, bei dem ich mein eigenes persönliches Leben, oder was ich dafür hielt, für ein ungewisses Ergebnis aufgab, das die einzig mögliche Art zu leben geworden war.

Die Bestimmung winkt und kommt uns entgegen, und die Lebensumstände werden zu einem Prüfstein für unsere Fähigkeit, bewusst an der Entwicklung der Menschheit mitzuwirken. Vorbereitung und Offenheit sind notwendig, um die Stimme hören zu können, um den Sprung ins Unbekannte zu tun, um uns der Liebe selbst auszuliefern. Zögern wir zu lange, so verlaufen wir uns im Labyrinth des Geistes – und die Lampe des Wissens, die uns durch die Gefahren menschlicher Verblendung und Eigensinnigkeit führt, erlischt.

Nicht viele sind gerüstet, dieses Experiment durchzuführen, denn die Liebe verlangt von uns, alles zu opfern, letzten Endes sogar das Leiden selbst. Früher oder später, und sei es erst am Ende unseres Lebens, werden wir alle mit der Erkenntnis konfrontiert, dass »der Verstand nicht die Kraft hat, der Liebe Ausdruck zu verleihen«, und dass wir das Leben nur finden, wenn wir die Illusion sterben lassen, von der einen Wirklichkeit getrennt zu sein.

Dieses Buch ist die Geschichte einer Liebe – einer Liebe, die sich dem Tod stellt. Zu wissen und zu akzeptieren, dass dieser Körper stirbt, dass dies die einzige Zeit ist, die wir haben, ist die mächtigste Waffe, die wir jemals besitzen können. Mit diesem Wissen kann für uns ein leidenschaftliches Leben beginnen, in dem wir keinen Augenblick der kostbaren Zeit mehr vergeuden, die uns zugeteilt ist, und uns dankbar in die Unmittelbarkeit des Lebens stürzen. Wir arbeiten jetzt für die Zukunft der Menschheit, und wenn wir wissen, dass wir geliebt sind, wird die Zeit auf unserer Seite sein.

Vancouver, Kanada
Dezember 1978

Eins

DIE HERAUSFORDERUNG, DIE DAS LEBEN UNS BIETET, FÜHRT uns in viele und unterschiedlichste Situationen, wenn wir uns ihr ehrlich stellen. Einen der wichtigsten Abschnitte meines Lebens verbrachte ich mit Reisen, die mich immer wieder in die Türkei führten. Ich war dort gewesen, um bei den wirbelnden Derwischen zu lernen, und hatte einen Mann getroffen, der mein spiritueller Lehrer wurde. Im Lauf der Jahre hatte ich viele Länder der Erde bereist, vom Fernen Osten durch Indien und Pakistan und dann hoch hinauf in die nördlichen Provinzen von Gilgit und Chitral, und überall hatte ich die verschiedenen Aspekte der Esoterik studiert. Wie viele andere suchte ich nach einem wirklichen Ziel und wollte das Wesen des Lebens aufdecken.

Die Zeit, die ich in der Türkei verbrachte, war so erfüllt, dass es mir nach meiner Heimkehr nach London schwer fiel, meine Erfahrungen mit dem täglichen Leben zu verknüpfen. Immer wieder führte mich die Erinnerung zurück in Situationen, die mir einen Geschmack von etwas vermittelt hatten, das größer war als alles, was mir sonst in westlichen Kulturen begegnet war. Mir wurde klar, dass meine Aufgabe darin bestand, in die Praxis umzusetzen, was ich gelernt hatte. Aber nach der ersten Begeisterung merkte ich bald, dass mein Verständnis ziemlich an der Oberfläche geblieben war. Das war einer der schwierigsten Abschnitte meines Lebens. Doch trotz des Gefühls der Trennung und des Verlusts, das meine Abreise aus der Türkei begleitete, gab es eine unnachgiebige Kraft, die mich in Bewegung hielt.

Zu erkennen, wie wenig wir über das Leben wissen, ist keine schlechte Sache. Für mich war es eine tiefgreifende Erfahrung, die Energien erzeugte, zu denen ich früher keinen Zugang hatte. Sie zwang mich, Tag für Tag eine innere Frage zu stellen, die mir immer mehr Gelegenheit gab, zu einem tieferen Verständnis zu kommen. Ich begriff, dass der spirituelle Weg keine Flucht war, sondern eine Reise ins Leben. Waren die Wahrheiten, die ich erfahren hatte, erst sorgfältig erprobt, so stellte sich heraus, dass sie überall und unter allen Umständen galten. Wie konnte es anders sein, wenn das, was ich gesehen und erlebt hatte, wirklich war? Vielleicht hatte mein Lehrer das vor Augen, als er mir für die Zeit nach meiner Abreise aus der Türkei verschiedene Aufgaben stellte, deren letzte mich nach Mexiko führte.

Es war Monsunzeit, über die unbefestigten Straßen strömte der Schlamm, und die Skorpione suchten vor dem Regen im Haus Unterschlupf. Ich hielt mich in einem bemerkenswerten Dorf namens Tepoztlán auf, das nicht weit südlich von Mexico City liegt. Seine Geschichte geht bis in die Aztekenzeit zurück, und in den umgebenden Hügeln sprechen die Leute immer noch die uralte Sprache Nahuatl. Über dem Dorf erheben sich hohe Berge, wo eine dem aztekischen Gott des Windes, Tepozteco, gewidmete Pyramide steht. Es war ein sehr schöner Ort, doch spürte man zugleich mit dumpfem Unbehagen die Unterströmung einer verborgenen, primitiven Welt der Magie.

Wie mir aufgetragen worden war, hatte ich in Tepoztlán eine kleine Gruppe versammelt. Es war ein Experiment, das zeigen sollte, ob eine Gruppe engagierter Leute lernen konnte, zusammenzuleben und die inneren Lehren anzuziehen, die der jeweilige Moment erforderte. Mehr oder weniger waren alle mit der Idee vertraut, dass es innerhalb der Welt des für uns Sichtbaren noch andere Welten gibt. C.G. Jung hatte dies im Zusammenhang mit seiner Theorie des kollektiven Unbewussten und des Prinzips der Synchronizität entdeckt. Viele Mitglieder unserer Gruppe waren Psychologen oder Philosophiestudenten. Sie hatten herausgefunden, dass es Überreste dieses Wissens von anderen Welten gab, das in den abgelegeneren Dörfern Mexikos und auf dem ganzen südamerikanischen Kontinent noch angewandt wurde.

Ich wurde damit konfrontiert, als ich kurz nach meiner Ankunft eines Morgens bei Sonnenaufgang den Berg zur Pyramide hochkletterte. Man hatte mich davor gewarnt, allein zu gehen, denn es kursierten in der Gegend Geschichten über Leute, die ein plötzlich einsetzender heftiger Wind von dem steilen Pfad gefegt hatte, als sie sich dem Gipfel näherten. Ich hatte die Geschichten als Aberglaube abgetan und den Rat nicht wirklich ernst genommen.

Dreißig Meter unterhalb des Gipfels versperrte ein Eisengitter einen Spalt im Fels; man musste hindurch, um zur Pyramide zu gelangen. Nachts wurde es verschlossen, aber der Wärter war meist schon vor Sonnenaufgang da. Heute Morgen, die Sonne erschien gerade über den Bergen, war das Gitter noch zugesperrt und von dem Mann keine Spur.

Müde und enttäuscht setzte ich mich hin. Ohne ersichtlichen Grund befiel mich eine überwältigende Angst. Und dann erhob sich der Wind. Er kräuselte sich um meine Beine und fegte über die Felsen, wobei er riesige Säulen aus Staub vom Weg hochwirbelte. Ich hatte die haarsträubende Empfindung, vom Pfad heruntergezogen zu werden, weg von der schützenden Felswand und über den Rand des Abgrunds. Ich musste meinen ganzen Willen aufbieten, um nicht der entfesselten Naturgewalt zu unterliegen. Ich keilte mich in die Felsen und stemmte meine Füße gegen die Wurzeln eines Baums. Über mir hörte ich, wie der Wind brüllend durch das Gitter brauste.

Endlich beruhigte sich der Wind, und als ich mich so weit erholt hatte, dass ich mich an den Abstieg machen konnte, stand die Sonne schon hoch am Himmel. Auf halbem Weg traf ich den Gitterwärter. Er entschuldigte sich und sagte, seine Frau und seine beiden Töchter seien plötzlich krank geworden und er habe nicht gewagt, sie allein zu lassen; eine Stunde später sei ihr Unwohlsein allerdings wieder verschwunden.

Tief in Gedanken ging ich weiter den Pfad hinunter. Ich versuchte, das alles einfach als ein verrücktes Erlebnis mit logischen Ursachen zu betrachten, aber das befriedigte mich nicht, und mir wurde klar, dass ich wohl ein bisschen gedankenlos gehandelt hatte. Bestanden daran noch Zweifel, so wurden sie schon eineinhalb Wochen später bei einem der regelmäßigen abendlichen Treffen meiner kleinen Gruppe zerstreut.

Der Regen trommelte auf das Dach und stürzte an den Mauern herunter auf die Straße. Ohne Vorwarnung bemerkte ich plötzlich draußen vor dem Fenster Flammen. Zwei aus unserer Gruppe gingen sofort nach draußen, um zu sehen, was los war. Als sie um die Hausecke kamen, sahen sie gerade noch zwei Männer, die in der Dunkelheit verschwanden. Die Flammen beleuchteten die Rückseite des Hauses; sie stiegen von einer *veladura* auf, einem kleinen Holzkohlebrenner, auf dem vier weiße Eier in einem Bett aus Gras und Kräutern brannten. Offenbar war das Ganze mit Kerosin übergossen und angesteckt worden.

Das Feuer war bald gelöscht, und wir nahmen unsere Diskussion wieder auf. Aber irgendetwas lag in der Luft; wir hatten ein mulmiges Gefühl und konnten uns nicht konzentrieren. In dieser Nacht konnte ich nicht schlafen. Am Morgen besuchte ich einen Freund, der schon viele Jahre in dieser Gegend lebte, und fragte ihn um Rat. Auch er machte nach meiner Geschichte ein nachdenkliches Gesicht.

»Das ist eine äußerst ernste Sache«, sagte er. »Du darfst die Macht dieser Leute niemals unterschätzen. Sie wirken primitiv, das stimmt, aber ihre Schamanen besitzen ein Wissen, das seit Tausenden von Jahren mündlich überliefert wird. Wie es scheint, bist du in ihr Terrain eingedrungen, und jetzt werden sie aktiv. Du gehst besser augenblicklich nach Mexico City, wo ich jemanden kenne, mit dem du dich treffen solltest.«

»So ernst kann es doch wohl nicht sein«, sagte ich. »Ich meine, Eierverbrennen kann einem doch nicht wirklich schaden, oder? Außerdem will ich sowieso in zwei Tagen nach Kalifornien.«

»Ich bitte dich, tu, was ich sage«, erwiderte er. »Mach unterwegs in Mexico City halt. Es kann dir nur nützen, und du wärst dumm, würdest du die Zeichen ignorieren. Die örtlichen Zauberer glauben, dass die wahre Gestalt lebender Dinge im Ei zu finden ist, und Eier sind hier in Heilkunde und Magie sehr gebräuchlich.«

Bei meinem Studium der esoterischen Heilweisen unter den Druiden Englands hatte ich davon schon gehört, und mit dem überall in der Natur gültigen Axiom »Wie oben, so auch unten« war ich wohlvertraut. Außerdem hatte mein Lehrer mir erklärt, nachdem ich vor Jahren Zeuge gewesen war, als er einen Mann, den ich kannte, auf sehr unkonventionelle und eindrucksvolle Weise geheilt hatte, das Ei sei das Symbol einer unsichtbaren Matrix, aus dem die Schöpfung fortwährend hervorginge.

Der Mann hatte seit vielen Jahren an selbstmordträchtigen depressiven Anfällen gelitten und war angewiesen worden, in den vierundzwanzig Stunden vor unserem Besuch ein weißes Ei bei sich zu tragen. Dann hatte er das Ei meinem Lehrer ausgehändigt, der es sorgsam mit einem Gebet beschrieb und dann an der Stirn des Kranken zerbrach. Nach einiger Zeit war der Mann geheilt, aber als ich meinen Lehrer bat, mir zu erklären, weshalb diese Methode notwendig gewesen war, sagte er nur, das Ganze sei ebenso für mich wie für den Kranken gewesen. »Die Antwort liegt im Ei«, hatte er hintergründig gesagt. »Und vergiss nicht, ich weiß, was sie anlockt.«

Jahre später, als ich viele solcher Heilungen gesehen hatte, verstand ich, worauf er abgezielt hatte: Wer sich von solchen Phänomenen faszinieren lässt, schränkt sich auf dem Weg der Wahrheit ein.

Nichts hätte mich jetzt dazu gebracht, mich mit dieser Art des Heilens in Mexico City abzugeben, aber mein Freund beharrte darauf. Ich verbrachte einige Zeit damit, ihn und mich davon zu überzeugen, dass wirklich kein Anlass bestand, etwas zu unternehmen. Schließlich willigte ich ein, die Heilkundige zu besuchen, die er empfohlen hatte. Ich erhielt noch die Anweisung, vor Sonnenaufgang bei dem Haus am Rande von Mexico City zu sein, da es dort kein Telefon gab und mancher schon über acht Stunden gewartet hatte, bis er an der Reihe war. Wie bei der Heilung in London musste ich ein weißes Ei mitbringen, das ich vorher vierundzwanzig Stunden bei mir getragen hatte.

Ich überredete einen israelischen Freund, der in der Stadt wohnte, mich hinzufahren. Ich hätte keinen Ungeeigneteren fragen können als Samuel, denn er interessierte sich überhaupt nicht für diese Heilkunst oder für irgendwelche übersinnlichen Dinge, war vollkommen orthodox erzogen worden und engagierte sich aktiv für die jüdische Gemeinde in Mexico City. Es kostete einige Überredungskunst, aber schließlich – aus Jux, nehme ich an – sagte er, er würde mitkommen.

»Bring doch auch ein Ei mit«, sagte ich. »Ich meine, ein bisschen Heilung kann doch keinem von uns schaden...«

Am nächsten Morgen brachen wir mit unseren weißen Eiern bewaffnet vor der Morgendämmerung auf. Samuel hielt seines im Schoß, ich meines in der Hand. Kurz bevor wir ankamen, schüttelte ich mein Ei.

»Samuel«, sagte ich, »irgendwas stimmt hier nicht. In meinem Ei klappert was.«

»Mach dich nicht lächerlich«, sagte er. Er hielt sein Ei ans Ohr. »Das darf doch nicht wahr sein! In meinem auch.« Als der Tag dämmerte, fuhren wir an dem Gelände einer Ölraffinerie vorbei und bogen in eine schmale Straße ein. Dampfwolken quollen aus den Kanalgittern hoch in die Schatten der Dämmerung.

Wir klopften an die Tür des Hauses, zu dem wir geschickt worden waren. Sofort wurde uns von einem Mann geöffnet, der uns auf Spanisch begrüßte. »Kommen Sie rein«, sagte er freundlich. »Sie sind sicher der Herr, der morgen nach Los Angeles fährt. Ich will sehen, dass Sie nicht länger als eine Dreiviertelstunde warten müssen.« Ich war verblüfft; von mir konnte er das nicht wissen, und es gab auch keine andere Möglichkeit, wie er es hätte erfahren können.

Er ließ uns eintreten; drinnen war es so dunkel, dass die Augen einige Zeit brauchten, bis sie sich an das spärliche Licht gewöhnt hatten. Unser ungutes Gefühl verschwand jedoch sofort, als unsere Aufmerksamkeit von dem in Anspruch genommen wurde, was wir dann sahen. Wir standen in einem gut zehn Meter langen Flur; zu beiden Seiten warteten Männer, Frauen und Kinder so dicht gedrängt, dass man sich kaum hindurchzwängen konnte. Ich sah mich um und bemerkte, dass jeder ein weißes Ei in der Hand hielt.

Am anderen Ende trennte ein Vorhang das Zimmer der Heilerin von der wartenden Menge auf dem Flur. Ununterbrochenes Murmeln war zu hören. Es klang wie »Herr Jesus Christus, möge mir vergönnt sein, die Sünden dieses Menschen auf mich zu nehmen; möge das Gift in das Ei gelangen.«

Ich stieß Samuel den Ellbogen in die Rippen. »Siehst du, was ich sehe?«, flüsterte ich. Aber seine Brille war beschlagen, und er sah vermutlich gar nichts. »Sieh dir die Vögel an!« In der Fülle der ersten Eindrücke hatte ich gar nicht bemerkt, dass die Wände von Vogelkäfigen gesäumt waren. Dutzende von Vögeln sangen und zwitscherten, Körner und Federn rieselten auf die Köpfe der Leute darunter. Ich zählte achtunddreißig Käfige.

Samuel nahm die Brille ab und putzte sie sorgfältig. »Der Himmel weiß, was um alles in der Welt wir hier machen«, sagte er, »und ich bin auch noch Jude!«

Der Mann, der uns eingelassen hatte, holte uns bald wie versprochen ab. Er nahm mich bei der Hand und führte uns durch die wartende Menge zu dem Vorhang am anderen Ende des Korridors. Ich bemerkte, dass viele Leute leise beteten und manche ihre Rosenkränze durch die Finger gleiten ließen. Im Zwielicht des Flurs stachen die weißen Eier wie Signallichter hervor.

Wir wurden aufgefordert, noch einen Augenblick draußen zu warten. Dann kam der Mann wieder heraus, und wir traten in das kleine Heiligtum ein. Ich weiß nicht, was mich zuerst traf, die alterslose Schönheit der Frau, die vor mir stand, oder das absonderliche Sammelsurium von Dingen in diesem Raum. Die Luft war zum Schneiden dick von einem traditionellen mexikanischen Weihrauch, der aus dem Harz des Kopalbaums gemacht wird. Durch den Rauch erkannte ich eine Reihe von Regalen, auf denen halb mit Wasser gefüllte Gläser standen. In jedes war ein Ei hineingeschlagen worden. Aber das waren keine normalen Eier. Manche waren schleimig grün, manche schwarz, manche wolkig, und durch den Weihrauch hindurch drang ein schrecklicher Fäulnisgeruch. Auf dem Tisch links neben mir befanden sich ein Kreuz, ein goldbronzierter Plastikbuddha, eine ausgestopfte Klapperschlange und ein ausgestopftes Alligatorenbaby. An den Wänden lauter Christusbilder, aber keins von der Jungfrau Maria. Ich spürte, wie Samuel zitterte.

»Geben Sie ihr das Ei«, sagte der Mann. Er stand neben Samuel, und ich war heilfroh, nicht als Erster dranzukommen.

Samuel reichte der Frau sein Ei. Ich konnte meinen Blick nicht von ihr abwenden. Sie konnte jedes Alter zwischen vierzig und fünfundsiebzig haben. Ihr Gesicht war vollkommen rein und frei von jeder Ichhaftigkeit. Sie wirkte fast geschlechtslos. Sie nahm Samuel das Ei aus der Hand und begann ohne weitere Erläuterungen wieder mit ihrem Singsang, während sie mit dem Ei über seinen Körper strich. Sie berührte ihn nicht wirklich, sondern blieb zwei Fingerbreit entfernt, als rollte sie Teig aus. Dann drehte sie Samuel um, führte auf dem Rücken die gleichen Bewegungen vom Kopf bis zu den Füßen aus, machte das Kreuzzeichen und drehte ihn wieder mit dem Gesicht zu sich. Sie nahm ein halb mit Wasser gefülltes Glas von dem Tisch neben sich und schlug das Ei hinein.

Weder Samuel noch ich brachten ein Wort heraus. Aus der Schale kamen ein paar Tropfen Eigelb, die Menge eines gehäuften Teelöffels einer Substanz, die sich als Salz erwies, und eine große Menge schwarzer Asche. Kopfschüttelnd wandte sie sich uns zu und sagte: »Das ist überhaupt nicht gut, und wenn Sie das nicht bereinigen, können Sie sehr krank werden. Sie müssen sechs Wochen lang jede Woche wiederkommen, dann wird es wieder rein sein. Das Salz bedeutet Neid. Es gibt viele Leute, die Sie nicht mögen und die Sie beneiden. Das ist hier zu sehen. Die Asche stellt den Schmerz dar, den Sie in Ihrem Leben durchgemacht haben.« Dann stellte sie das Glas ins Regal und wandte sich mir zu.

In diesem Augenblick wäre ich an jedem anderen Ort der Welt lieber gewesen. Ich hatte die Eierbehandlung schon gesehen und war nicht darauf versessen, sie noch einmal zu sehen, schon gar nicht, wenn sie an mir ausgeführt wurde. Aber es gab kein Zurück mehr. Ich reichte ihr das Ei und öffnete mich dem Quell höchster Einsicht, während sie mich der gleichen Prozedur unterzog wie Samuel. Während sie es tat, hatte ich das seltsame Gefühl zu schweben – ich wusste nicht mehr genau, ob meine Füße nun tatsächlich auf dem Boden waren oder nicht.

Als sie mein Ei aufbrach, prallte sie beim Anblick seines Inhalts zurück. »*Muy malo, muy malo*«, sagte sie. »Sehr schlimm, sehr schlimm. Jemand hat versucht, Sie zu töten. Sehen Sie!«

Sehr behutsam ließ sie den Inhalt des Eies ins Glas gleiten. Zuerst kamen ein paar Tropfen Eigelb, dann eine perfekte Miniaturnachbildung eines Holzkohlebrenners, gefolgt von einer großen Menge schwarzer Asche. Ich war schockiert und sagte mir in dem Augenblick, dass meine Faszination für die elementare Welt der Magie jetzt weit genug gegangen war.

»Man hat die Eier benutzt«, sagte sie. »Da, sehen Sie die Kerze, die aus der *veladura* herausragt? Die steht für die Konzentration, die sie gegen Sie angewandt haben, und für das Feuer, das sie offenbar gelegt haben. Das ist sehr schlimm, *muy malo.* Ich werde etwas Besonderes für Sie tun müssen, aber da Sie nicht jede Woche kommen können, weil Sie nach Los Angeles fahren, wird Ihr Freund jede Woche mit einer Fotografie von Ihnen wiederkommen. Das erfüllt den gleichen Zweck.«

Damit nahm sie das Glas und stellte es an einen besonderen Platz im Hintergrund. Wir verließen das Zimmer und zwängten uns durch den überfüllten Gang, wobei wir uns das Vogelfutter vom Kopf strichen. Im Tageslicht atmeten wir auf.

»Das war ein Trick«, fing Samuel sofort an. Samuel, der unverbesserliche Skeptiker. »Sie hat ein anderes Ei im Ärmel gehabt oder so was. Das Ganze ist doch lächerlich.«

»Und der kleine Holzkohlebrenner?«, gab ich zurück. »Du kannst nicht abstreiten, dass er da war. Woher hätte sie wissen sollen, was in Tepoztlán passiert ist? Und was ist mit all dem Salz und der Asche in deinem Ei?«

Wir stritten uns auf dem ganzen Rückweg zu seiner Wohnung, aber bei aller Dramatik hatte dieses Erlebnis auch so viel Komisches, dass wir uns nicht verkrachten, sondern schließlich in Lachen ausbrachen, bis uns die Tränen übers Gesicht liefen. Was hatten auch ein Israeli, der in drei Kriegen gekämpft hatte – und das war vermutlich das Leiden, das in seiner Asche lag –, und ein englischer Ex-Antiquitätenhändler in einer Situation wie dieser zu suchen? Das Ganze war einfach lachhaft, aber Samuel erklärte sich schließlich doch dazu bereit, jede Woche mit meinem Foto hinzugehen.

In der nächsten Woche rief ich ihn von Los Angeles aus an, um zu erfahren, was geschehen war.

»Dein Ei war mit schwarzem Öl gefüllt«, sagte er.

»Was bedeutet das?«, fragte ich.

»Sie hat gesagt, es sei besser als letzte Woche und für den Anfang gar nicht schlecht.« Ich konnte fast hören, wie er die Schultern zuckte.

Sechs Wochen später rief Samuel mich in Kalifornien an, um mir mitzuteilen, dass das Ei endlich sauber war.

Als ich in Los Angeles alles erledigt hatte, was ich wollte, kehrte ich in meine kleine Wohnung und mein Alltagsleben in London zurück. Ich hatte viel aus den Erlebnissen in Mexiko gelernt, vor allem, dass wir immer wieder vor ähnliche Situationen gestellt werden, bis wir lernen, sie zu erlösen, indem wir nicht mehr nur die äußere Erscheinung betrachten, sondern uns auch dem inneren Sinn einer Erfahrung öffnen. Wir schreiben das Buch unseres Lebens selbst. Die Sache mit dem Ei war einfach ein Weg, eine Erfahrung zu machen, die ich zu der Zeit brauchte. Ich gab mir Mühe, alles aufzunehmen, was sich ereignet hatte, aber es gab immer noch viel aufzuarbeiten, schwebende Zustände in mir selbst, die noch keine Lösung gefunden hatten.

Seit unserer letzten Begegnung vor über zweieinhalb Jahren hatte ich mit meinem Lehrer nicht mehr korrespondiert. »Du hast jetzt deinen eigenen inneren Führer«, hatte er gesagt. »Es ist Zeit, zu vertrauen und in die Tat umzusetzen, was du gelernt hast.« Ich fand es schwierig, das Leben zu leben, das ich erahnen konnte, dem aber in dieser materiellen Welt so schwer Ausdruck zu geben war.

Schließlich wurde offensichtlich, dass ich in die Türkei zurückkehren musste, um einen Zyklus abzuschließen. Ich wünschte mir, noch einmal in Konya zu sein, eine Stadt in Anatolien, wo mir in einem Erlebnis, das ich nicht vergessen konnte, eine Art bedingungsloser Liebe gewährt worden war. In den sechs Monaten seit meiner Rückkehr aus Mexiko konnte ich mein persönliches Leben so weit ordnen, dass es mir möglich war, England zu verlassen und meine spirituelle Schulung wieder aufzunehmen.

Ich schrieb meinem Freund und Lehrer in der Türkei und erklärte ihm umfassend und ehrlich, dass ich nicht wüsste, was der nächste Schritt in meinem Leben sein sollte und was in dieser Zeit von mir verlangt war. Ich sprach von der Einsamkeit der Trennung von ihm, von den Schwierigkeiten, denen ich begegnet war, und bat ihn, mich noch einmal zu empfangen. Ich wusste nicht genau, wo er wohnte, aber ich hatte eine Adresse in der Türkei, über die ihn meine Post erreichen würde. Ich war sicher, dass er meinen Brief bekommen würde, und ich zweifelte nicht mehr daran, dass sich ein Weg auftun würde, wenn es so bestimmt war. Ich fing an zu begreifen, dass es bei dieser Pilgerschaft so etwas wie Zufall nicht gibt.

Zwei

DIE SCHWARZBRAUNEN EBENEN ANATOLIENS WURDEN NUR durch den Himmel und die Hügel im Norden aufgelockert. Die Stadt Konya konnte ich aus der Luft gerade erkennen. In biblischen Zeiten Iconium genannt, war Konya schon seit fast einem Jahrtausend ein Zentrum des Handels und der Gelehrsamkeit. Es war auch die Heimat von Mevlana Jalaluddin Rumi, einem der größten sufischen Dichter und Mystiker, die je gelebt haben. Man nennt ihn gern den »Pol der Liebe«, da sein Wissen von der Universellen Liebe, dem Stein der Weisen gleich, die Erkenntnis einer Vollendung jenseits der Form ermöglichte. Diese Erkenntnis galt und gilt für alle Menschen und jeden religiösen Hintergrund. Daher war Rumi zu Lebzeiten bei den Anhängern ganz verschiedener geistiger Traditionen gleichermaßen geachtet, und ich malte mir aus, dass Konya in unserer Zeit, in der die Einheit der religiösen Ideale allmählich verstanden wird, eine Art Wallfahrtsort für alle würde, denen es um das Verständnis der Grundwahrheit aller Religionen und menschlichen Bestrebungen ging.

Die Busfahrt vom Flugplatz dauerte zwanzig Minuten, und ich hielt nach den ersten Häusern und Minaretten Ausschau, mit denen sich die Stadt ankündigte. Später würden die dreirädrigen Fahrraddroschken, die Pferdekarren, Taxis, Busse, Handkarren und Fußgänger kommen. Fast kannte ich noch die Strecke durch die modernen Vorstädte und die Ruinen der Seldschuken-Medressen, oder Bibliotheken, zur Mevlana Caddesi, der Hauptstraße, die zum Grabmal und Museum Mevlanas führt.

Es ist schwer, dieses tiefe Gefühl der Ehrfurcht in Worte zu fassen, das Konya in mir auslöst, und noch schwerer, darüber zu sprechen, was ich empfand, als ich in meinem Hotelzimmer saß und mich darauf vorbereitete, meinen Freund und Lehrer zu begrüßen. Es war schwer, keine Erwartungen zu haben. Ich hatte gelernt, dass nichts jemals so sein kann, wie wir es uns ausmalen. Es ist immer etwas da, das größer ist, als wir es uns vorgestellt haben, und die Dinge entwickeln sich nicht immer so, wie wir gern möchten.

Ich war aufgestanden, als es noch dunkel war. Nach dem Bad saß ich am Fenster, wo ich den Platz vor dem Museum und die Moschee auf der anderen Seite sehen konnte. Die Dämmerung verbreitete sich über den Himmel dahinter. »*Allah-Hu akbar, Allah-Hu akbar* – Gott ist groß, Gott ist groß.« Der Ruf zum Gebet begann. Aus jeder Moschee erschallte der Aufruf an die Gläubigen, zum Gebet zu kommen. Ich sah zu, wie die letzten Leute eilig in der Moschee verschwanden. Draußen blieben nur die Straßengeräusche. Ich wollte gerade das Zimmer verlassen, als das Telefon läutete. »Ihr Freund ist da«, sagte der Concierge. »Er bittet Sie, herunterzukommen und mit ihm Kaffee zu trinken.«

Mein Lehrer hatte sich in den vergangenen Jahren überhaupt nicht verändert, und ich spürte die gleiche Liebe und Wärme wie an jenem ersten Tag, als ich ihn in dem Laden in London getroffen hatte. Wir umarmten uns ein wenig steif, und er führte mich an seinen Tisch. Zwei Tassen mit türkischem Kaffee standen schon da.

»Also, Reshad«, begann er lächelnd, »es ist lange her. Erzähl mir, wie es dir geht. Alles, was ich weiß, ist aus zweiter Hand; ich höre, du hast es nicht leicht gehabt.«

Mir fiel ein, wie er mir Prüfung um Prüfung auferlegt hatte, wahrscheinlich, um herauszufinden, ob ich ausdauernd genug war, um weiterzumachen. Ich dachte an die endlosen und anscheinend sinnlosen Erfahrungen, die ich durchgemacht hatte, und an Freude und Schmerz, die einander damals die Waage zu halten schienen.

»Warst du in Mexiko, wie ich dir gesagt hatte?«, fragte er. »Du hast nicht geschrieben, und ich habe mir Sorgen gemacht, obgleich mir klar war, dass du wahrscheinlich nicht wusstest, wie du mich erreichen konntest. Was ist da passiert?«

Ich musste ihm alle Einzelheiten erzählen: was ich gemacht hatte, wen ich getroffen hatte und so weiter. Ich hatte das schon erlebt, aber diesmal waren seine Fragen dringender. Als ich ihm von der Geschichte mit den Eiern berichtete, lachte er. »Aber ich hab doch gesagt, dass die Antwort im Ei liegt, stimmt's nicht? Ich frage mich, ob du begriffen hast.« Wir saßen eine Weile schweigend da. Ein Kellner kam und brachte frischen Kaffee.

»Gut«, fuhr er fort, »reden wir offen. Du hast mir geschrieben und gesagt, dass du mich wiedersehen möchtest, aber du hast nicht geschrieben, weshalb genau. Du hast doch sicher irgendeine Vorstellung, weshalb du gekommen bist.«

Ich tat mein Bestes, eine Antwort zu formulieren. Schließlich erklärte ich, dass ich keinen spezifischen Grund hatte, den ich in Worten ausdrücken konnte. Irgendwie hatte ich angenommen, dass sich bei unserem Zusammentreffen alles von selbst klären würde.

Während des ganzen Frühstücks unterhielten wir uns. Es war ein für den Mittleren Osten typisches Frühstück: frisches Brot, weißer Ziegenkäse, schwarze Oliven und Honig. Er fragte mich immer wieder nach weiteren Details meiner Erfahrungen der letzten beiden Jahre. Schließlich sagte er: »Ich kann einiges von dem, was du durchgemacht hast, verstehen und vielleicht sogar nachempfinden, aber du weißt sicher auch, dass wir ohne eine echte Frage im Herzen keine klare Antwort erwarten können. In der Vergangenheit hast du dich so oft einfach von dem mittreiben lassen, was gerade geschah, ohne den Ereignissen jemals die Stirn zu bieten. Was du gelernt hast, war deshalb durch einen Mangel an Klarheit begrenzt. Aber das war in Ordnung, weil dir für die richtigen Fragen noch die Erfahrung fehlte. Du hast einfach versucht, deine eigenen Theorien zu untermauern. Das war der eigentliche Grund, weshalb ich dich in dein normales Leben in England zurückgeschickt habe; du solltest eine Möglichkeit haben, etwas von dem zu verdauen, was dir in unserer gemeinsamen Zeit gezeigt worden war, um fähig zu werden, eine Frage von wirklichem Wert zu stellen. Ist das verständlich?«

»Ich denke schon«, antwortete ich. Mir wurde langsam klar, dass es bei unserer jetzigen Begegnung auf die Qualität meines inneren Fragens ankam und darauf, was ich aus meinen Erfahrungen der letzten zwei Jahre destillieren würde.

»Die Dinge haben sich gewandelt«, fuhrt er fort. »Du hast etwas mehr Erfahrung, und ich spüre, dass du gute Gründe hast, hier zu sein.« Er berührte mich für einen Moment an der Schulter und lächelte.

»Ehrlich«, sagte ich, »es kommt mir unmöglich vor, in einem Satz alle Fragen auszudrücken, die ich habe. Es gibt so viele, und so viel Zweifel. Um offen zu sein, es gibt vieles, das ich satt habe – zumindest Dinge, die mir jetzt oft genug begegnet sind. Die Sache mit dem Ei zum Beispiel. Na gut, es *gibt* also Leute, die aus einem Hühnerei Materialisationen vergangener Ereignisse hervorzaubern können. Na und? Man *kann* auf dem Kopf eines Menschen ein Ei zerbrechen, und es geht ihm *tatsächlich* besser. Na und? Hat das wirklich mit dem zu tun, was ich suche? So viel von dem, was ich zu wissen geglaubt habe, hat sich als unwirklich erwiesen. Und jetzt geht es darum, dass ich nicht weiß, in welche Richtung ich mich wenden soll. Deshalb bin ich zu dir gekommen.«

»Was du zu wissen *geglaubt* hast... Ah! Fast immer, wenn wir etwas absolut sicher zu wissen glauben, wissen wir gar nichts. Wir können nur winzige Teile der wahren Wirklichkeit kennen. Wir machen uns begriffliche Vorstellungen vom nackten Wesen der Wahrheit. In der Tradition der Sufis gibt es ein wunderschönes Sprichwort: ›Wenn du dich selbst im Spiegel siehst, betest du nur deine eigenen Gedanken an; siehst du aber Gott im Spiegel, dann sieht Gott Sich selbst in dir.‹«

Wir tranken unseren Kaffee schweigend aus; dann drehte er die Tassen um, wie ich es schon so oft bei ihm gesehen hatte. Das ist im Mittleren Osten ein beliebter Zeitvertreib; es heißt, man könne das Potenzial des Augenblicks aus dem Muster des Kaffeesatzes lesen. »Das ist wie mit dem Ei, nicht wahr, Reshad?«, sagte er lächelnd.

Als ich ihn fragte, was da im Kaffeesatz zu sehen war, sagte er: »Oh, es sieht eigentlich gar nicht so schlecht aus, wenn du die Frage finden kannst.«

Dann stand er auf und schlug einen Besuch bei den Gräbern der großen Sufi-Heiligen vor. Das war für mich nichts Neues. Als wir vom Hotel aus die Hauptstraße hinaufgingen, wusste ich, dass wir zuerst das Grab von Shams-i Tabriz besuchen würden, diesem wandernden Derwisch und Gnostiker, der vor siebenhundert Jahren die Umwandlung der Liebe in Jalaluddin Rumi herbeigeführt hatte. Shams hatte den Ruf, der größte Alchimist seiner Zeit gewesen zu sein, und er sehnte sich leidenschaftlich nach der Freundschaft mit einem von denen, die Gott nahestanden. In Rumi fand er das Ziel dieser Sehnsucht. Sie waren einander Lehrer, Mentor und Schüler, jeder war Spiegel für die Liebe und das Wissen von der Wahrheit im anderen. Als Shams von eifersüchtigen Schülern Rumis getötet wurde, läuterten Trennungsschmerz und Sehnsucht Rumis Seele so weit, dass ihm auf dem Sterbelager die Vereinigung mit Gott gewährt wurde; in diesem Augenblick gab es keinen Gott außer Gott.

Wir zogen unsere Schuhe aus und wuschen uns an dem Springbrunnen vor der Moschee. Wir traten ein und gingen still durch den schlichten, weißgetünchten Raum auf das Gitter am anderen

Ende zu. Dahinter lag das Grab von Shams-i Tabriz. Wir beteten still und öffneten uns dem Augenblick.

Pilger warteten in Schlangen im Garten, als wir wieder in den kühlen Morgen hinaustraten. Manche weinten, alle beteten. Wir gingen langsam auf das Grabmal Mevlanas zu. Keiner von uns sprach. Meine Gedanken liefen weiter; es war zu schwer, nicht an all die Male zu denken, die ich schon in Konya gewesen und den gleichen Weg gegangen war. Wie immer brannte mein Herz im Wissen um die große Liebe, die hier ihren Ausdruck gefunden hatte. Das Brennen führte mich zu der Überzeugung, dass die Heiligen, deren Gräber wir hier besichtigten, nicht einfach historische Gestalten waren. Vielmehr lebten sie durch ihr Opfer und ihre Hingabe in einer Welt jenseits von Raum und Zeit und daher auch jenseits der trennenden Mauern religiöser Formen und Überzeugungen.

Ich sprach darüber mit meinem Lehrer, während wir gingen. »Ich will es für dich mal so ausdrücken«, erwiderte er. »Wenn wir den Mut haben, uns klar zu machen, dass das Leben selbst der Lehrer ist, kann die zeitlose Wahrheit, die im Augenblick liegt, aus dem Wissen, das in den großen Büchern geschrieben steht und an heiligen Orten bewahrt wird, hervortreten. Aber zu reisen und Bücher zu studieren, und das gilt auch für die heiligen Schriften, ist ohne unsere eigene innere Erfahrung sinnlos.

Das Hauptproblem der westlichen Menschen liegt darin, dass sie immer versuchen, die Erfahrungen anderer nachzuvollziehen. Das ist lächerlich. Niemand hat je erlebt, was ein anderer gefühlt hat. Niemand kann jemals die Freude und den Schmerz eines anderen fühlen. Die Leute mögen denken, dass sie wissen, aber Denken ist eine armselige und wohl auch unintelligente Einschränkung dessen, was in jedem von uns liegt. Das mag entmutigend klingen, besonders wenn man der eigenen inneren Wirklichkeit nicht ins Gesicht schauen kann und der eines anderen nachjagen muss, aber es ist wahr. Es würde dir viel nützen, das zu verstehen. Deine Erfahrung gehört dir und meine mir.«

»Weshalb kommen dann so viele Leute Jahr für Jahr wieder nach Konya und zu anderen Pilgerorten? Heißt das, sie haben die Lektion nicht gelernt?«

»Durchaus nicht. Es ist eher wie das Meer. Du kannst schwimmen lernen, aber das Meer verändert sich ständig, und daher ist in gewisser Weise auch das Schwimmen immer anders. Es passt sich den Gegebenheiten des Wassers an. Wenn du also jemanden wie Mevlana oder Shams-i Tabriz oder zum Beispiel Jerusalem oder die Kathedrale von Chartres besuchst, dann begegnet dir etwas von solcher Tiefe, dass immer wieder neue Wahrnehmungen und tieferes Verständnis möglich sind, magst du noch so oft hingehen und noch so viel verstanden haben.

Das ist etwas, das sich fortwährend entfaltet. Du wirst darüber kontemplieren müssen, denn ich versuche hier, über Dinge zu sprechen, über die man eigentlich nicht sprechen kann. Schließlich gibt es nur einen Gott, aber Er manifestiert Sich unaufhörlich in verschiedenen Formen und Religionen, durch verschiedene Meister, Heilige und Propheten. Wir können nicht sagen, dass es zuerst keinen Gott gab und dann plötzlich doch.«

Wir bogen in die lange Straße ein, die direkt zum Grab von Mevlana führt. Die Leute warteten in langen Reihen vor dem Museum an der Moschee, und geschäftige Straßenhändler verkauften ihnen Gebetsperlen aus Plastik, Tücher, Gebetshüte und Parfümfläschchen. Scharen von Tauben kreisten darüber.

Im Innenhof des Grabmals erfüllte der Duft von Rosen die Luft, und von dem großen Springbrunnen, an dem man sich wusch, bevor man das Gebäude zum Gebet betrat, drang das Plätschern des Wassers herüber. Ich ging hinter meinem Lehrer durch das Museum, bis wir an die Stelle kamen, wo Mevlanas Körper unter einem schweren, grün und golden bestickten Tuch liegt, das die erhöhte Totenbahre bedeckt. Wir blieben lange dort; ich bat darum, von meiner Beschränktheit geheilt zu werden und die Frage zu erfahren, die an die Oberfläche zu kommen versuchte – würde sie beantwortet, so könnte sie uns vielleicht *alle* der Wahrheit näherbringen.

Wir gingen schweigend durch die verschiedenen Räume, betrachteten die erleuchteten Manuskripte und erwiesen den Männern Gottes, die dort ruhten, unsere Achtung.

Ich spürte, dass sich seit meinem letzten Besuch etwas in mir verändert hatte. Damals war ich in dem Gefühl hier gewesen, unbegrenzt viel Zeit zu haben, um die Dinge sich so entwickeln zu lassen, wie sie mussten. Aber jetzt hatte ich die ganz bestimmte Ahnung, dass die Zeit knapp war. Ob dieses Gefühl aus meinen eigenen Projektionen aufstieg oder ob andere Kräfte am Werk waren, konnte ich nicht unterscheiden.

Später saßen wir noch im Innenhof des Museums, und als mir die Zeit reif zu sein schien, sprach ich über meine Gefühle.

»Ist das für dich ein Problem?«, fragte er. »Weißt du noch, wie oft ich dir gesagt habe, dass es in Wirklichkeit keine Probleme *gibt?* Du bist so sehr von der Welt der Zeit gefangen, dass du gar nicht dazu kommst, die wirkliche Welt zu verstehen. Natürlich bleiben die Dinge nicht, wie sie sind, sondern sind im Wandel begriffen. Aber weshalb sollte das ein Problem sein? Das einzige Problem ist deine Beschränktheit – wir selbst machen das Leben so schwierig. Ich mag dieses Wort *Problem* in deiner Sprache nicht. Das ist so ein abstrakter Begriff, der nur beengt. Ich bin sicher, du bist nicht zurückgekommen, nur um alte Illusionen aufzufrischen.

Was du ›Problem‹ nennst, ist lediglich eine Situation, um die du dich nicht gekümmert hast. Das ist völlig klar. Du bist den ganzen Weg von England hergekommen, aber du weißt nicht, was du fragen sollst. Deshalb können wir nichts weiter tun, als unser Zusammensein zu genießen, denn die Bestimmung kann nur so weit wirksam werden, wie wir uns ihr aussetzen, und das wiederum hat mit der Qualität unserer Absicht zu tun.

In diesem kritischen Augenblick kommt es vor allem darauf an zu verstehen, dass *wir* uns ändern müssen. Wir können von anderen nicht erwarten, sich zu ändern, wenn wir uns nicht selbst Mühe geben. Wenn wir nicht an uns selbst arbeiten, werden wir in der äußeren Welt nur immer mehr so genannte Probleme sehen. Wenn wir diese Probleme nicht lösen können, fühlen wir uns vielleicht unfähig und sind enttäuscht, und das führt uns höchstwahrscheinlich zu Kummer und Angst. Bevor wir wissen, wo wir sind, sind wir schon entweder Fanatiker geworden oder haben uns immer weiter in uns selbst und unsere Beziehungen zurückgezogen, um der Qual zu entkommen. Verstehst du, worauf ich hinauswill? Nur indem wir uns selbst ändern, können wir das, was wir ein Problem nennen, durchschauen und sehen, was dahinter liegt. Die vernachlässigte Situation ist in uns selbst.

Wir müssen unsere Motive und Verhaltensmuster betrachten und sehen, weshalb wir wie reagieren. Wenn wir ehrlich mit uns selbst sind, kann sich etwas ändern, und dann besteht Hoffnung, die Illusion des Problems zu durchschauen.

So«, sagte er, »bist du noch immer voller Verwirrung? Was hält dich davon ab, eine wirkliche Frage zu stellen? Du brauchst tatsächlich nichts weiter zu tun, als zu fragen, was dir noch an Verständnis fehlt, was dich befähigen würde, besser zu dienen. Oder soll ich ein Ei auf deinem Kopf zerschlagen?« Er lachte.

Ich merkte, wie ich immer aufgeregter wurde. Natürlich wollte ich die Frage wissen, aber mir war nie der Gedanke gekommen, dass die Mehrheit der so genannten Fragen, die ich bisher gestellt hatte, einfach nur spontane Bitten waren. Sie beruhten nicht wirklich auf Erfahrung und Studium. Nach Jahren der Schulung konnte ich die Frage jetzt sozusagen in mir *spüren,* aber ich konnte einfach nicht die richtigen Worte finden. Ich war völlig frustriert. Schmerzhaft sehnte ich mich danach, etwas zu wissen, das mein Leben und vielleicht das meiner Nächsten verändern konnte. Ich ärgerte mich über mich selbst. Warum fand ich nicht die Worte, die diese Sehnsucht ausdrücken konnten?

Wir saßen immer noch im Innenhof. Menschen betraten in ununterbrochenem Strom das Museum. Von der Moschee am Platz erklang eben wieder der Aufruf zum Gebet.

Meine Gedanken verknäuelten sich, aber mein Lehrer bemerkte, was los war. »Die Antwort zu finden, ist nicht so kompliziert, Reshad, aber die genaue Frage zu finden, kann ein subtiler und schwieriger Prozess sein. Ein Wort, an einer Stelle in einen Satz eingefügt, mag eine Antwort hervorbringen, während es an einer anderen Stelle des Satzes etwas ganz anderes erzeugt. Wir müssen lernen, unsere Fragen so genau zu formulieren, dass die Antwort so klar und einfach wie möglich ist. Versuch nur, dich daran zu erinnern, dass das Denken wie das Leben nicht linear, sondern zyklisch abläuft. Alles kehrt zu seiner Quelle zurück. Schließlich nennt man den Sufismus ja auch Pfad der Rückkehr.

Was ist das, was du jetzt wirklich brauchst, Reshad? Was möchtest du am liebsten wissen?« Eine Weile war Schweigen.

Als sei ein Fenster vor mir geöffnet worden, flog es mir zu. Ich sah, dass in meinem Leben etwas fehlte, das ich dringend brauchte. Ich hatte es schon früher bemerkt, aber der Schmerz, es zu sehen, hatte immer nur dazu geführt, dass ich die Frage in den letzten Winkel meines Gehirns verbannte. Ich sah auch, dass ich mich in der Umklammerung einer sehr tief sitzenden Angst befand, der Angst, etwas Falsches zu sagen, einen Fehler zu machen, in einer Sache zu versagen, die weit außerhalb des normalen alltäglichen Lebens lag.

Ich fühlte mich wie ein Kind. Der Schweiß lief mir übers Gesicht. Ich konnte nicht aufblicken. Ich konnte nur mit meinem ganzen Wesen darauf vertrauen, dass bald irgendetwas diese Spannung lösen würde, denn ich konnte einfach nicht mehr. Es war vollkommen klar, dass mein Lehrer einfach weiter dasitzen und eine Zigarette nach der anderen rauchen würde.

Was braucht ein Kind? Was ist es, das einem Kind Sicherheit gibt?

Als mir dämmerte, dass ich es tatsächlich sehen konnte, begann ich, nach Luft zu ringen. Er bemerkte es. »Mach weiter«, sagte er. »Du bist schon nah an der Antwort. Denk daran, ich habe danach gefragt, was du am nötigsten *brauchst.* Ich weiß, dass du bereit bist, die Antwort in dir zu empfangen, und daher auch fähig bist, die Frage zu stellen. Lass sie einfach kommen.«

Es war so klar. »Ich muss wissen, dass ich geliebt bin.«

»Gut«, sagte er sanft. »Jetzt können wir anfangen.«

Drei

WIR VERLIESSEN DEN INNENHOF DES MUSEUMS SCHWEIGEND. Ich war nicht fähig, über meine Erkenntnis zu sprechen. Zu sagen, das Wissen, geliebt zu sein, würde vielleicht mein ganzes Leben verändern, klang fast zu banal, zu naiv. Ich wusste, dass mein Lehrer verstand, dass er freundlich war, und es war in diesem Augenblick nicht nötig zu sprechen.

Draußen sagte er, wir seien für diesen Abend zu einer besonderen Versammlung eingeladen. »Du kannst gerne mitkommen«, sagte er. »Diese Leute sind Freunde. Sie sind ›Brüder auf dem Weg‹. Wenn du möchtest, komme ich dich gegen acht abholen.« Damit entschuldigte er sich, und ich sah ihm nach, wie er die Straße hinaufging.

Das Treffen am Abend erwies sich als eine der typischen türkischen Versammlungen, die bis tief in die Nacht dauern. Ich hatte das vorausgesehen und die wenigen Stunden bis zur verabredeten Zeit noch ausgenutzt, um zu schlafen. Es war ein Tag gewesen, den ich nie vergessen würde. Ich hatte so viel zu verarbeiten, dass ich ernsthaft versucht war, in meinem Zimmer zu bleiben, aber ich hatte die weite Reise in die Türkei nicht unternommen, um allein zu sein. Ich war hier, um herauszubekommen, welche Richtung mein Leben nehmen würde. Außerdem war ich bis jetzt nicht fähig gewesen, über meine Einsicht zu sprechen, und ich wusste, dass ich vor dem Ende der Reise darüber sprechen musste.

Ich bin nicht ganz sicher, aber das Haus, das wir aufsuchten, schien mir dasselbe zu sein, in dem ich schon vor Jahren gewesen war. Auf jeden Fall erkannte ich aber viele der Gesichter von früheren Besuchen her; es gab die üblichen Begrüßungen, während aus der Küche gefüllte Teetassen gebracht wurden. An der Tür türmten sich die Schuhe, und erst als ich mich an das dämmrige Licht gewöhnt hatte, bemerkte ich, wie viele Menschen im Raum waren.

Unser Gastgeber führte uns an einen noch freien Platz, und bald begann eine Gruppe von Musikern zu spielen. Alle Anwesenden bildeten zwei Kreise, kniend und die Arme fest eingehakt.

Ich war wieder in einem *dhikr* – dem geheiligten Ritual der Erinnerung an Gott. Drei Trommler und zwei Flötenspieler woben ein vielschichtiges musikalisches Muster; zugleich sang ein Mann auf Arabisch aus dem Koran, während wir übrigen den Namen Gottes ausriefen, die Musik immer in unseren Herzen. Einer nach dem anderen standen die Derwische auf, traten in die Mitte des Kreises, begannen sich zu drehen, wirbelten schneller und schneller, erinnerten mit ihren Bewegungen an den Strudel des Lebens.

Das *dhikr* dauerte bis tief in die Nacht. Am Ende trat ein alter Scheich vor, der mich schon bei früheren Gelegenheiten sehr freundlich behandelt hatte. Er hatte mein Leben stark beeinflusst, und in seiner Gegenwart fühlte ich mich immer gereinigt. »Ah, Reshad«, sagte er und umarmte mich herzlich. »Gut, dich mal wieder in Konya zu sehen.«

Viel später gingen mein Lehrer und ich zum Hotel zurück und verabredeten uns für den nächsten Morgen zum Frühstück. Er sagte, er wolle mir bestimmte Dinge erklären und sehen, ob ich an diesem Tag irgendetwas verstanden hatte. Nach dem Funkeln in seinen Augen zu urteilen, spürte er wohl, was ich erlebt hatte und immer noch nicht ausdrücken konnte. In dieser Nacht lag ich wach, sah zu, wie das erste Licht über die Dächer von Konya kroch und hörte den ersten Ruf zum Gebet von den Minaretten der Stadt.

»Also, Reshad«, sagte er, als das Frühstück gebracht wurde, »was fangen wir jetzt an?« Die Frage überrumpelte mich, denn ich war ganz darauf eingestellt, die Antwort serviert zu bekommen. Wie so oft war ich meinen eigenen Mutmaßungen ins Netz gegangen. Darin war mein Lehrer ein Meister: Er ließ mich in der Luft hängen, so dass ich gezwungen war, mich auf das zu besinnen, was in mir selbst war.

»Ich möchte, dass du dich noch einmal mit der Frage befasst, Reshad«, fuhr er fort. »Du hast vielleicht eine hilfreiche Erkenntnis gehabt, aber solange du dir nicht ganz klar darüber bist, was du verstanden hast, wird dir wenig Gutes daraus erwachsen. Wie ich gesagt habe, die meisten Leute bereiten sich nicht darauf vor, Fragen zu stellen.

Es ist wie die Kunst des Gesprächs. Ein wirkliches Gespräch«, und hier beugte er sich vor, um diesen Punkt ganz klar zu machen,

»ein wirkliches Gespräch entsteht, wenn zwei oder mehr Menschen bereit sind, im Namen einer Frage zusammenzukommen. Jeder leistet einen Beitrag, der die Destillation bereichert. Zum Schluss bleibt aber keine Antwort übrig, sondern eine noch tiefere Frage. Als Gertrude Stein im Sterben lag, trat ein guter Freund und Vertrauter an ihr Bett und sagte: ›Nun, Gertrude, jetzt also die Antwort.‹ ›Nein!‹ erwiderte Gertrude mit ihrem letzten Atemzug. ›Jetzt die Frage!‹

Du hast die weite Reise in die Türkei gemacht, um mich um Rat zu fragen. Jetzt kommt es darauf an, dass du in Worte fasst, was du intuitiv weißt. Nur zu denken, dass du die Frage weißt, genügt nicht. Es ist notwendig, die Frage auszusprechen und vielleicht sogar aufzuschreiben, damit du ganz sicher sein kannst, dass du weißt, was du willst. Jetzt sag mir, hast du nicht zu irgendeinem Verständnis gefunden, nachdem ich dich am Museum allein gelassen habe?« Er lächelte. »Keine Angst, wenn du die Mühe auf dich genommen hast, mich in der Türkei aufzusuchen, dann war es auch an mir, alles zu tun, was ich konnte, um herauszufinden, was du wirklich wolltest, und dir zu helfen, es ans Licht zu bringen.«

Ich holte tief Luft und sah ihn an. »Wenn ich wüsste, dass ich geliebt bin«, sagte ich, »würde ich dann nicht die Quelle der Liebe kennenlernen?«

Er lächelte wieder und nickte zustimmend.

Wir sprachen noch lange weiter. Er ließ mich die Frage aus jedem Blickwinkel betrachten. Ich hatte angenommen, mir wäre ganz klar, wonach ich fragte, aber je mehr wir analysierten, desto komplexer und faszinierender wurde es. Wir betrachteten es psychologisch, überlegten, wie Freud und Jung an die Sache herangegangen wären. Wir diskutierten, was vielleicht aus dem Innern hervorkommen würde, wenn man die Antwort wüsste. Er forderte mich auf, immer tiefer in die Frage einzudringen, bis er befriedigt feststellte, dass wir so weit gelangt waren, wie es zu diesem Zeitpunkt möglich war. »Das Ganze hat eine Pointe, die nützlich sein könnte«, sagte er schließlich. »Wenn du weißt, dass du geliebt bist, und so zur Quelle der Liebe kommst, was wird dadurch bewirkt? Was bedeutet das berühmte Sprichwort in unserer Tradition: ›Liebe ist die Ursache, und Liebe ist ihre eigene Wirkung‹?

Aber genug! Heute bin ich nachmittags und abends beschäftigt, aber morgen können wir nach Ephesos fahren und die Kapelle der

Jungfrau Maria besuchen. Wir werden dafür beten, dass du auf deinem Weg geführt wirst, denn ich spüre, dass es Zeit für einen großen Wandel in deinem Leben ist. Um ganz sicherzugehen, müssen wir fragen.«

Am nächsten Morgen machten wir uns mit dem Bus auf die lange Reise in die Hafenstadt Izmir. Von dort aus wollten wir mit einem Mietwagen nach Ephesos fahren. Es war ein guter Tag, und vieles von der Spannung, die sich über so lange Zeit aufgebaut hatte, war verschwunden. Ich fühlte mich wieder mit dem Weg verbunden, und die Erfahrungen der letzten beiden Jahre fingen an, sich zu ordnen. Ich konnte jetzt sogar sehen, wie jede dieser Erfahrungen mich Schritt für Schritt dem Verstehen näherbrachte, das ich brauchte, und wie dieses Verstehen nicht auf mich allein beschränkt war.

Ich war schon in Ephesos gewesen und freute mich darauf. Dieser Ort hat etwas ganz Besonderes. Seit meinem ersten Besuch hatte ich gespürt, dass sich in Maria ein Sinn verbarg, den ich noch verstehen musste. Im Bus sprachen wir ausführlich darüber. Er erzählte mir, dass Maria bei Christen und Moslems gleichermaßen hochgeachtet ist, und das nicht aus Zufall, denn es gibt ein inneres, esoterisches Wissen, das allen Religionen zugrunde liegt. Er erinnerte mich auch daran, dass die *mihrab,* die Gebetsnische in der Ostmauer jeder Moschee auf der Welt, Maria gewidmet ist. »Schade, dass das nicht mehr Christen wissen«, sagte er lachend. »Maria ist die vollkommene Frau, in sich selbst vollendet; sie war die vollkommene Matrix, aus der Jesus geboren werden konnte.«

Wir stiegen in einem kleinen Hotel gleich am Fischmarkt von Izmir ab. An diesem Abend aßen wir Fische, die frisch vom Meer kamen; wir suchten sie selbst aus den Körben aus, die die ganze Straße rund um den Markt säumten. Ich spürte, dass ich bald wieder eine Reise machen würde, aber an diesem Abend fiel kein Wort darüber, und wir gingen, müde von der langen Busfahrt, bald ins Bett.

Am nächsten Morgen fuhren wir mit dem Mietwagen nach Ephesos, und mein Lehrer schlug vor, den sechs Kilometer langen Aufstieg zur Kapelle zu Fuß zu machen, wie es jedes Jahr Tausende von Pilgern tun. Ich war diesen Pilgerpfad schon einmal gegangen – im Dezember, als der Aufstieg bei eiskaltem Wind alles andere als ein Vergnügen war. Diesmal war es anders. Die Vögel sangen, und die Hänge waren mit Blumen übersät, Felder von Blau und Gelb, die sich sanft im Wind wiegten, in der Luft lag der Duft des Frühlings. Wir winkten den Hirten zu, die ihre Ziegen auf das Weideland trieben, und unsere Schritte schienen immer leichter zu werden, je näher wir der Kuppe des Hügels kamen. Wir schauten über die Ebenen und stellten uns vor, wie es hier vor zweitausend Jahren ausgesehen haben muss, als Maria nach dem Tod ihres Sohns hierher kam. Vor der Kapelle kauften wir Kerzen, die wir beim Gebet anzündeten und in sandgefüllte Kästen setzten, wo sie zwischen anderen Kerzen funkelten, die schon von früheren Besuchern aufgestellt worden waren. Vorn kniete eine Nonne, und ich beobachtete, mit welcher Inbrunst sie betete. In der Bankreihe dahinter standen, gleichfalls ins Gebet vertieft, zwei Moslems mit vor sich erhobenen geöffneten Händen. Meine Augen füllten sich mit Tränen. Irgendwie wusste ich, dass meine eigenen Gebete schon beantwortet waren.

Ich war nicht überrascht, als mein Lehrer an diesem Abend im Hotel zu mir sagte: »Es ist Zeit, dass du zurück nach England gehst. Unsere Bestimmung hat uns noch einmal zusammengebracht, aber diesmal hast du die Antwort selbst gefunden. Das ist ein gutes Zeichen, und ich werde dafür beten, dass du auf dem Weg, den du gewählt hast, weiterhin geführt wirst. Es gibt noch ein oder zwei Dinge, die ich dir sagen möchte. Hör bitte gut zu, denn Worte tun sich schwer, solche Dinge auszudrücken.

Ich habe dir einmal gesagt, dass die Antwort im Ei liegt. Damit wollte ich dein Interesse für den wirklichen Sinn meiner Worte wecken. Hättest du dich nicht für das Heilen und die spirituellen Künste interessiert, dann hätte ich mich vielleicht anders ausgedrückt. Aber wenn du jetzt das Ei mit der Matrix in Beziehung setzt und dich an das erinnerst, was ich über Maria und Jesus gesagt habe, verstehst du vielleicht auf einer viel tieferen Ebene. Niemals, Reshad, nimm niemals die Dinge für das, was sie an der Oberfläche zu sein scheinen. Allem, was du siehst oder fühlst, liegt stets etwas anderes zugrunde. Weißt du noch, was ich dir vor langer Zeit einmal gesagt habe? ›Dein Körper ist die Jungfrau Maria, der Geist ist Christus.‹ Der Verstand kann diese Dinge nicht erfassen; das Begreifen geschieht auf einer viel tieferen Ebene. Wenn du immer daran denkst, dass es einen Gott gibt, *ein* Absolutes Sein, das das Grundprinzip aller Religionen und aller wahren Pfade ist, dann wird sich dieser innere Sinn allmählich zu einem nützlichen Instrument entwickeln.

Du möchtest wissen, dass du geliebt bist. ›Gott liebt dich‹, heißt es; aber es gibt *nur* Gott. Denk darüber nach, denn in deinem Leben darf es keine Dualität mehr geben. Der Schlüssel für dein Leben ist die Frau in ihren vielen Aspekten. Deshalb habe ich dich nach Ephesos mitgenommen. Verstehst du?

Alles, was du hier in dieser relativen Welt siehst, ist, wie wir sagen, ein Zeuge Gottes. Die Form kann das Wesen tragen, aber für sich genommen ist sie nicht mehr als eine Schale. Wenn ich also sage, dass es Zeit für dich ist, die Frau in ihren vielen Aspekten zu studieren, dann meine ich die immer tieferen Ebenen, die zu verstehen sind. Wenn du nicht vergisst, dass es nur einen Gott gibt, dann wirst du Seine Manifestationen als Ausdruck Seiner Liebe sehen. Wende dich an den Höchsten und erfahre, dass für dich gesorgt wird, denn du *bist* tatsächlich geliebt. Möge Gott dir Freiheit gewähren.«

Wir saßen schweigend da, und dann ging er nach oben ins Bett. Obgleich seine Worte mich eigentlich nicht überrascht hatten, spürte ich wieder die Traurigkeit und das Gefühl der Trennung wie beim letzten Mal, als ich die Türkei verlassen hatte. Doch diesmal war es anders, denn ich begriff, dass das Leben wirklich der Lehrer ist und dass alle, die uns auf dem Weg helfen, Manifestationen des Lebens sind – Gottes Geschenk an uns.

Sich einfach erinnern, immer dankbar zu sein! Ich ging die Straße, an der das Hotel lag, hinunter und meditierte darüber. Der Halbmond stand über dem Meer. Der Himmel war von Sternen übersät und schien unendlich. Fischerboote lagen in der Bucht. Man konnte ihre Umrisse im Mondlicht gerade erkennen, ihre Lampen warfen schimmernde Lichtlinien auf das Wasser. In dieser Nacht war es nicht schwer, dankbar zu sein.

Als ich zurück in mein Zimmer kam, lag eine Nachricht auf meinem Bett. »Lieber Reshad«, las ich. »Hier sind Name und Adresse einer Frau in London. Ich kenne sie seit vielen Jahren, und du kannst ihr vorbehaltlos vertrauen. Geh bald zu ihr. Inzwischen werde ich dich mit einem Brief bei ihr ankündigen und ihr einiges von dem erzählen, was sich im Lauf der Jahre zwischen uns zugetragen hat. Sie wird dich auf der nächsten Stufe deiner Reise führen. Noch einmal, erinnere ich dich daran, die Dinge nicht für das zu nehmen, was sie an der Oberfläche sind.

Ich reise morgen sehr früh ab; mach dir also nichts draus, wenn wir uns nicht mehr sehen. Ich muss für eine Weile nach Konya zurück, aber ich will jeden Tag am Sitz von Mevlana für dich beten.«

Der Brief war in Arabisch unterschrieben. Ich legte ihn neben mein Bett und war bald eingeschlafen. Aus irgendeinem Grund wachte ich am nächsten Morgen erst spät auf. Der Mann an der Rezeption sagte mir: »Ihr Freund ist weg, und er hat für Sie beide bezahlt.«

Vier

MEINE LONDONER WOHNUNG LAG AN EINER VERKEHRSreichen Straße, aber im Wohnzimmer an der Rückseite des Hauses war es still, und aus dem Fenster sah man auf einen wunderschönen Garten. Ich hatte die Möbel so gestellt, dass ich am Fenster sitzen konnte, und oft beobachtete ich stundenlang die wechselnde Szenerie. Ich lernte die Stammbesetzung kennen: spielende Kinder, Leute, die ihre Hunde spazieren führten, eine ernsthafte Gruppe von Männern, die sonntagmorgens um zehn ihre Drachen steigen ließen. Eine kleine Dame kam hin und wieder vorbei, die all ihre Habe in Plastiktüten auf einem ramponierten Kinderwagen gestapelt hatte. Immer wenn ich von einer Reise zurückkam, verbrachte ich einige Zeit an diesem Fenster, um mich wieder zurechtzufinden, um die losen Enden wieder aufzunehmen und mein so genanntes normales Leben weiterzuführen.

Diesmal war der Kontrast noch schärfer als sonst. London war wirklich ganz anders als die anatolischen Ebenen, die wirbelnden Derwische, die esoterischen Versammlungen. Mir war klar, dass diese Reise in die Türkei meine letzte gewesen war, denn die Antwort auf meine Frage musste ich in England finden.

Ich hatte mich darauf eingestellt, für längere Zeit im Mittleren Osten zu bleiben, und so hatte ich bei meiner Rückkehr keine Pläne außer dem Besuch bei dieser Frau namens Elizabeth. Für eine Weile war jetzt die Zeit auf meiner Seite.

Ich entschloss mich, drei Tage lang ganz allein zu bleiben und auch keinen meiner Freunde anzurufen. Ich brauchte Zeit, mich vorzubereiten. Im Lauf der Jahre hatte ich gelernt, Anweisungen, die ich erhielt, nicht auf die leichte Schulter zu nehmen. Ich wollte offen sein für alles, was geschehen würde.

Ich ruhte mich aus, nutzte die Zeit für die spirituellen Übungen, die ich gelernt hatte, und kontemplierte tief darüber, was mir über die Frau und die Matrix des Lebens gesagt worden war. Die Frau als das zu erkennen, was sie wirklich ist, hatte offenbar einen tieferen Sinn, den ich aber noch nicht verstand. Das Wort *erkennen* löste eine ganze Reihe von Gedanken aus. Wie ich staunend entdeckte, bedeutet es wörtlich, etwas wieder erkennen, was schon immer vorhanden ist.

Mir fiel ein, wie ich vor mehreren Jahren in der südlichen Türkei einer jungen Frau begegnet war. Einmal hatte sie abends auf eine Weise geschrien, die ich jetzt als flehentliche Bitte, erkannt zu werden, verstand. Man hielt sie für wahnsinnig, weil sie in einem Knäuel blauer Wolle, das sie ständig bei sich hatte, wie besessen nach dem Ende suchte. Mein Lehrer hatte gesehen, dass er ihr vielleicht zu der Erfahrung verhelfen konnte, erkannt zu werden – wenigstens von *einem* Menschen. Als ich sie das letzte Mal gesehen hatte, war ich überrascht gewesen, wie sehr sie sich verändert hatte; die Bruchstücke ihrer zerschlagenen Seele hatten sich wieder zusammengefügt. Aus dem Chaos ihrer Verzweiflung war irgendwie die Ordnung wieder aufgetaucht.

Frau, Mutter, Maria, Matrix, Erde – vielleicht konnte Elizabeth, die Frau, die ich besuchen würde, mir mehr über diese Dinge sagen. Ich weiß noch, wie aufgeregt ich war, als ich in den südlichen Teil Londons fuhr, wo sie wohnte. Ich gab mir Mühe, keine Erwartungen zu haben, aber als ich sie anrief, um mich mit ihr zu verabreden, wusste sie bereits, dass ich kommen würde. »Ach ja, Sie sind der Mann, der gerade aus der Türkei gekommen ist«, sagte sie lebhaft. »Ich kenne Ihren Lehrer. Wir haben ein paar gemeinsame Bekannte und Freunde. Natürlich können Sie kommen. Haben Sie Lust, am Donnerstagmittag mit mir zu essen?« Es war nicht schwer, das Haus zu finden. Es war eine Gegend im südlichen London, die manchmal »Pendlerparadies« genannt wird. An jedem Wochentag ergießt sich von hier aus morgens ein stetiger Strom wippender grauer Anzüge in die Innenstadt. Abends kehrt sich der Strom um, nur bleiben jetzt einige der grauen Anzüge für ein, zwei Stunden im Pub an der Ecke hängen, bis es Zeit zum Abendessen und Fernsehen ist.

Elizabeth war entschieden nicht das, was ich erwartet hatte, und ich musste mir ganz verdattert eingestehen, dass ich mir immer wieder selbst ein Bein stellte, indem ich mir ausmalte, wie die Leute wohl sein würden. So hatte ich ganz sicher angenommen, dass sie in einem kleinen Haus mit einem hübschen Garten wohnen würde, in dem sie Rosen und süß duftende Kräuter gepflanzt hatte. In Wirklichkeit gab es aber eigentlich nichts, was man als Garten hätte bezeichnen können, und das Haus war eine spätviktorianische Doppelhaushälfte, die von außen ziemlich düster wirkte. Sie hatte das Haar zu einem strengen Knoten zurückgebunden, trug ein schottisches Tweed-Kostüm und an den Füßen etwas, das man in England »vernünftige Schuhe« nennt. Sie werden vorn geschnürt, und man stellt sie sich unwillkürlich an unerschrockenen Matronen vor, die durch die feuchten Moore von Schottland stapfen. Sie war ziemlich untersetzt, und der Schnitt ihres Kostüms ließ sie fast rechteckig erscheinen. Zur Abrundung des Bildes hing um ihren Hals an einer schwarzen Schnur ein Monokel.

»Kommen Sie doch rein«, sagte sie. »Da Sie so pünktlich sind, haben Sie den Weg sicher leicht gefunden. Wenn Sie mögen, trinken wir vor dem Essen noch ein Glas Sherry. Ich selbst bin zu dieser Tageszeit für ein Glas Sherry sehr zu haben.« Ich hatte kaum Zeit, eine Begrüßung zu stottern und ihr ins Wohnzimmer zu folgen, als sie auch schon wieder in Richtung Küche verschwand. So war ein Augenblick Zeit, mich umzusehen. Ich muss wohl erwartet haben, alle Wände mit esoterischen Büchern und Manuskripten vollgestellt zu finden, denn ich war etwas enttäuscht von diesem makellos sauberen, abgestaubten Zimmer, das seit den Tagen der Queen Victoria unverändert geblieben zu sein schien. Auf dem kleinen Schreibtisch an der Wand befanden sich sauber aufgestapeltes Schreibpapier und ein Ständer für unbeantwortete Briefe. Eine Schachtel Streichhölzer und Siegellack ruhten Seite an Seite in einer Schale mit Rosendekor. Eine Sammlung von Familienfotos in ovalen Silberrahmen stand auf dem Tisch, und darüber hing ein großes Pastellporträt eines Mädchens – Elizabeth, wie ich annahm. Die Sitzflächen der Stühle waren mit Stickereien bezogen, auf denen man Körbe mit Gartenblumen sah, und in einer großen Glasvitrine war eine interessante Sammlung von Porzellan und Waterford-Glas zu sehen. Neben Elizabeths Sessel stand ein kleiner Tisch mit einer Bibel darauf. Ich wollte gerade nachsehen, welche Ausgabe sie hatte, als sie mit einem Tablett wieder hereinkam, auf dem zwei Gläser und eine Kristallkaraffe mit Sherry standen.

»So«, sagte sie, klemmte ihr Monokel ins rechte Auge und schenkte Sherry ein. »Ich werde auf einem Auge ziemlich blind, deshalb muss ich dieses lächerliche Glas tragen. Brillen kann ich nicht ausstehen. Ich verliere sie, oder sie fallen mir von der Nase. Und überhaupt, wenn nur ein Auge schlecht ist, brauche ich doch auch nur ein Stück Glas, oder?« Sie lachte; eine Art Blubbern schien aus der Tiefe ihres Bauchs hochzusteigen. Es war ein wunderbares Lachen, das ich später noch oft zu hören bekommen sollte. In kritischen Augenblicken lachte sie immer so, vor allem, wenn ich mich in etwas verrannt hatte, und dann musste ich unweigerlich lächeln.

»Na, mein Guter, erst mal prost!« Wir stießen an, sie schüttete ihr Glas mit einem Zug hinunter und füllte es sofort wieder. »Runter damit«, sagte sie, »es ist sowieso nur ein Fingerhut voll. Trinken Sie aus, damit ich nachfüllen kann, und dann wollen wir uns ein bisschen hinsetzen.« Ich leerte gehorsam mein Glas und ließ mich ihr gegenüber in den Ledersessel sinken.

»Sie waren also wieder in der Türkei, aha, als wäre die Antwort nicht vor unserer Nase. Ich habe mit Ihrem Lehrer mal darüber gesprochen, dass Sie immer wieder in den Mittleren Osten ausreißen, aber er sagte, er könne daran nichts ändern, solange Sie es so wollten. Er hat einfach am anderen Ende gewartet, um Sie zu treffen. Aber erzählen Sie mir etwas über sich.«

Ich ging die Ereignisse durch, die mich zu ihr geführt hatten: Wie ich wieder zu meinem Lehrer gegangen war, um mir noch einmal die Richtung zeigen zu lassen, und wie er mich wieder nach England zurückgeschickt hatte. Schließlich erklärte ich, was ich als das fehlende Element in meinem Leben und im Leben der meisten Menschen erkannt hatte – das Wissen, dass wir geliebt sind.

»Aber Sie haben nach all den Jahren doch wohl ein bisschen mehr gelernt als das«, sagte sie lachend. »Lieber Himmel, Mann, das steht am Anfang, nicht am Ende. Seltsamerweise verstehe ich aber trotzdem, worauf Sie hinauswollen, allerdings hätte ich es wohl ein bisschen anders ausgedrückt. Ich hätte etwa gesagt: ›den Sinn der Liebe zu kennen‹ oder ›den Zweck der Liebe‹, das klingt nicht so nach einem kleinen Kind, das Zuwendung will. Aber verzeihen Sie mir, ich bin als ziemlich grob und barsch bekannt. Die meisten Leute fordern Liebe, weil sie glauben, dass sie ihnen zusteht. Sie sehen nicht, dass wirkliche Liebe uns von allem lostrennt, das nicht Liebe ist.

Nun gut, können Sie mir erzählen, weshalb Sie zu mir geschickt worden sind? Ihr Lehrer ist doch ganz sicher in der Lage, mit Ihnen über diese Dinge zu sprechen.«

»Ich habe das Gefühl, er denkt, dass ich eine Zeitlang eine Frau als Lehrer brauche«, antwortete ich. »Er hat mir geraten, die Natur der weiblichen Energie und die Matrix zu erkunden.«

»In der Tat«, sagte Elizabeth. »Wenn Sie jemals heiraten wollen – und zwar im echten Sinn dieses Wortes«, sie drohte mir mit dem Finger, »dann sollten Sie ganz gewiss etwas über diese Dinge wissen. Es ist nicht gut, Frauen einfach als gegeben zu betrachten. Auf die Art kann das Leben sehr schwierig werden. Was hat er Ihnen sonst noch gesagt?«

»Er hat gesagt, dass es in England noch viel zu entdecken gibt und dass es an der Zeit wäre, mein eigenes Land und den Westen richtig zu würdigen, anstatt im Mittleren Osten den Derwischen nachzujagen.«

»Prächtig!«, sagte Elizabeth und hob wieder ihr Glas. »Darauf trinke ich. Reisen ist lehrreich und lustig, aber Sie sollten sich wirklich allmählich klar machen, dass Sie das, was Sie suchen, finden können, ohne Ihr Zimmer zu verlassen. Ihr Lehrer ist allerdings in den meisten Ländern der Erde gewesen, wie Sie vermutlich wissen, auch in Amerika. Ich habe ihn hier getroffen, und obwohl wir uns nur ein paar Mal begegnet sind, haben wir vereinbart, bestimmte Schüler unter uns auszutauschen, wenn es angebracht scheint. Interessanterweise habe ich mich nie mit dem Mittleren Osten und der islamischen Religion und Kultur beschäftigt. Meine Schulung war in Indien, als ich noch ein Mädchen war, aber in den letzten fünfunddreißig Jahren habe ich in diesem Haus gelebt und bin kaum noch irgendwohin gegangen, vor allem, seit mein Mann vor etwa zwei Jahren gestorben ist.«

Bisher hatte ich noch nicht viel sagen können. Ich brannte darauf, sie zu fragen, womit sie nun eigentlich beschäftigt war und welche Art von esoterischer Schulung sie durchlaufen hatte. Sie muss meine Gedanken gelesen haben, denn sie beugte sich vor und öffnete eine Schublade des Tisches, der neben ihrem Sessel stand. Sie nahm ein schmales ledergebundenes Buch heraus und sagte: »Sie fragen sich wahrscheinlich, welchen Weg ich gegangen bin. Meine erste Schulung habe ich, wie gesagt, in Indien erhalten. Lassen Sie sich nicht abschrecken, wenn ich Ihnen jetzt sage, dass mein Weg der Weg der Kontemplation ist; es gibt so viele Wege zu Gott, wie Menschen auf der Welt sind, Reshad. Vielleicht wird es einmal Ihrer. Aber jetzt haben Sie wohl erst mal andere Dinge zu tun. Dieses kleine Buch mit Themen zur Kontemplation bekam ich in London, gleich nach dem Ersten Weltkrieg. Es gab in Kensington eine sehr gute Schule, wo viele Leute hingingen. Sie wurde von einer außergewöhnlichen Frau geleitet, der ich für alle

Zeiten dankbar bin. Alles, was sie uns mitgegeben hat, steht in diesen Aphorismen, und es ist so viel, dass ich seit über vierzig Jahren daran arbeite, obwohl es nicht gerade glanzvoll ist.

Ich möchte noch einmal auf diese Idee der Matrix zurückkommen, von der wir eben sprachen. Ich habe einen Brief von Ihrem Lehrer aus der Türkei bekommen, in dem er mich bat, für Sie alles so einzurichten, dass Sie soviel wie möglich von diesen Dingen verstehen können. Also tue ich es. Das Wissen von der Matrix wird in den inneren esoterischen Schulen seit langem bewahrt, und vieles davon gelangt jetzt nach draußen. Es hängt aber auch viel davon ab, wie weit Sie innerlich vorbereitet sind und an sich gearbeitet haben, denn der Verstand kann diese Dinge einfach nicht begreifen. Deshalb erzählen Sie mir vielleicht erst einmal, was Sie gelernt und praktiziert haben und was Sie hierher gebracht hat.«

Zu antworten fiel mir schwerer als erwartet. Im Lauf der Jahre war ich vielen verschiedenen Ansätzen und Methoden der Meditation und Konzentration gefolgt. Wir sprachen lange darüber, und schließlich stimmte sie mir zu, dass das Geheimnis des Lebens im Wissen um den Atmen lag und dass die Möglichkeit des Verstehens durch den Atem und im Atem gegeben ist.

Elizabeth fuhr fort, mich auszufragen, und ich kam in immer tieferes Wasser, als ich einige meiner Theorien zu erklären versuchte: über den Atem und die Ionosphäre, über die Möglichkeit, das Verhältnis der negativen und positiven Ionen in einem Zimmer allein durch bewusstes Atmen zu verändern. Plötzlich hörte ich oben jemanden husten. Aus irgendeinem Grund versetzte mir das einen Schock. Ich hatte keine Erklärung dafür außer der, dass ich einfach angenommen hatte, Elizabeth lebte allein. Sie bemerkte meinen Schreck; überhaupt entging ihr nichts, wie ich mit der Zeit feststellte.

»Ich habe eine Mieterin, seit mein Mann gestorben ist«, sagte sie. »Ich werde einfach zu alt, um das Haus so sauber zu halten, wie ich es haben möchte, und außerdem ist es nett, jemanden hier zu haben. Ich glaube übrigens, Sie kennen sich schon.« In ihrem Blick war ein ganz bestimmtes Leuchten. Sie wirbelte ihr Monokel an seiner Schnur herum und steckte es zu meinem Erstaunen plötzlich in den Mund! Sie sah mich an, aber es kam mir aufdringlich vor, direkt zu fragen. »Machen Sie sich keine Gedanken darüber«, sagte sie. »Sie werden es früh genug erfahren, und überhaupt ist es jetzt Zeit zu essen.«

Ich hatte das Gefühl, dass all dies schon einmal geschehen war. Ich musste Elizabeth einfach von diesem Déjà-vu-Erlebnis erzählen. »Wie erklären Sie diese Dinge?«, fragte ich. »Diese Empfindung ist unglaublich stark. Es ist, als käme ich in eine Szene hinein, die schon präpariert ist.«

Sie schien davon kaum Notiz zu nehmen, sondern machte sich auf der Anrichte zu schaffen. »Ich habe einen *cottage pie* gemacht. Hoffentlich mögen Sie ihn. Aber setzen Sie sich doch und fangen Sie an«, sagte sie und reichte mir den Teller. »Ich habe es nicht gern, wenn mein Essen kalt wird.«

Das kleine behagliche Esszimmer war im gleichen Stil eingerichtet wie das Wohnzimmer. Die Verandatür war zu einem kleinen Innenhof hin geöffnet. Zwei Wellensittiche schnatterten lärmend in ihrem Käfig, der am Fenster hing, und erinnerten mich an die Vogelkäfige in Mexiko. Elizabeth bemerkte, dass meine Gedanken abschweiften. »Jetzt machen Sie schon«, sagte sie barsch. »Essen Sie auf. Ich kann nicht zulassen, dass Sie sich bei Ihren Wischiwaschi-Gedanken aufhalten und alles verkommen lassen.«

Allgemeine Konversation begleitete die Mahlzeit, aber ich spürte, dass sie nur abwartete, bis wir fertig waren, um noch etwas zu sagen. Das bestätigte sich, als sie aufstand, um Obst und Käse zu holen.

»Wissen Sie, Reshad, es ist so wichtig, bewusst zu essen. Wenn man sich mit der bewussten Umwandlung subtiler Energien befasst, muss man doppelt achtgeben, was und wie man isst. Wenn Sie eine Mahlzeit zubereiten, müssen Sie sehr, sehr achtsam sein.« Ich erinnerte mich, mit welcher Liebe mein Lehrer für seine Gäste gekocht hatte.

»Aber um auf Ihre Vorahnung von eben zurückzukommen«, wechselte sie abrupt das Thema, »spielt das wirklich eine Rolle? Wenn irgendetwas sein soll, dann wird es sein, falls wir uns nicht in den Weg stellen. Stimmt das nicht?«

»Ich habe so was schon früher erlebt, Elizabeth, aber diesmal ist irgendetwas anders. Ich meine, es ist doch recht sonderbar, den weiten Weg von England in die Türkei zu machen, nur um dann zurückgeschickt zu werden zu jemandem, der in derselben Stadt wohnt.«

Sie lächelte mich an und spielte wieder mit ihrem Monokel. »In der Türkei nennt man das *kismet,* und das heißt ›Bestimmung‹.

Sicher haben Sie das Wort da oft gehört. Es ist ein gutes Wort, das viele Dinge mit zwei Silben umschreibt. Schicksal, müssen Sie wissen, ist nicht Bestimmung, wenn die meisten Leute das auch durcheinanderbringen. Es besteht ein feiner Unterschied, den man aber sehr deutlich sieht, sobald man versteht. Wenn unser letztendliches Ziel Vollendung in der Erkenntnis Gottes ist, dann haben wir einen sehr realen Schritt getan, um unsere wahre Bestimmung zu finden. Lassen wir aber unseren bedingten Reaktionen auf das Leben und die Situationen, in denen wir uns befinden, einfach ihren Lauf, dann ist die Gefahr groß, dass wir uns von unserer wahren Bestimmung entfernen, dass wir den Launen eines blinden Schicksals anheimfallen, das in gewisser Weise ein Eigenleben hat. Wir dürfen das Schicksal nicht herausfordern. Wie Ralph Waldo Emerson sagte: ›Wehe dem Menschen, über den das Schicksal kommt, dessen Kontrolle seinen Händen entglitten ist.‹

Unsere Bestimmung – man kann sie mit einem Fluss vergleichen, der zum Meer zurückfließt – liegt darin, unsere einzigartige Möglichkeit in Gott zu erkennen. Wenn wir uns von diesem Fluss sanft zu unserem wahren Ursprung tragen lassen können, werden wir unseren Zweck erfüllen, zu dem wir geboren sind.

Es gibt Wege, sich dem Wirken der Bestimmung auszusetzen«, fuhr sie fort. »Wenn man etwas ›gemeistert‹ hat – und ich meine jetzt das Atmen –, dann ist das ein Anfang. Wenn Sie wirklich im gegenwärtigen Augenblick sind und sich nicht von Ihren Gedanken und Phantasien forttragen lassen, dann sind Sie frei vom Schicksal und für die Bestimmung erreichbar. An dem Tag, als Sie mich anriefen, erhielt ich zum Beispiel einen Brief von Ihrem Lehrer, in dem er Sie ankündigte. Das war vielleicht Bestimmung. Wer weiß? Jedenfalls sind Sie hier, und wir werden alles auf uns zukommen lassen. Ihr Lehrer hat allerdings in diesem Brief geschrieben, dass *kismet* Sie zu ihm geführt hat und dass *kismet* ihn bestimmt hat, Sie zu mir zu schicken.«

Ich konnte nicht widerstehen zu fragen: »Darf ich trotzdem wissen, wer oben ist? Vielleicht wird dann alles klar.«

Elizabeth lächelte, und wieder hörte ich dieses Rumoren, das sich nach einem pfeifenden Keuchen und gelegentlichem Husten zu ihrem sagenhaften Lachen entwickeln würde. Diesmal brauchte es einige Zeit, aber als es dann endlich durchbrach, lachte einfach alles an ihr. Sie warf sich zurück, die Hände in die Seiten gestemmt, und überließ sich vollkommen diesem Lachen. Auch ich johlte bald vor Lachen, dass das Porzellan im Schrank klirrte. Sie wischte sich die Augen mit einem Taschentuch und putzte dann sorgfältig ihr Monokel, bevor sie es wieder an seinen Platz klemmte. »Ich war ungezogen, Reshad, aber Sie werden sich daran gewöhnen. Ich kann einfach nicht widerstehen. Das Leben ist so voller Komik. Das Ganze ist ein abgekartetes Spiel. Alles wurde am Anfang der Zeit eingefädelt, aber bis wir verstehen, glauben wir immer, dass wir etwas daran *ändern* können. Dabei können wir wirklich nichts weiter tun, als zu diesem arrangierten Stück Ja zu sagen und mitzuspielen. Herrlich!

Also gut, mein Freund«, fuhr sie fort, »ich werde Sie aus Ihrer Qual befreien.« Sie öffnete die Tür und rief nach oben: »Nur, komm doch einmal herunter, hier ist ein Freund, und ich möchte gern, dass du ihn kennenlernst.

Sie weiß nicht, wer zum Essen da ist«, sagte sie dann wieder zu mir. »Ich hätte es ihr sagen können, aber ich dachte, ich könnte es ruhig auch so machen.«

Ich hatte keine Ahnung, was jetzt kommen würde. Elizabeth schien diese Geheimniskrämerei zu genießen, auf meine Kosten möglicherweise, und wäre da nicht ihr unglaubliches Lachen gewesen, hätte ich mich wahrscheinlich etwas gekränkt gefühlt. So aber spielte ich das Spielchen vergnügt mit. Ich hörte, wie jemand die Treppe herunterkam und anklopfte.

»Komm rein! Komm rein!«, sagte Elizabeth. Und durch die Tür trat die junge Frau, die ich in der Türkei kennengelernt hatte, die Frau, deren unheimliche Besessenheit von dem Knäuel blauer Wolle und deren Genesung ich nie vergessen hatte. Irgendetwas an ihr hatte mich damals tief bewegt, und nach meiner Rückkehr nach England hatte ich vergeblich versucht, Neuigkeiten über sie zu erfahren.

Ich weiß jetzt nicht mehr, was mein erster Eindruck war: ihre Schönheit, ihre Körperhaltung oder die Art, wie sie durch das Zimmer zu schweben schien, um mich zu begrüßen. Ihre Haltung war vollendet, und die Veränderungen an ihr, seit wir uns das erste Mal gesehen hatten, waren so auffällig, dass ich meinen Blick einfach nicht von ihrem Gesicht abwenden konnte. Weg war das wirre Haar, das stumme Gesicht. Dafür stand jetzt eine wunderschöne Frau da, eine vollkommene Harmonie, als die sie aus ihrer chaotischen Vergangenheit hervorgegangen war. Ich musste allerdings doch schmunzeln, als ich an ihrem einen Fuß einen roten Socken bemerkte und am anderen einen blauen. Ansonsten war sie sehr sorgfältig gekleidet. Sie trug ein lachsfarbenes Halstuch, und ihr Haar reichte fast bis auf ihre Taille.

»Geben Sie ihr einen Kuss«, versuchte Elizabeth, mir auf die Sprünge zu helfen. »Nur, befreie ihn aus seiner jammervollen Lage.«

Nur war offensichtlich ebenso überrascht wie ich. Es war fast drei Jahre her, dass wir uns das letzte Mal gesehen hatten; ich hatte sie mit einer Gruppe Australier, die nach England wollten, aus der Türkei abreisen sehen. Jetzt hielten wir einander lange schweigend. Ich bemerkte den Rhythmus ihres Atems. Er war wie meiner – der Rhythmus, den wir damals gelernt hatten.

»Ich nehme an, ihr habt euch allerhand zu erzählen«, sagte Elizabeth taktvoll. »Ich bin jetzt ein bisschen müde und werde nach oben gehen, um meinen Mittagsschlaf zu halten. Bleibt nur hier und unterhaltet euch. Und Nur, dass du mir nicht, hörst du, *nicht* den Abwasch machst! Wir machen das später zusammen.« Damit war sie auch schon aus der Tür, draußen hörte man noch das Poltern ihrer »vernünftigen Schuhe« – ganz anders als Nurs fast lautloser Gang auf ihren Socken.

Elizabeth ließ uns in einem Raum zurück, der für uns beide neu war. Wir waren nicht verlegen; vielleicht ein wenig schüchtern, aber das war nun eigentlich lächerlich, denn ich war fast einundvierzig. Wir befanden uns mitten in einem Déjà-vu-Erlebnis, waren aus der Zeit in eine andere Dimension entlassen. Die Welt stand still, und doch sahen wir zugleich, wie sie sich entfaltete. Ruhe und Bewegung in vollkommener Ausgewogenheit. Zeit und Raum verschmolzen für diese Augenblicke. Wir sprachen nicht, aber ich erinnere mich, dass ich ihre Hände in meine nahm. Wir knieten uns auf den Boden einander gegenüber. Unsere Köpfe berührten sich in der Stille. Wir trafen uns in einer Welt jenseits bloßer Anziehung und tauchten in einer Welt des reinen Lichts auf. Es war ein Vorgeschmack der Ewigkeit, der unser Leben veränderte. Dann läutete das Telefon. Ich wollte nicht, dass Elizabeth aufwachte, und ließ Nurs Hände los, um den Hörer abzunehmen. Das Telefon verstummte, bevor ich es erreichte, aber der Augenblick war durchbrochen.

Immer noch wortlos, sahen wir uns weiter an, aber dann wurde die Spannung unerträglich, und ich brach das Schweigen. »*Nur* bedeutet ›Licht‹, nicht wahr? Woher kommt dieser Name?«

»Ja, er bedeutet ›Licht‹«, sagte sie. »Es heißt aber, man übersetzt ihn besser mit ›das alles erfassende Licht Gottes‹. Ich habe diesen Namen nach meiner Rückkehr bekommen.«

»Wie bist du denn hierher gekommen? Ich meine, bist du schon die ganze Zeit bei Elizabeth, seit wir uns das letzte Mal in der Türkei gesehen haben?« Wir suchten beide etwas krampfhaft nach Gesprächsstoff. »Das ist doch albern! Wo fangen wir an?«

Nur sah mich an. Sie hob meine Augen aus meiner Verwirrung heraus und nahm sie in ihre auf. Ganz kurz hatte ich wieder dieses Gefühl, jenseits von Form und Zeit zu sein.

»Verzeih mir, Reshad«, sagte sie. »Manchmal rede ich nicht viel. Als du mich getroffen hast, habe ich überhaupt nicht gesprochen, weil ich zu der Zeit ohne Abwehrkräfte war und mich gerade erst von allem, was geschehen war, erholte. Jetzt finde ich es selten notwendig zu sprechen, mach dir also bitte keine Sorgen, wenn ich manchmal schweige. Wir werden von jetzt an zusammen reisen, nicht wahr?« Das war mehr eine Feststellung als eine Frage.

Ihre Direktheit verschlug mir die Sprache. Aber es war tatsächlich klar, dass wir zusammenbleiben würden. Wir hatten uns in einer Welt getroffen, wo die Umstände unseres normalen Lebens kein Hindernis bildeten, und wir wurden von etwas vorwärtsgetragen, das größer war als wir selbst.

»Das ist jetzt nicht der richtige Augenblick, darüber zu sprechen«, fuhr sie fort. »Ich habe auch nicht erwartet, dich hier zu sehen. Aber ich habe inzwischen gelernt, mich nicht mehr gegen die Gezeiten zu stemmen, und so macht es viel mehr Freude, lebendig zu sein.« Wir sprachen dann ruhig über ihre Heimreise und wie sie Elizabeth getroffen hatte. Eine Zeitlang schwiegen wir, dann stand Nur auf und ging zu dem alten Plattenspieler in der Ecke. Er hatte ein schweres Mahagonigehäuse, wie sie kurz nach dem Krieg hergestellt wurden. Sie legte Vaughan Williams' *Toward the Unknown Region* auf und wir setzten uns zusammen hin. Alle Gefühle der Trennung verschwanden. Wir ließen uns von den Klängen der Musik tragen. Wir wurden eins mit ihr, schwangen mit wie alles andere im Zimmer. Gegen das Finale hin wurde mir klar, wie sehr Walt Whitmans Worte den Komponisten inspiriert hatten.

Wagst du nun, oh Seele,
Auszugehen mit mir in das unbekannte Land,

Wo weder Grund für den Fuß ist noch Pfad zu folgen?
Weder Landkarte dort noch Führer [...]
Alles ist leerer Raum vor uns,
Alles wartet, nie erträumt, in diesem Gebiet,
In diesem unzugänglichen Land.

Der Augenblick war so grenzenlos, dass unsere Körper von ihm widerhallten und aufbrachen. Die Auflösung in der Vereinigung, wie ich sie noch nie erlebt hatte, geschah für uns beide fast gleichzeitig. Wir hielten uns nicht einmal an den Händen.

Fünf

»AH, DA SEID IHR JA«, SAGTE ELIZABETH, ALS SIE DIE TREPPE herunterkam. »Es muss ungefähr Teezeit sein.« Erst jetzt bemerkte ich eine alte Standuhr in der Ecke, die surrend ausholte, aber dann doch nicht schlug. »Diese Uhr macht mich noch wahnsinnig«, sagte Elizabeth. »Immer will sie schlagen, aber selten schafft sie es mal.« Sie ging hinüber und schlug gegen das Gehäuse. Nach einem vielstimmigen Gerassel entschloss sich die Uhr zu elf Schlägen, und das um vier Uhr nachmittags. Der Kontrast zu dem machtvollen Augenblick, den Nur und ich erlebt hatten, ließ uns in Gelächter ausbrechen.

Elizabeth lächelte. »Es ist also etliche Jahre her, dass ihr euch das letzte Mal gesehen habt. Hast du ihm schon deine ganze Lebensgeschichte erzählt, Nur?«

»Ich hole den Tee«, schlug Nur stattdessen vor; sie ging in der gleichen mühelosen Art aus dem Zimmer, die ich vorher schon an ihr bemerkt hatte.

»Gut«, sagte Elizabeth. »Die Schokoladenkekse, die ich so gern mag, sind in der großen runden Dose auf dem Regal. Die kannst du auch mitbringen. Wir wollen richtig englisch Tee trinken, du kannst deinen türkischen Kaffee für dich behalten.« Wieder dieses tiefe Rumoren, das ihr Lachen ankündigte. Diesmal jedoch hielt sie es unterwegs noch an und beugte sich zu mir herüber.

»Nur ist eine ungewöhnliche Frau«, begann sie. »Ich weiß, dass ich Ihnen das eigentlich nicht erst sagen muss, aber es gibt ein paar Dinge, die ich vielleicht noch ergänzen sollte. Ihre große Sehnsucht, die Wahrheit zu erkennen, hat sie bereits seit ihrer Kindheit. Ich kannte ihre Eltern; sie sind beide schon gestorben, und deshalb wurde Nur zu mir geschickt. In der Zeit, in der sie sich von ihrer Krankheit erholte, war ich für sie so eine Art Beschützerin.

Als sie zu mir kam, war sie auf dem Weg der Besserung, aber der wirkliche Grund ihres Zusammenbruchs war ihr immer noch sehr unklar. Ein Teil von ihr konnte sich noch an die Reise erinnern, die sie angetreten hatte, bevor das alles geschah. Aber ein anderer Teil hatte einige der Schlüssel vergessen – oder vielleicht sollte man sagen ›blockiert‹ –, die sie brauchte, um frei zu sein. Oberflächlich betrachtet litt sie an einem geistigen Zusammenbruch, der zum Teil durch ihr Meditationstraining ausgelöst wurde. Es macht einem Angst, wie viel von solchen Sachen es ringsum gibt. Wie können die Leute es wagen, andere in Welten hineinzuziehen, auf die sie nicht vorbereitet sind?« Sie unterstrich diese Aussage, indem sie mir mit dem Monokel winkte wie mit einem erhobenen Zeigefinger.

»In Nur ist dabei die Matrix beschädigt worden, ein Teil des übergreifenden Ganzen, aus dem wir beständig in diese relative Welt hinein entstehen. Unser ganzes Sein wird kontinuierlich gebildet – entweder von höheren und subtileren Intelligenzen oder Schwingungswelten in Verbindung mit der niederen Welt der Elemente oder, wie es öfter der Fall ist, fast ausschließlich durch unsere niedere animalische Natur. Alles, was Sie sehen, fühlen, berühren, schmecken oder riechen, kann man als Gebilde der formativen, der feinstofflichen Welten verstehen. Deshalb wird diese Welt so oft eine Welt der Illusion genannt. Ich weiß, dass Ihr Lehrer über diese Dinge mit Ihnen gesprochen hat, aber im Ganzen finde ich, dass man besser nicht zu viel darüber spricht, außer zur rechten Zeit, am rechten Ort und mit der richtigen Person. Sonst kommt bei solchen Gesprächen nichts Kreatives heraus.«

Wieder lächelte sie, und ich konnte sehen, dass sie erheblich mehr wusste, als sie in diesem Augenblick mitzuteilen bereit war.

»Mir ist sehr wichtig, dass Sie verstehen, dass Nur durch den Tod ihrer Illusionen wirklich umgewandelt worden ist. Sie hat zwar schon einen Geschmack davon, was das bedeutet, aber die Schwierigkeit besteht darin, dass jetzt noch ein anderer Mensch sie wirklich als Frau erkennen muss, als das, was sie in Vollendung ist. Was sie dabei erfährt, kann sie dann in die relative Welt übertragen. Sie haben dabei eine besondere Rolle zu spielen. Geben Sie ihr so viel Raum, wie sie braucht. Glauben Sie mir und Ihrem früheren Lehrer, dass sie wirklich weiß. Ihr muss nichts mehr beigebracht werden. Seien Sie einfach im Atem bei ihr, zwei vollkommen ›normale‹ Menschen – das genügt. Eure Bestimmung wird euch führen; es gibt also keinen Grund, mit Gewalt etwas erreichen zu wollen.«

Ich hörte die Teetassen auf dem Tablett klappern, das Nur hereintrug. Sie hatte sich eine Schürze mit einem großen Bild der Queen umgebunden, die vollkommen deplaziert wirkte und so, als hätte Nur sie absichtlich gewählt. Sie trug ein makellos poliertes Silbertablett und eine Teekanne unter einer drolligen altmodischen Haube. Alles war nett zurechtgelegt. Die Kekse lagen in einer Silberschale; erst als wir die meisten gegessen hatten, bemerkte ich, dass die Schale ein Preis war, den Elizabeth in den Dreißigerjahren beim Reiten gewonnen hatte. Wieder musste ich lächeln über den Zusammenprall meiner Vorstellungen von einem spirituellen Lehrer mit der Wirklichkeit dieser typischen Mittelklasse-Engländerin, deren Ahnenreihe in diesem Land wahrscheinlich über Jahrhunderte zurückzuverfolgen war.

»Herrlich!«, sagte Elizabeth. »Nichts geht über eine gute Tasse Tee. Weiß der Himmel, was wir Engländer ohne sie tun würden, und sie scheint ja auch immer gerade zur rechten Zeit da zu sein.«

Nur sagte in diesem Gespräch sehr wenig, und ich dachte daran, was sie mir erzählt hatte. Elizabeth hatte mir nahegelegt, ihr so viel Raum zu lassen, wie ich konnte, deshalb spielte sich das Gespräch hauptsächlich zwischen Elizabeth und mir ab, obgleich ich Nur gern viele Dinge gefragt hätte.

»So, nach dem, was Sie mir erzählt haben, Reshad, ging es Ihnen darum, irgendeine Derwischsekte im Mittleren Osten zu finden, die alles über das Heilen weiß. Aber Ihr Lehrer merkte, dass Sie für diese Dinge noch nicht bereit waren, und anstatt Sie mit Informationen vollzustopfen, hat er Ihnen erst einmal Grundlagen verschafft. Ein Schauspiel wurde inszeniert, in dem Sie eine Rolle bekamen, und die Erfahrung selbst wurde der Lehrer.

Und ich möchte jetzt für euch ein Programm aufstellen, weil ihr beide Zeit habt. Es darf aber keine Zeit verschwendet werden, denn Verschwendung ist die größte Sünde. Ich komme hier ganz gut ohne Nur zurecht. Die Nachbarn werden zwischendurch mal hereinschauen, und es reicht, wenn ihr euch ab und zu meldet. Ich werde für euch ein spiritueller Reiseführer sein. Aber wenn es überhaupt eine Reise geben soll, müssen wir uns über das Ziel klar werden. Es wäre dumm, in der Welt herumzurennen, ohne ein Ziel vor Augen zu haben.

Ein Ziel darf nicht vage sein. Bei allem genau und sorgfältig vorgehen!«, sagte sie mit einem heftigen Schlag auf ihren Schenkel. »Gott sei Dank habe ich in meiner Erziehung Disziplin gelernt. Mir wurde einfach nicht erlaubt, vage zu sein. Ich hatte eine wunderbare Mutter, die uns beibrachte, eine Entscheidung zu fällen, darüber zu kontemplieren, uns zu fragen, ob wir das wirklich tun wollen, worum es gerade ging, und es dann zu tun, nachdem wir uns bildlich vorgestellt hatten, was wir tun wollten und wie.

Also, Reshad, sehen wir uns doch mal an, weshalb Sie hier sind, das heißt, was der wirkliche Zweck des Ganzen ist. Was glauben Sie selbst?«

»Na ja, da ist diese Erkenntnis, die ich in der Türkei hatte – und natürlich der ganze Fragenkreis um die Frau und die Matrix.« Es fiel mir schwer, ein definitives Ziel anzugeben. Ich bat Elizabeth um Hilfe.

»Sind Sie aber ernst!«, war ihr kopfschüttelnder Kommentar. »Wo ist denn Ihr Humor geblieben? Wenn Sie so ernst dreinschauen, wird es überhaupt keinen Spaß machen. Das ist alles, was ich Ihnen oder irgendwem in der Welt wünsche: ein freudiges Leben zu führen und stolz, das heißt demütig zu sein, dass wir leben. Zu viele Menschen jagen hinter Gott, der Wahrheit oder irgendwas anderem her, als wäre es das Ende der Welt. Sehen wir uns die Situation doch mal genau an. In der Tradition, der Sie folgen, sagt man: ›Schau auf die Zeichen‹, nicht wahr? Wenn wir also mal einen Blick auf die Zeichen riskieren, ergibt sich vielleicht etwas daraus. Herrjeh, wartet mal, jetzt kommen die Sechs-Uhr-Nachrichten. Die möchte ich nicht verpassen. Ich halte mich gern auf dem Laufenden, und außerdem mag ich die Stimme des Sprechers.« Sie schaltete das alte Radio ein und lehnte sich in ihren Sessel zurück.

Ich war vollkommen baff – was konnte in diesem Augenblick an den Nachrichten so wichtig sein? Gewiss, die Stimme des Sprechers war tatsächlich angenehm, aber soweit ich mich erinnere, wurde nichts Neues berichtet. Die üblichen Probleme im Mittleren Osten; ein Mord in der Londoner Innenstadt; drei oder vier Streiks; die Queen war nach Schottland gereist, um ein neues Gebäude einzuweihen. Aber Elizabeth schien das alles zu genießen, und sie stellte das Radio erst ab, als die Sportnachrichten kamen.

»So«, sagte sie, »wo waren wir? Ach ja, jetzt weiß ich's wieder, es ging darum, was ihr in nächster Zeit tun werdet.«

Ich bemerkte, dass meine Unruhe und Beklemmung weg waren. Vielleicht war mein Bewusstsein durch die Nachrichten davon abgelenkt worden, jedenfalls fühlte ich mich seltsam erleichtert.

»Manchmal ist es gut, zu unterbrechen und auf etwas anderes zu hören«, sagte sie zwinkernd. »In der Zwischenzeit kann die Arbeit dann auf einer anderen Ebene weitergehen.

Ich werde euch zu einem sehr guten Freund schicken, der das Wissen besitzt, nach dem ihr sucht. Ich weiß zwar, dass es nicht möglich ist, den Zweck der Reise genau zu formulieren, denn es gibt immer unberechenbare Gefahren, und die Dinge ändern sich. Aber um zu verstehen, was dieser Mann euch zu geben vermag, müssen wir noch einmal betrachten, was uns daran hindern kann, die wirkliche Welt zu erkennen.

Wir sagen, dass es drei Mauern gibt, die uns trennen«, fuhr sie fort und wurde jetzt ganz ernst. »Diese drei Mauern sind Neid, Groll und Stolz. Wenn wir genau betrachten, wie stark diese drei negativen Kräfte in uns sind, können wir sehen, was uns antreibt und was uns daran hindert, die Wahrheit zu hören und zu sehen. Hört jetzt genau zu, dann habt ihr etwas, woran ihr immer arbeiten könnt, wenn euch etwas schwer zu Erklärendes begegnet.

Die erste Mauer, Neid, ist viel subtiler, als wir normalerweise annehmen. Natürlich erzeugt der Neid Habgier und solche Dinge, aber ist euch schon aufgefallen, dass Neid auch dahinter steht, wenn wir die Erfahrung eines anderen haben wollen? Inzwischen wisst ihr ja sicher, was für ein albernes Unterfangen das ist – denn keine zwei Augenblicke sind gleich. Die Erfahrung eines Menschen kann nie die Gleiche sein wie die eines anderen Menschen. Neid lässt uns nach etwas verlangen, das uns selbst gar nicht gemäß und daher unwirklich ist; was wir dann zu fühlen glauben, ist nur der Abklatsch der Wirklichkeit eines anderen. Versucht also nie, unter keinen Umständen, jemand anderen zu kopieren. Ihr müsst etwas Reales für euch selbst haben, dann habt ihr etwas Reales, das ihr weitergeben könnt.«

Sie wandte sich zu Nur. »Weißt du noch, wie ich dir erklärt habe, dass ein Grund, weshalb du in solche Schwierigkeiten geraten bist, darin bestand, dass du nach jemandem gesucht hast, der in dir eine Erfahrung von dem erzeugen konnte, was du ›Wirklichkeit‹ genannt hast? Weil niemand da war, der dir all das erklären konnte, bist du an die ganz falschen Leute geraten. Aber vielleicht war es auch gar nicht so schlimm«, sagte sie mit einem freundlichen Lächeln. »Schließlich bist du jetzt wiederhergestellt und erneuert, und das ist besser, als die gleichen Fehler immer wieder zu machen.«

Nur sah mich an und legte eine Hand auf meinen Arm. »Elizabeth hat recht, Reshad«, sagte sie. »Ich wusste es damals nicht besser. Jetzt verstehe ich, dass es in unserem Zusammensein immer

Distanzen geben wird, damit eine wirkliche Beziehung möglich ist.«

»Die zweite Mauer ist die Mauer des Grolls«, fuhr Elizabeth fort. »Man sieht sie überall, stimmt's? Seht euch nur an, wie sehr wir andere ablehnen oder die Situationen, in denen wir selbst sind. Versuchen wir nicht ständig, etwas zu ändern, das einfach nur so ist, wie es ist? Und wenn wir feststellen, dass wir es nicht können, ärgern wir uns. Das ist eine scheußliche Krankheit, so schlimm wie die Windpocken, die ich bekam, als ich fast vierzig war. Überall diese wunden Stellen, das wünsche ich wirklich niemandem.

Groll entsteht dadurch, dass wir etwas zu ändern versuchen, das zu ändern wir kein Recht haben. Die Ursache besteht wie bei den anderen Mauern in Schocks, die wir erlebt haben.«

Ich weiß noch, wie meine Mutter, als ich fünfzehneinhalb Jahre alt war, wieder heiratete und uns aus dem wunderschönen Haus, in dem ich aufgewachsen war, wegbrachte. Dort hatte ich schon als Kind erfahren, was es bedeutete, durch einen Spiegel in die wirkliche Welt zu blicken. Mit acht Jahren erfasste mich eine tiefe Begeisterung für die Natur, und der Wildhüter meiner Mutter wurde mein erster Lehrer. Bei jeder Gelegenheit begleitete ich ihn auf seinen Runden durch die Wälder auf unserem gut zweihundert Hektar großen Besitz, wo er den Wilderern und Raubtieren nachstellte, die dem Wild schadeten. Das war während des Zweiten Weltkriegs, und es gab so wenig zu essen, dass wir vor allem auf das angewiesen waren, was wir draußen fanden, meist Kaninchen.

Mr. Taylor war ein außergewöhnlicher Mann, ein Mystiker ganz eigener Art, und obgleich er nur eine lückenhafte Bildung besaß, konnte er mir ungeheuer viel über die Natur vermitteln, die er so sehr liebte und so gut kannte. Für ihn war die Erkenntnis, dass alle Dinge im Leben miteinander verbunden sind, kein Problem. Er verbrachte viele Stunden damit, mir zu zeigen, wie alle Kaninchen in einem Feld sofort reagieren, wenn man eins stört; wie sie mit den Hinterläufen trommeln und damit Schwingungen im Boden erzeugen, die sämtliche Tiere in dem ganzen Gebiet sofort aufhorchen lassen. Manchmal nahm er mich im Morgengrauen mit, und dann saßen wir an einem ganz bestimmten Tor, beobachteten den Übergang zwischen Nacht und Tag und sahen, wie die Nachttiere in den Wald zurückkehrten und die Vögel mit Gesang erwachten.

Ich war gerade zehn geworden. Taylor hatte mir in den vergangenen zwei Jahren viel beigebracht. Ich lernte, ein Gewehr zu tragen und richtig zu schießen. Ich kannte alle Kaninchenbaue und Verstecke auf unserem Grund, ich konnte das Alarmtrommeln eines Kaninchens nachmachen und konnte beurteilen, in welcher Richtung es aus seiner »Sasse« flitzen würde, wenn man es dazu zwang. Ich lernte das Land und seine Kreaturen so tief zu lieben, dass sie ein Teil von mir wurden.

Und dann kam die Prüfung. Taylor nahm mich mit in den Wald. Es war ein kalter Wintertag, eine dünne Schneedecke lag auf der Erde, und oben stand hell und warm die Sonne. Er sagte nichts, aber wir waren so vertraut miteinander, dass meist auch keine Worte nötig waren. Sehr vorsichtig führte er mich über die Pfade, dann neben dem gepflügten Acker an der Hecke entlang. Wir gingen schweigend in diesem Raum aus tiefer innerer Stille und Aufmerksamkeit, die ich so lange geübt hatte. Kein Zweig knackte unter unseren Füßen.

Nicht lange, und er gab mir mit der Hand ein Zeichen, stehenzubleiben. Er deutete auf ein Büschel aus trockenem Farnkraut, das dünn mit Schnee bedeckt war. Es war etwa zwei Meter entfernt, und das ungeschulte Auge hätte dort nichts weiter gesehen als einen kleinen Hügel im Schnee. Es waren keine Spuren zu sehen, aber der Neuschnee konnte sie verdeckt haben.

Er winkte mich näher heran. Sehr vorsichtig ging ich auf das Farnkraut zu, atmete kaum, jeder Muskel gespannt. Er nickte mir zu. Jetzt lag es an mir zu spüren, in welcher Richtung das Kaninchen lag. Erfahrung und Instinkt, die sich mit den Jahren gebildet hatten, sagten mir, dass ich das Kaninchen unmöglich fangen konnte, wenn ich vor ihm trommelte. Ich musste den Alarmton unmittelbar hinter ihm erzeugen und mich dann auf die Stelle werfen, wo es herausschießen würde.

Ich hatte es richtig eingeschätzt, denn als ich das Geräusch machte, schoss das Kaninchen in einer Schneewolke aus der Sasse, und ich landete auf ihm, eine Hand um die Hinterläufe, die andere im Genick. Taylor nickte wieder, und genau in dem Augenblick, als das Kaninchen starb, empfand ich eine so tiefe Liebe und Achtung für sein Leben, dass ich mich vollkommen einer anderen Welt öffnete. Jeder Baum hatte ein unsichtbares Gegenstück, jeder Busch ebenso, und wohin ich auch schaute, war eine Welt aus schimmerndem Licht. Ich weiß nicht, wie lange ich da stand, den

Körper des toten Kaninchens in den Händen, aber die Erinnerung begleitete mich durch meine ganze Jugend. Von da an bis zu der Zeit, als ich fünfzehneinhalb war und meine Mutter das Haus verkaufte, konnte ich diese Matrix aus Licht sehen. Es war wie eine lebendige Blaupause oder ein fotografisches Negativ, das allem in dieser Welt Gestalt und Struktur gab. Aber in dem Augenblick, als wir zum letzten Mal den Zufahrtsweg hinunterfuhren, war ich so sehr von Groll erfüllt, dass sich das Fenster wieder schloss. Ich konnte nicht mehr in diese andere Welt sehen, und mir blieb nichts als ein blasses, statisches Abbild dieser pulsierenden, flüchtigen Matrix, die einmal so wirklich gewesen war.

Jahrelang schlug ich mich mit diesem Groll herum, aber erst während der Zeit in der Türkei verschwand er wieder. Endlich war die Bitterkeit vorbei. Die Zeit, die damals stehengeblieben war, strömte wieder in den gegenwärtigen Augenblick, und ich konnte wieder in die wirkliche Welt schauen.

»Stolz«, setzte sie unvermittelt ihre Unterweisung fort, so dass ich meine Aufmerksamkeit schnellstens neu ausrichten musste, »hat mit dem Gefühl zu tun, dass wir irgendwie etwas Besonderes sind, und das entsteht aus Unwissenheit. Der ursprüngliche Grund ist aber auch hier ein Schock, der dazu führt, dass wir uns zu rechtfertigen versuchen und arrogant werden. Niemand – ich wiederhole, niemand – ist anderen gegenüber etwas Besonderes, oder sagen wir, wir sind alle etwas Besonderes.« Ich spürte, dass sie damit ganz sanft in meine Richtung zielte.

»Aber genug«, brach sie plötzlich ab. »Denkt einfach beide daran, dass jeder Augenblick in der Essenz die formative Welt unseres ganzen Lebens enthält. Aber das ist für uns nur zugänglich, wenn wir wirklich gegenwärtig sind. Es liegt an euch, über diese Dinge zu meditieren. Nur kann dabei helfen, denn das, wofür sie die Dinge aufgrund ihrer Illusionen gehalten hat, ist verschwunden, und etwas Wirkliches ist übriggeblieben.«

Nur lächelte. »Danke – für dich und all die anderen, die für mich da waren, als ich das alles durchgemacht habe.« Sie sprach so leise, dass ich mich vorbeugen musste, um zu hören, was sie sagte. »Ich werde immer dankbar sein«, sagte sie.

»Ha!«, sagte Elizabeth mit einem triumphierenden Ausdruck im Gesicht. »Das ist ja großartig. Haben Sie gehört, Reshad?«, fragte sie, setzte mit einer resoluten Bewegung ihr Monokel ein und starrte mich an. »Der Schlüssel zum Willen ist Dankbarkeit. Das sage ich den Leuten oft, denn ohne Willen können wir gar nichts machen. Dann wimmeln wir nur ohne echte Motive und Absichten herum. Der Schlüssel zum Willen ist Dankbarkeit. Jeden Morgen dankbar aufzuwachen, dankbar zu essen, was Gott uns gibt, in jedem Augenblick dankbar zu sein – das ist der Anfang. Und weil Wille notwendig ist, damit Ordnung herrschen kann, sollten wir jetzt sehen, dass wir weiterkommen!

Jetzt geht ihr mal aus, damit ich früh ins Bett kann. Laden Sie sie zum Essen ein oder so, und morgen sehen wir uns wieder.«

Sie machte Anstalten, sich aus ihrem Sessel zu erheben. »Helft mir doch auf, zum Donnerwetter!«, sagte sie. »Seht ihr nicht, dass ich eine alte Frau bin? Außerdem stimmt mit meinem Knie etwas nicht.«

Nur und ich nahmen sie bei den Armen und halfen ihr sanft auf die Beine. »Uff«, sagte sie. »Die Nase voll vom Altsein! Aber das Lachen hält mich in Bewegung; Lachen und Erfahrung, aber höchstwahrscheinlich bringt eins das andere hervor.« Ihr rumpelndes Lachen setzte ein, als wir ihr durch die Tür in den Flur halfen, und als sie die Treppe hochstieg, lachte sie in ungetrübter Heiterkeit.

Sechs

NUR UND ICH ASSEN IN EINEM BISTRO IN SOHO. ICH KANNTE das Lokal schon seit zwanzig Jahren, und das Menü hatte sich in dieser Zeit nie geändert. Die Besitzerin, Madame Sophie, hatte in all den Jahren selbst gekocht und bedient. Das Bistro war wegen seiner vorzüglichen Speisen bekannt und wegen Sophie, einer Frau, die Mitgefühl besaß und einen unbeugsamen Charakter.

»Ich komme gleich, mein Schatz«, sagte sie mit ihrem osteuropäischen Akzent, als wir uns setzten. »Muss alle meine Gäste bedienen.«

Die Küche war durch eine niedrige Mauer vom Speiseraum abgetrennt. Die Belegschaft hörte auf Sophies Kommando, und sie stellte nur Leute ein, die bereit waren zu dienen – und gut zu dienen.

»Bringt meinen Freunden Borschtsch«, rief sie dem Küchenpersonal zu. »Ich mache sehr guten Borschtsch, mein Liebling«, sagte sie zu Nur. »Und wie kommst du zu dem Glück, die hier zu finden?«, fragte sie mich mit einem Blick auf Nur, bevor sie sich einem anderen Gast zuwandte, der gerade das Restaurant betrat.

Ihr barscher Tonfall änderte nichts daran, dass sie uns mit ihrer warmen Art ein Gefühl vollkommener Behaglichkeit gab. Es war eine Erleichterung, denn ich hatte mich auf dem ganzen Weg nervös und unbehaglich gefühlt. Ich hatte Nur zuerst mit in meine Wohnung genommen, damit ich mich waschen und umziehen konnte, aber wie angekündigt, hatte sie kaum etwas gesagt. Irgendwas musste erst noch wachsen, und das würde offensichtlich eine Zeit dauern.

Der Borschtsch war wunderbar wie versprochen, und danach kam eine weitere Spezialität des Hauses: Huhn in Weißwein-Sahnesoße. Ein Glas Wein rundete das Mahl ab, und als der Kaffee serviert wurde, setzte Sophie sich an unseren Tisch.

»So, Schätzchen«, begann sie, »wo bist du die ganze Zeit gewesen? Du liebst Sophie wohl nicht mehr!«

Ich war tatsächlich seit über zwei Jahren nicht mehr in dem Restaurant gewesen. Als ich das erste Mal aus der Türkei zurückgekommen war, wollte ich nicht mehr an Orte gehen, wo ich früher oft gewesen war. In meinem Leben hatte sich äußerlich und innerlich so viel geändert, dass ich bei vielen meiner früheren Bekannten einfach nicht mehr wusste, wie ich ihnen begegnen sollte.

»Na los«, drängte sie. »Was hast du gemacht, wo warst du, und wer ist diese reizende Dame?«

Ich wurstelte mehr schlecht als recht an einem Bericht herum, aber Sophie hörte aufmerksam zu.

»So«, sagte sie. »Du bist also auf den Weg gestoßen. Ich habe mich schon gefragt, ob es wohl je dazu kommt. Du warst immer so ungeduldig, dass du ihn von dir weggeschoben hast. Dummer Mann!«, schalt sie lächelnd. »Schließlich kenne ich dich doch sicher schon ungefähr die zwanzig Jahre, die dieses Restaurant besteht, und trotz aller Winke und Geschichten hast du anscheinend nie begriffen.

Ich bin eine sehr gute Anglerin«, sagte sie und nahm Nurs Hand. »Aber manche Fische beißen nicht – sie glauben, sie sind zu wichtig.«

Plötzlich sah sie Nur an. »Du bist viel wichtiger als der da«, sagte sie. »Wie heißt du?«

Nur antwortete leise und fing dann an, etwas von ihrer eigenen Lebensgeschichte zu erzählen.

»Ich weiß nicht, was du an dir hast, dass du die hier verdienst«, sagte Sophie zu mir und schenkte mir Kaffee ein. »Du hast da eine große Frau, mein Lieber. Sei bloß nett zu ihr und behandle sie gut. Sie weiß viel mehr als du, also sei diesmal lieber vernünftig.

So«, sagte sie, »lasst euch von Sophie einen kleinen Rat geben: Bis ihr wisst, was ihr tut, wenn ihr das tut, was wir ›das Werk‹ nennen, solange tut einfach die Arbeit. Wenn nicht, dann esst gut, schlaft gut und liebt gut. Ich, ich arbeite die ganze Zeit, und ich esse immer noch gut und schlafe die ganze Nacht – aber, Schätzchen, mehr nicht.

Hört ihr Sophie einen Moment zu? Sophie hatte gestern Abend ein paar Gäste hier. Nette Leute, aber nicht sehr vernünftig. Sophie hat ihnen eine Geschichte erzählt, aber sie haben nicht zugehört.

Sie waren ›draußen vor dem Fenster‹, überhaupt nicht in ihrem Körper. Was für eine komische Sache! Stellt euch vor, hier auf dieser wunderschönen Erde leben und nicht im Körper wohnen. Denken, denken, das ist alles, was diese Leute tun, sie sind überhaupt nicht in ihrem Körper, sondern im Kopf. Nicht gut, so was.

Nur, schimpfe mit ihm. Ich liebe diesen Mann. Er ist mein Freund, aber du musst ihn wach halten, sonst vergisst er dich womöglich«, sagte sie, legte ihren Arm um Nur und drückte sie an sich. »Dann wird Sophie böse. Sophie ist eine große Frau. Dieser Mann ist nicht stark genug, um es mit mir aufzunehmen. Also schimpfe nur immer mit ihm. Damit er zuhört.«

Nur lächelte, und zugleich hatte sie Tränen in den Augen. Sie beugte sich vor und legte ihre Arme um Sophies Hals. Für einen winzigen Moment war Stille, dann flog plötzlich die Tür auf, und ein paar lärmende Gäste kamen herein.

Sophie drehte sich nach der Tür um. »Was macht ihr da, ihr Krawallbrüder?«, rief sie. »In Sophies Restaurant macht man nicht so einen Krach. Seid still und benehmt euch. Was glaubt ihr, wo ihr hier seid – auf dem Fußballplatz? Kommt gefälligst nett rein, wenn ihr hier essen wollt. Pah! Diese Kinder. Denen ist das Essen egal und überhaupt alles. Denen ist Sophie egal, nur sie selbst nicht.«

Staunend sah ich, wie die Gäste still wurden, auf die Straße zurückgingen und dann leise wieder hereinkamen.

Sophie ging in die Küche zurück und sagte noch, dass sie uns hoffentlich wiedersehen würde.

In dieser Nacht blieben wir in meiner Wohnung. Draußen im Garten raschelten die Blätter der Bäume in der sanften Brise. Es hatte geregnet, und die Luft war klar und frisch. Es gab nichts zu reden oder zu erklären, keine Fragen über das, was in uns beiden geschehen war.

Als die Sonne schon hoch am Himmel stand, gingen wir im Hydepark spazieren, freuten uns an den Beeten mit Narzissen, deren Gelb gegen das satte Grün des Rasens abstach. Wir sahen zu, wie der Wind die Blumen bewegte. Es war ein Tanz aus Blüten, die sich einmütig auf und ab wiegten. Aber zwei von ihnen, ganz in der Mitte, hatten sich gegen den Wind gedreht. Sie wirkten verärgert. Ich hielt Nur an der Hand und sagte: »Siehst du das? Vielleicht drehen sie sich wieder in die richtige Richtung, wenn wir sie nur erkennen und richtig lieben.«

Sie drückte meine Hand, und wir standen für einen Augenblick ganz still. Nurs Haar wehte hinter ihr im Wind. Wir sahen zu, wie die beiden Narzissen ihre Köpfe drehten. Das Meer aus gelben Blumen war wieder in Harmonie.

Am späten Nachmittag waren wir wieder bei Elizabeth. Sie begrüßte uns herzlich an der Tür und führte uns ins Wohnzimmer. »So, meine Lieben«, sagte sie bei der unvermeidlichen Tasse Tee. »Ich bin sicher, ihr habt einen schönen Abend gehabt, und ich habe über viele Dinge nachgedacht. Mit der richtigen Aufnahmefähigkeit und Schulung sind wir manchmal fähig, uns auf die Welt der Möglichkeiten einzustimmen, was allerdings nicht unbedingt heißt, dass sich auch alles so entwickelt, wie wir es uns vorstellen. Aber das habt ihr sicher alles früher schon gehört.

Ich glaube, man kann wohl sagen, dass Ihre Begegnung mit Nur in der Welt der Möglichkeit stattgefunden hat. Es hätte auch alles anders kommen können. Sie könnten aus vielerlei Gründen vom Weg abgewichen sein. Ihr Lehrer könnte missverstanden haben, was vorging, oder Sie könnten sich entschlossen haben, seinen Rat nicht anzunehmen. Es hätte auch sein können, dass Nur sich hier gelangweilt hätte und wieder aufgebrochen wäre, oder ich wäre vielleicht gerade nicht zu Hause gewesen, als Sie anriefen. Alles hätte geschehen können. Aber es ist nicht geschehen, und ihr habt euch getroffen.

Bestimmte Umstände haben dabei geholfen. Erstens hattet ihr euch früher schon getroffen und einen sehr tiefen Eindruck aufeinander gemacht. Nur hat mir oft davon erzählt und sogar einmal gefragt, ob sie nicht versuchen sollte, Sie wieder zu finden. Weißt du noch?«, fragte sie Nur unter unbändigem Gelächter. Nur lächelte. Ich weiß nicht genau, ob sie errötete, denn ich konnte ihr Gesicht nur zur Hälfte sehen.

»Ich habe ihr dringend geraten, für sich zu bleiben und zu warten, denn wir wollten beide der Bestimmung ihren Lauf lassen. Ihr hattet euch getroffen; es hatte ein Austausch von Energie stattgefunden; es hatte nicht die übliche sexuelle Anziehung gegeben, und deshalb gab es viele Möglichkeiten. Diese ganze verdammte Sexualität, Reshad – die Leute fahren sich in ihr fest, weil sie glauben, sie sei schon die Liebe selbst. Blödsinn!«, sagte sie laut. »Sexualität kann ein Ausdruck der Liebe sein, aber die meisten Leute landen miteinander im Bett, ohne sich überhaupt Gedanken über den Sinn der Liebe gemacht zu haben. Die Bettenhersteller freuen sich natürlich darüber, aber die Liebe bleibt auf der Strecke.

Was wollte ich sagen? Tut mir leid, aber dieses Thema entwickelt sich immer wieder zur Kontroverse, wenn Leute zu mir kommen und um Rat fragen und eigentlich nur meine Zustimmung zu ihrer Konfusion wollen. Auf jeder zweiten Psychiatercouch und in der Hälfte aller Ashrams der Gurus tummeln sich Leute, die nicht wirklich eine Veränderung riskieren wollen, sondern nur darauf aus sind, sich besser zu fühlen. Das hält diesen Beruf zwar am Leben, hat aber ansonsten wenig Sinn. Für den Psychiater habe ich einmal diese Definition gehört: ›Eine Illusion, die eine Illusion wegen einer illusionären Krankheit behandelt.‹ Huch! Ich lästere schon wieder. Eines Tages bringe ich mich damit bei einigen meiner guten Freunde noch in Teufels Küche.

Wenn zwei Menschen sich auf einer – sagen wir – spirituellen Ebene begegnen und die Zeit richtig ist, kann die Vereinigung dieser beiden Seelen sich in dieser Welt manifestieren. Es taugt gar nichts, in irgendwelchen Engelssphären herumzuschweben, sich einen schönen Tag zu machen und *hier* nichts zu tun. Engel haben ihren eigenen Job. Sie haben keine Körper wie wir und sind daher beschränkt. Das haut euch um, wie?

Es kann aber auch sein, dass zwei Seelen sich treffen und ihnen nicht bestimmt ist, in dieser Welt zusammenzusein. Sie berühren sich und trennen sich wieder. Sie haben anderes zu tun. Aber ihre Begegnung kann nie vergessen werden; sie ist der Seele selbst aufgeprägt. Ihr wisst ja, die Seele besteht aus einer besonderen Substanz, die sich selbst kennt. Sie ist eine ›wissende Substanz‹, wie die sufische Tradition sagt.

Im Koran heißt es an einer Stelle: ›Wir werden sie auf die Probe stellen, bis Wir wissen.‹ Diese Tradition ist zwar nicht mein eigener Hintergrund, aber sie erklärt den Zusammenhang recht gut. Denn wenn es bestimmt ist, dass zwei Seelen zusammenarbeiten, dann werden sie in dieser dreidimensionalen Welt geprüft, obwohl sie sich vielleicht in einer Welt getroffen haben, die nicht aus Raum und Zeit ist, in einer zeitlosen Welt, in die wir zurückkehren können, wenn wir innen den Heiligen Gral gefunden haben – und zwar hier.« Sie stampfte zur Bekräftigung mit dem Fuß auf den Teppich, dass die Teetassen auf dem Tablett hochsprangen. »Aber da haben wir's wieder. Ihr habt noch euer ganzes Leben, um damit ins Reine zu kommen, und ich erzähle euch alle Antworten, bevor ihr auch nur Gelegenheit gehabt habt zu erleben, was das Leben euch geben kann.

Wir wollen lieber noch eine Tasse Tee trinken und sehen, was sich dann ergibt. Nur, setz doch bitte den Kessel auf. Dieser Tee ist so abgestanden, dass er meine Innereien wie Schuhleder gerben würde.

Klar ist jedenfalls«, sagte sie, als Nur den frischen Tee einschenkte, »dass ihr zusammen ein bisschen Zeit braucht. Aber wenn das, was ich gesehen habe, richtig ist, dann dürft ihr nicht vergessen, dass ihr auch an einer Entwicklung teilnehmt, die euch vielleicht zu Instrumenten macht, um etwas für andere auszudrücken. Ihr braucht dafür nichts *zu unternehmen,* aber ihr müsst euch dessen bewusst werden.

Wie ich gestern schon gesagt habe, möchte ich gern, dass ihr meinen liebsten Freund besucht, der in Wales lebt. Ich sehe ihn kaum noch, denn ich habe kein Auto und er ist schwer behindert. Wir schreiben uns, und etwa einmal im Monat führen wir ein langes Telefongespräch. Er hat sich auch viele Jahre lang mit den Derwischen im Mittleren Osten beschäftigt. Er besitzt ein besonderes Wissen, das er vielleicht an euch weitergeben wird. Ich schreibe ihm heute Abend, und wenn ihr euch dann für die Fahrt zu ihm ein paar Tage Zeit lasst, wird er bereit sein, euch zu empfangen.

Ich muss euch aber noch das Eine oder Andere über ihn mitteilen. Das erste ist, dass er an Krebs stirbt und meistens große Schmerzen hat. Niemand weiß, wie lange er leben wird, aber er ist einer von den wenigen, die ich kenne, die bereit sind zu gehen. Er hat Frieden mit seinem Schöpfer geschlossen, und das ist mehr, als ich von mir selbst behaupten kann«, sagte sie lächelnd. »Ich bin noch viel zu selbstsüchtig, und das Leben macht mir immer noch zu viel Spaß, nehme ich an.

Johns Zustand ist deshalb so besonders schwierig, weil er an der Schulter eine offene Wunde hat, die manchmal schrecklich nach Fäulnis riecht. Ihr müsst lernen, darauf nicht zu reagieren. Außerdem braucht er Hilfe, weil er teilweise gelähmt ist. Er hat Leute, die jeden Tag vorbeischauen, aber wenn er euch einlädt, eine Weile zu bleiben, dann müsst ihr euch alles Notwendige beibringen lassen und die Aufgabe für diese Zeit übernehmen.

So, habt ihr alles verstanden?«, fragte sie und sah uns nacheinander an. »John könnte für euch beide ein spiritueller Beschützer sein, wie ich für Nur in den letzten beiden Jahren eine Patin war. Aber ihr müsst zuhören, dienen und sehr viel Einfühlungsvermögen haben. Dann werdet ihr erfahren, wie groß seine Liebe ist. Manchmal liebt er so sehr, wisst ihr, dass ich mich frage, ob überhaupt noch etwas anderes in ihm ist.«

Zu meinem Erstaunen hörte ich, wie Elizabeths eher schroffe Stimme ein wenig brach. »Ach, ich alte Närrin«, sagte sie und wischte sich die Tränen aus den Augen. »Ich liebe diesen Mann so sehr. Wir hätten vor dreißig Jahren geheiratet, wenn wir gekonnt hätten, aber das war einfach nicht in den Karten. Aber schämen wir uns nicht, dass wir menschlich sind – und ich bin so dumm wie alle anderen.«

Während sie aufstand, las sie offenbar meine Gedanken. Ich war kaum angekommen und schon wieder mittendrin. »Keine Sorge«, sagte sie, als Nur sie am Arm nahm. »Eines Tages gewöhnen Sie sich an uns. So vieles im Leben hat mit dem richtigen Timing zu tun, stimmt's? Wenn man sich gegen die Gezeiten stemmen will, landet man immer in der falschen Richtung.

Ich muss mich jetzt ausruhen. Nur, du packst jetzt deine Sachen. Auf der Frisierkommode liegt ein Umschlag mit Johns Adresse und eine Landkarte, damit ihr euch zurechtfindet; er wohnt nämlich sehr abgelegen. Ruft mich an, wenn ihr da seid. Ihr werdet mir fehlen.«

Nur und Elizabeth umarmten sich lange schweigend. »Komm her, du Idiot«, sagte sie zu mir. »Gib deiner alten Freundin auch einen Kuss. Du bist immer noch so verdammt britisch!« Wir fingen alle drei an zu lachen. Die Spannung, die sich aufgebaut hatte, schmolz plötzlich weg. Schon war wieder das innere Rumoren zu hören, das ihrem beispiellosen Lachen vorausging. »Jetzt macht schon«, sagte sie prustend. »Ihr beide übt einen sehr schlechten Einfluss auf mich aus. Kann überhaupt nicht aufhören zu lachen, und wenn ich nicht lache, dann weine ich. Und dabei sollte ich eigentlich eine sehr ernsthafte Okkultistin sein!« Sie drohte mit dem Finger und setzte sehr gezielt ihr Monokel wieder ein. »Ah! Das ist besser. Jetzt erkennt mich keiner mehr.« Sie lächelte. »Gott segne euch, und mögen alle eure Schritte sicher gelenkt werden.«

Damit drehte sie sich um und ging die Treppe hinauf. Nur folgte ihr und ging in ihr Zimmer, um zu packen.

Sieben

»LASS UNS DOCH ÜBER STONEHENGE FAHREN«, SAGTE NUR. »Wär das nicht herrlich? Wir könnten die Nacht durchfahren und da sein, wenn die Sonne aufgeht. Das hab ich noch nie gemacht.«

»Ich auch nicht«, sagte ich. »Ja, das wäre großartig. Ich kenne da auch ein paar gute Pubs. Und weißt du, was mir vorschwebt – ein offenes Feuer und du.« Ihre Augen funkelten, und sie lächelte übermütig.

Nach all der Spannung fühlten wir uns wie in einem Glückstaumel. Es war, als hätten wir die Erlaubnis erhalten, unseren Weg in Freiheit weiterzugehen. Wir saßen im Auto vor Elizabeths Haus.

»Zuerst müssen wir zu meiner Wohnung fahren«, sagte ich. »Ich muss einen Koffer packen und dem Hauswart die Adresse geben, falls irgendwas Dringendes ist. Wir essen noch, und dann geht's los.«

»Lässt du mich kochen?«, fragte Nur. »Ich koche sehr gut, und ich möchte es so gern für dich machen.«

Ich nickte begeistert und fragte: »Und was wird's geben, gute Frau?«

»Oh, Kolibriflügel und vielleicht Rosenblütensuppe. Oder wie wär's mit Blaue-Wolle-Eintopf?« Sie drückte auf die Hupe und ließ einen langen Blökton durch die Straße hallen. »Um Himmels willen, hör auf«, sagte ich. »Damit kann man ja Tote wecken!«

»Na, vielleicht weckt es wenigstens die Vorstadt auf.« Sie legte ihren Kopf an meine Schulter, als wir die Straße hinauffuhren. Es fing gerade an zu dämmern, und die Straßenlaternen waren eingeschaltet worden. Die Leute kamen heim. Sie sahen so müde aus. Sie taten uns leid, und wir wollten ihnen zurufen, wie schön das Leben war, aber ich bezweifle, dass sie uns verstanden hätten. In ihrer Welt war in diesem Moment vielleicht kein Platz, um das Weshalb und Wozu der Dinge zu ergründen. Und doch war ihre Welt für sie genauso wirklich wie unsere für uns. Für jeden ist das wirklich, was er mit dem äußeren oder inneren Auge sieht. »Wir werden, was wir sehen«, hat Blake gesagt.

Außergewöhnlich war an unserer Begegnung, wie mir in dieser Nacht klar wurde, dass es zwischen uns überhaupt keine Reserviertheit gab. Es war unser erstes Abendessen zu zweit, und doch war unsere Harmonie so vollkommen, als existierten die Jahre, die seit unserer ersten Begegnung vergangen waren, einfach nicht. Bei dem köstlichen griechischen Essen, das Nur zubereitet hatte, tauschten wir Geschichten aus. Wir lachten, hörten Musik, schwiegen. In allem, was wir taten, spürten wir die Unausweichlichkeit dieses Geschehens. Die Empfindungen und Gefühle waren so stark, dass es für uns nur noch den Augenblick gab – Vergangenheit und Zukunft fielen von uns ab. Bei diesem Essen schien das Leben vollständig zu sein, und die Harmonie war ungetrübt.

Obgleich ich aus einer Familie komme, die sich schon immer für die Legenden der Druiden und Kelten und für die frühe Geschichte der britischen Inseln interessierte, war ich erst einmal, vor vielen Jahren, in Stonehenge gewesen, um einer Zeremonie der Druiden beizuwohnen. Aus allen Teilen Englands, Schottlands und aus Wales waren sie gekommen, um im Kreis der Steine die Sommersonnenwende zu feiern. An diesem einen Tag des Jahres geht die Sonne genau über dem so genannten *heelstone* auf, und Tausende von Touristen sehen diesem Ereignis zu. Ich hatte aber stets den Wunsch gehabt, ganz still hinzugehen, hätte lieber allein da gesessen und über den Sinn von Stonehenge und die anderen Steinkreise in ganz Europa nachgedacht.

Nur und ich hatten unsere Fahrt so geplant, dass wir kurz vor Sonnenaufgang ankommen mussten. Wir waren etwas zu früh da, denn als wir auf den Parkplatz fuhren, war es noch dunkel. Die Luft war kühl, die meisten Sterne schon verblichen, und über allem lag eine erwartungsvolle Spannung. Man spürte, wie die riesige Masse der Erde sich langsam dem Sonnenlicht entgegendrehte.

Wir schlürften heißen Kaffee aus unserer Thermosflasche und warteten. Keiner sagte ein Wort. Beim ersten Anzeichen der Morgendämmerung stiegen wir aus und gingen in die Mitte des Steinkreises. Wie die massigen Gestalten so gegen den heller werdenden Himmel standen, sahen sie aus wie dunkle Wächter. Ich war froh, jemanden bei mir zu haben, und als Nur meine Hand ganz fest drückte, wusste ich, dass sie genauso fühlte. »Wusstest du«, flüsterte ich ihr zu, »dass diese Steine aus Wales hierher gebracht worden sind? Wer das hier gebaut hat, der muss ganz genau gewusst haben, dass dies der richtige Ort ist.«

»Ich dachte, du wüsstest über diese Sachen Bescheid, Reshad.« Wir flüsterten beide. »In der Türkei hast du darüber doch viel gesprochen, weiß du noch? Ich war so beeindruckt, als du von Ley-Linien erzählt hast und von einem Ordnungsprinzip, das sich überall auf der Welt in der Sakralarchitektur zeigt. Ehrlich gesagt hatte ich keine Ahnung, wovon du geredet hast, aber es klang alles sehr gelehrt.« Sie gab mir einen leichten Stoß.

»Pst! Bleib doch ernst, Nur. Schau.«

Jeden Moment musste jetzt die Sonne aufgehen. Eine Wolkenbank reflektierte bereits ihr Licht, der Himmel wurde lachsfarben und dann rot.

»Wie heißt es doch gleich, Reshad? ›Morgenrot – schlecht Wetter droht!‹ Vielleicht regnet es heute noch.«

Ich nahm sie bei der Hand und zog sie auf die Knie herunter, so dass wir nach draußen über die Ebene blicken konnten. Ganz plötzlich, so kam es mir vor, tauchte die Sonne direkt südlich des *heelstone* hinter dem Horizont auf. Die großen Monolithe, die wir eben noch als dunkel und drückend empfunden hatten, standen jetzt grau und still im Morgenlicht. Jetzt erst fiel mir auf, dass wir nicht allein waren. In der Dunkelheit hatte ich nicht bemerkt, dass etliche Leute allein oder in Gruppen in der Runde der Steine standen. Es herrschte vollkommene Stille. Ich sah einen jungen Mann, der seine Arme zum Gruß hoch über den Kopf erhoben hatte. Eine junge Frau saß meditierend mit gekreuzten Beinen, und zwei ältere Leute standen nah beieinander im Schatten eines der Steine.

»Sind Sie zum ersten Mal hier?« Wir erschraken beide über diese Frage; ein Mann von Anfang dreißig hatte sie gestellt, der in der Dunkelheit direkt hinter uns gestanden hatte. Es dauerte einen Moment, bis wir antworten konnten.

»Ja« , sagte Nur. »Es tut mir leid, wenn wir Sie mit unserem Geflüster gestört haben; wir hatten keine Ahnung, dass hier noch jemand ist.«

»Ich heiße Bruce«, sagte er und streckte uns die Hand hin. »Das macht gar nichts; manchmal sind hier so viele Leute, die Lärm machen, dass man seine eigenen Gedanken nicht mehr hört. Es ist übrigens ein ganz besonderer Morgen. Stonehenge ist meine ganze Leidenschaft. Ich studiere diese Sache mit den stehenden Steinen und den Erdstromlinien schon mein ganzes Leben lang. Ich komme jeden Morgen her, nur um mich in das Geheimnis zu versenken. Ich arbeite acht Meilen von hier entfernt, da ist es kein Problem. Meine Frau findet, dass ich verrückt bin«, sagte er lachend.

Wir gingen zu dritt zum Wagen zurück. Langsam wurde uns kalt, deshalb setzten wir uns hinein und luden ihn zu den Resten unseres Kaffees ein.

»Bruce«, sagte Nur, »worum ging es bei diesen Steinen? Ich habe die Theorie gehört, dass es eine astronomische Uhr war, aber es gibt noch andere Vorstellungen, nicht wahr? Was glauben Sie?«

»Was Sie über die astronomische Uhr gesagt haben, ist wahrscheinlich richtig, aber ich bin sicher, dass noch mehr dahintersteckt. Wenn man sich wirklich damit befassen kann, Karten studiert, Messungen vornimmt und so weiter, dann findet man, dass all diese Steinkreise miteinander in Beziehung stehen. Sie sind nach einem bestimmten Muster angelegt; selbst die in Frankreich haben direkte Verbindungen mit denen in England und Irland, und zwar anscheinend über so genannte Ley-Linien, das sind natürliche Adern der elektromagnetischen Erdkräfte. Soweit ich weiß, gibt es die überall auf der Welt; sie bilden eine Art Gitternetz.

Die Alten wussten, wie man diese Linien auffindet. Die Chinesen nennen diese Wissenschaft *feng-shui* oder Geomantie; auch die Indianer waren mit den Prinzipien des ›Ortens‹ vertraut und wanderten entlang dieser Linien von Dorf zu Dorf. Ich habe dafür in den USA in der Gegend von Amarillo, Texas, mal ein Beispiel gesehen. Es war faszinierend. Die Linien waren etwa alle siebzehn Schritte mit flachen weißen Steinen markiert; die Legende berichtet, dass die Indianer nachts an diesen Linien entlangrannten und den Steinen folgten, die das Mondlicht reflektierten.

Aber das alles ist den Menschen heutzutage neu. Sie scheinen sich wenig daraus zu machen. Ich hatte mal das Glück, den Erzdruiden kennenzulernen. Er ist jetzt tot, aber er war ein außergewöhnlicher Mann, der viel über diese Dinge wusste. Er wohnte damals in Süd-London und hatte im Obergeschoß seines Hauses eine Druckerei. Weil ich kein Eingeweihter war, durfte ich die Bücher nicht sehen, die er von Hand druckte; sie enthielten sein Geheimwissen, das von Generation zu Generation überliefert worden war. Ich glaube, er war es, der mich auf diese verrückte Suche geschickt hat.

Er sagte immer, man müsse herausfinden, was die *wirkliche* Welt ist. Was man sieht, ist nur die Welt der Erscheinungen. Unsere Nahrung hier ist die Nahrung des Vergleichs, aber in der wirklichen Welt gibt es nichts Relatives, nur in jedem Augenblick die ununterbrochene Schöpfung aus dem vollkommenen Urbild oder der Matrix, die unendlich viele Möglichkeiten der Manifestation enthält. Die Göttliche Mutter also, die Gestalt des Eies, die in sich alle Königreiche vereint – das tierische, das mineralische, das pflanzliche und so weiter.«

»Das verstehe ich«, sagte Nur aufgeregt. »Es hat eine Zeit gegeben, wo ich all diese Dinge sehen konnte, aber ich konnte mich nicht ausdrücken. Für meine Umwelt war ich einfach nur verrückt. Man sprach von einem seelischen Zusammenbruch, aber ich habe das im Grunde nie geglaubt. Ich konnte nur nicht erklären, was ich sah. Weißt du noch, Reshad, wie ich in diesem blauen Wollknäuel herumgesucht habe? Alle dachten, ich wollte das Ende finden, aber das war es eigentlich nicht. Es war, als hätte ich alle Teile eines Puzzlespiels in den Händen, aber sie fügten sich nicht so zusammen, wie es nach der Meinung der anderen richtig gewesen wäre.«

Ich wusste es noch sehr genau! Für Nur muss es eine schreckliche Qual gewesen sein. Sie verbrachte Stunde um Stunde mit dieser Wolle, entwirrte und verknäuelte sie immer wieder. Es war ihr Ariadnefaden, und ich hatte diesen Faden als ihre letzte Hoffnung auf einen Ausweg aus dem Wahnsinn betrachtet.

»Wissen Sie, Bruce«, sagte ich, »diese Kraft- oder Energielinien sind so real wie alles andere. Ich sehe, wie die Menschen ihre Kirchen an ganz bestimmte Stellen bauen, wie sie ihre Dörfer anlegen und so weiter. Es ist frustrierend, dass man das nicht allen erklären kann. Nehmen Sie Stonehenge. Aus Ihren Studien wissen Sie, dass es mit anderen Steinzirkeln verbunden ist. Natürlich ist es das! Um zu wirken, kann es nur an dieser einen Stelle stehen. Kennen Sie die Worte von Kathleen Raine: ›Weil ich liebe, führt ein unsichtbarer Weg über den Himmel, Vögel reisen auf diesem Weg, die Sonne und der Mond und alle Sterne wandern diesen Pfad bei Nacht‹? Ob Sie es glauben oder nicht, Tiere halten sich instinktiv an diese Linien, sogar Menschen, nur haben sie es vergessen, falls sie es je wussten.«

»›Du kannst keine Blume pflücken, ohne einen Stern zu stören‹«, fügte Bruce hinzu.

»Das stimmt, das stimmt«, sagte Nur aufgeregt. »Alle Dinge sind miteinander verbunden. Absolut alle. Man kann es nur mit dem Kopf nicht erfassen. Erinnerst du dich, was unser Freund in der Türkei uns gesagt hat? Er sagte immer, der Verstand ist ein billiges Instrument, nützlich für Erklärungen, aber unfähig, die wirkliche Welt zu erreichen, weil er sich ganz auf das lineare Denken verlässt, zu dem alle möglichen Dinge gehören, die einfach nicht stimmen.«

Während dieser begeisterten Unterhaltung war die Zeit unbemerkt vergangen. »Wisst ihr was«, sagte Bruce, »ich kann mir heute Morgen frei nehmen. Wenn ihr Lust habt, können wir bei mir zu Hause frühstücken. Ich kann euch meine Karten zeigen.«

»Wollen wir?«, fragte mich Nur. »Eigentlich haben wir es doch nicht eilig, oder?«

Bruce lebte in einem kleinen Haus am Rande eines Marktstädtchens. Er arbeitete als Vermessungsingenieur, aber seine ganze Liebe galt der sakralen Architektur und den antiken Zivilisationen. Seine Frau lächelte, als er uns vorstellte und erzählte, wo wir uns getroffen hatten. »Dann geht ihr wohl lieber gleich runter in den Schuppen, meine Lieben; ich bringe euch das Frühstück.«

Bruce' Bibliothek und Arbeitsraum war ein umgebauter Geräteschuppen am Ende des Gartens. Drei Wände waren vollkommen mit Vermessungskarten bedeckt, und an der vierten standen Regale voller Karten und Fotografien, die er uns den ganzen Morgen über zeigte. Er besaß ganze Notizbücher voller mathematischer Gleichungen und unerschöpfliches Material über Stonehenge selbst, über seine Winkel und möglichen Zwecke. Er hatte auch Proben der Steine, aus denen Stonehenge bestand, und daneben viele Versteinerungen, Erzproben und Halbedelsteine aus anderen Teilen der Welt.

»Ich glaube, das alles hat mit Alchimie zu tun«, sagte er.

»Was alles?«, wollte ich wissen.

»Oh, Reshad«, sagte Nur, »natürlich hat es mit Alchimie zu tun. Was ist der Zweck von allem – vom Leben, meine ich –, wenn nicht die Transformation von Energien? Sicherlich ist doch diese ganze Welt ein groß angelegtes Experiment. Das ist jedenfalls das, was ich gesehen habe. Die Welt ist eine Matrix, das, was man in der Alchimie einen *Schmelztiegel* nennt. Stimmt das nicht, Bruce?«

»Ich weiß nicht, wie Sie von diesen Dingen erfahren haben«, antwortete er, »aber das hat auch der Erzdruide gesagt. Schließlich ist der Schmelztiegel ja auch wie das Ei geformt, von dem wir sprechen. Und die Forscher wissen seit den Fünfzigerjahren, dass die Erde nicht exakt rund ist, sondern manchmal – das hängt von der Gravitation und der Entfernung zur Sonne ab – ellipsoid oder eiförmig wird.«

Den ganzen Morgen über vertieften wir uns in Bruce' Forschungen. Seine Frau brachte Frühstück und dann Kaffee. Schließlich gingen wir in ein nahe gelegenes Lokal zum Mittagessen. Es gab Gesprächsstoff in Hülle und Fülle. Die Dinge fügten sich zu einem Bild zusammen. Ich begann zu verstehen, was ich in der Türkei gehört hatte und weshalb ich Nur begegnet war. Mir wurde auch klar, dass Nurs so genannter Zusammenbruch in Wirklichkeit ihre Fähigkeit freigesetzt hatte, einige der von uns diskutierten Dinge und deren mögliche Bedeutung zu sehen. Immer wieder sah es so aus, als bekämen wir, was wir brauchten. Nur besaß den Schlüssel, und aus irgendeinem Grund hatte sie ihn mir schon bereitwillig ausgehändigt. »Wir werden von jetzt an zusammen sein, nicht wahr?«, hatte sie gesagt.

Wir nahmen Abschied, tauschten unsere Adressen aus und versprachen, uns wiederzusehen. Es war schon spät, deshalb rief ich John noch aus der Wirtschaft an, erklärte ihm, was geschehen war, und sagte, wir würden am nächsten Tag in Wales ankommen, wenn es ihm nichts ausmachte. »Macht euch keine Sorgen«, sagte er mit der freundlichen Stimme, die ich noch so gut kennen lernen sollte. »Ich erwarte euch, wenn die Zeit dazu reif ist.«

Der Regen kam wie erwartet. Wir hatten uns kaum wieder nordwärts auf den Weg gemacht, als er einsetzte; erst ein sanftes Tröpfeln, aber dann goss es mit solcher Heftigkeit auf die englische Landschaft, dass wir kaum mehr durch die Scheibe sehen konnten und ganz vorsichtig die engen Straßen entlangfahren mussten. Kühe, schon ganz mit Schlamm bespritzt, kauerten sich im Schutz der Hecken und Bäume zusammen. Die wenigen Leute, an denen wir vorbeikamen, arbeiteten in dicken Regenmänteln und mit Südwestern-Hüten in ihren Gärten.

Wir hatten keine Pläne gemacht, wo wir übernachten wollten, denn in dieser Gegend findet man viele kleine Hotels und Gasthäuser. Nur schien das alles großartig zu finden. Sie verliebte sich in alles, auch in den Regen; sie öffnete ein Fenster, um den Arm hinauszuhalten, so dass nicht nur sie, sondern auch das Wageninnere klatschnass wurde. Aus irgendeinem Grund brachte mich das auf.

»Um Gottes willen, Nur, mach das verdammte Fenster zu.«

»Warum denn? Sei doch nicht so muffig, Reshad. Du bist zu ernst. Du willst den Dingen immer nachrennen; sie kommen zu dir, wenn du sie nur lässt.«

»Was hat das damit zu tun, dass es nicht nötig ist, das Auto unter Wasser zu setzen?«

»Das hat allerhand damit zu tun«, sagte sie lachend. »Du weißt doch wohl inzwischen, dass man im Regen weniger nass wird, wenn man geht, anstatt zu rennen. Es hat alles mit Widerstand zu tun.«

»Aber wir fahren mit dem Auto, Nur, wir gehen nicht!« Ich hatte mich in eine so vollkommene Verbiesterung hineingesteigert, dass ich den Wagen an einem kleinen Waldstück anhielt und mich weigerte weiterzufahren, solange sie das Fenster nicht schloss. Die Situation war lächerlich und peinlich. Plötzlich waren wir ohne ersichtlichen Grund mitten in einem blödsinnigen Krach.

»Du hast doch gesagt, es wäre schön, durch den Regen zu gehen und vor dem offenen Feuer mit mir zu schlafen«, sagte sie. »Also, Regen haben wir hier ja wohl genug, und du willst nicht mal das Fenster offenlassen. Komm doch mit raus.«

»Das ist doch lächerlich, Nur. Hier gibt es kein Feuer, es ist kalt, wir sind am Ende der Welt, und außerdem hab ich keinen Mantel.«

»Was willst du denn mit einem Mantel?« Sie öffnete die Tür und zog an meinem Arm.

»Geh du spazieren, wenn du willst; ich warte hier.«

»Aber das ist doch Unsinn«, sagte sie und schloss die Tür wieder. Inzwischen war es im Wagen wirklich nass, denn der Wind hatte den Regen durch die offene Tür hereingetrieben. Nur saß neben mir und starrte aus dem inzwischen völlig beschlagenen Fenster.

So ging es nicht weiter. »Na gut«, sagte ich. »Gehen wir also spazieren. Wir sind sowieso schon beide völlig durchweicht.«

Ich machte die Tür auf und wollte schon aussteigen. »Es ist zu spät«, sagte sie. »Wenn du eine Frau lieben willst, musst du lernen, spontan zu sein. Du theoretisierst und theoretisierst, und wenn es dann drauf ankommt, rührst du dich nicht. Warum kannst du nicht einfach natürlich sein?«

»Ich *bin* natürlich, verdammt!«, sagte ich. »Aber weshalb zum Teufel soll ich mich nass regnen lassen, wenn ich mich nirgendwo wieder trocknen kann? Das ist doch einfach albern.«

»*Du* kannst nicht nass werden«, sagte sie und warf mir ihre Strickjacke zu. »Sieh zu, ob du da drin trocken bleibst!«

Sie riss die Tür auf und rannte hinaus in den Regen. Neben der Straße war ein Gittertor. Ich sah, wie sie durch die Stäbe schlüpfte und im Wald verschwand. Ich konnte kaum etwas erkennen und musste erst einen Teil der Windschutzscheibe mit einem Taschentuch freiwischen. Da das auch nicht viel half, machte ich die Tür auf, um ihr nachzurufen. Keine Antwort; nur das Trommeln des Regens auf dem Wagendach und das Rauschen in den Bäumen.

Ich blieb eine Zeit lang sitzen. »Soll sie doch nass werden«, dachte ich. »Ich warte.«

Aber so ging es auch nicht. Sie kam nicht zurück. Ich wartete und wartete. Schließlich, es regnete immer noch, stieg ich aus, kletterte über das Tor und folgte dem Pfad in den Wald.

Kein Zeichen von Nur. Ich suchte nach Spuren, aber auf dem schlammigen Weg war nichts zu erkennen. Ich rief, aber es kam keine Antwort. Schließlich wurde der Wald lichter, und ich erreichte aufgeweicht und außer Atem seinen Rand. Vor mir lag ein etwa zwei Hektar großes Feld. Ein paar Schafe drängten sich im Schutz des Waldes am Zaun zusammen. Aber von Nur war noch immer nichts zu sehen.

»Nur!«, rief ich. »Nur!«

In diesem Augenblick knackte ein Zweig und Blätter streiften meinen Kopf. Ich drehte mich um, und da stand sie.

Ganz kurz schoss es mir durch den Kopf, ob sie vielleicht in die Verwirrung zurückgefallen war. Sie stand hinter mir auf dem Pfad, einen langen beblätterten Zweig in der Hand. Ihr Haar hing in Strähnen herunter, ihr Kleid war von der Nässe fast durchsichtig. Breitbeinig und mit lachenden Augen stand sie da, den Rücken zum Weg. »Na?«, sagte sie herausfordernd.

Ich weiß nicht, wer den ersten Schritt tat, aber sie lachte. Ich nahm sie in die Arme, und die Spannung war weg.

Gleich neben der Straße fanden wir ein Pub. Völlig durchnässt und mit nur einem kleinen Koffer müssen wir einen recht sonderbaren Eindruck gemacht haben, als wir zur Tür hereinkamen. Ein Mädchen begrüßte uns, als wir klingelten, aber als wir nach einem Zimmer fragten, sagte sie, sie müsse erst ihre Mama suchen. Wir blieben tropfend im Eingangsflur stehen. Nur hatte ihren Arm um mich gelegt. »In der guten alten Zeit waren sie spontaner«, sagte sie grinsend. »Sie hatten nicht soviel zu überlegen.«

Bald darauf tauchte die Wirtin auf. Sie sah sehr langsam und sehr argwöhnisch an uns herunter. »Sie wollen also ein Zimmer, hm?«, sagte sie mehr feststellend als fragend. »Soll es für mehr als eine Nacht sein?«

»Nur für eine Nacht. Wir sind unterwegs nach Wales, aber wir haben uns verspätet und sind, wie Sie ja selbst sehen, ziemlich nass und schmutzig. Ein Zimmer und ein heißes Bad sind, was wir jetzt brauchen.«

Sie ging hinüber zur Theke und nahm sich sehr viel Zeit zu prüfen, welche Zimmer frei waren; zwischendurch starrte sie uns immer wieder an. Vermutlich waren alle Zimmer frei.

»Ich habe noch ein Zimmer«, sagte sie endlich. »Das Essen ist im Preis inbegriffen. Sie werden sicher ein Abendbrot haben wollen, nicht wahr?«

Als wir begeistert zustimmten, schien sie erleichtert und schrieb unsere Namen ins Gästebuch ein. »Vorsicht mit den Köpfen«, sagte sie, als sie uns nach oben führte. »Die Balken sind sehr niedrig, und manche Leute stoßen sich.«

Sie führte uns in ein Zimmer am Ende des Korridors, schaltete den elektrischen Heizofen ein und gab bekannt, dass das Abendessen um sieben fertig sein würde.

Das Zimmer war sauber und ordentlich. Im Bad nebenan stand eine altertümliche Wanne auf Beinen, die so viel Wasser fasste, dass man sich ganz hineinsinken lassen konnte. Wir blieben im Wasser, bis wir wieder warm wurden. Danach schliefen wir; ich glaube, uns war beiden nach Stille zumute.

Die Depression kam beim Abendessen. Vermutlich war sie einfach unvermeidlich; so viel war geschehen, und dieses Tempo konnte ich offenbar nicht halten. Nur merkte sehr bald etwas und fragte mich, was los sei.

»Es scheint, wir haben schon das Ende eines Zyklus erreicht«, sagte ich. »Alles überstürzt sich, und bevor ich es ganz mitbekommen habe, sind wir schon wieder bei John. Ich kann mich anscheinend nicht an diese schnellen Veränderungen gewöhnen. Verstehst du das?«

»Natürlich«, erwiderte sie, »aber ich bin lange genug bei Elizabeth gewesen, um mich über nichts mehr zu wundern. Du glaubst gar nicht, was in den letzten drei Jahren in diesem Haus alles los war. Sie ist kaum jemals ausgegangen, aber ununterbrochen tauchten Leute auf, und unter den merkwürdigsten Umständen. Das war wie Theater. Erst kam ein Brief oder ein Anruf, und dann stand urplötzlich jemand vor der Tür. Was mich da gehalten hat, war mein Wunsch, etwas Nützliches zu lernen. Genauso fühle ich mich jetzt auch, und wenn du die Dinge auch so betrachten würdest, Liebling, wärst du vielleicht nicht so deprimiert. Natürlich ist es das Ende eines Zyklus, aber sieh es doch mal so: Es ist auch der Anfang eines neuen. Wir werden diesen John kennenlernen, der an Krebs stirbt. Wir gehen hin, weil dein Lehrer dir gesagt hat, du brauchtest eine Lehrerin. Na, du hast in Elizabeth eine gefunden, und die Dinge sind so in die Wege geleitet, dass wir jetzt zusammen und unterwegs nach Wales sind. Was willst du noch?« Sie lachte, und von da an lichtete sich mein Trübsinn wieder.

»Erzähl mir mehr von Elizabeth«, sagte ich. »Ich hatte nicht viel Zeit, aber sicherlich hat sich auch mein Leben verändert, seit ich sie kenne.«

»Niemand weiß sehr viel über sie«, antwortete Nur. »Sie war immer etwas geheimnisvoll, sogar für mich, und ich war ihr wohl näher als die meisten anderen. Sie ist so zurückhaltend, dass es schwer ist, sie kennenzulernen. Sie hat ein paar Andeutungen über Ideen und so gemacht und es im Übrigen mir überlassen herauszufinden, worauf sie hinauswollte. Eine kleine Gruppe trifft sich einmal in der Woche in ihrem Wohnzimmer, aber sie hat mich nie daran teilnehmen lassen. Sie hat erzählt, dass es besonders ausgewählte Leute waren, die eine bestimmte Arbeit zu tun hatten und sich seit Jahren regelmäßig trafen. Mir fiel auf, dass sie nie Notizbücher oder Kassettenrecorder bei sich hatten, und wenn sie wieder gingen, sprachen sie nicht, sondern nickten mir an der Tür nur zu. Alle außer zwei oder drei jüngeren Leuten waren etwa so alt wie Elizabeth. Und das ist alles, was ich darüber weiß.

Ich hatte das Gefühl, dass Elizabeth auf seltsame Art noch mit einer anderen Gruppe verbunden ist, die ich nie getroffen habe. Manchmal wird sie ganz aufgeregt, wenn sie bestimmte Briefe bekommt. Sie kommen aus allen Teilen der Welt, und sie studiert sie stundenlang, bevor sie sich an ihren Schreibtisch setzt, um sie zu beantworten. Das dauert wieder Stunden. Man stört sie besser nicht dabei, dann kann sie nämlich bitterböse werden. Ich habe dann immer Freunde besucht oder bin ins Theater gegangen.

Dabei fällt mir ein«, sagte sie augenzwinkernd, »ich sollte mich vielleicht mit meinen Freunden in Verbindung setzen, wenn wir in Wales sind. Sie werden sich fragen, was mit mir passiert ist, und von uns weiß noch keiner was. Das wird ihnen nach dieser ganzen Zeit komisch vorkommen. Ich war mit keinem Mann zusammen, seit ich in die Türkei gegangen bin. Damals war ich verlobt, aber das ist eine andere Geschichte, und in der möchte ich jetzt nicht herumstochern.«

»Aber erzähl mir doch noch was von deiner Zeit bei Elizabeth«, sagte ich. »Du hast doch sicher die zwei Jahre nicht einfach nur in diesem Haus gewohnt. Was hast du mit dir angefangen?«

»Ich sage ja, ich hab viel Zeit mit meinen Freunden verbracht«, sagte sie. »Und in London kann man so viel unternehmen, dass es wirklich schwer ist, sich zu langweilen. Elizabeth hatte ein altes Auto, das sie mir geborgt hat. Außerdem musste ich einkaufen, kochen, das Haus sauber halten, die Gäste versorgen und so weiter. Übrigens ist da noch was, was ich dir wohl erzählen sollte. Du weißt ja, nach unserer letzten Begegnung in der Türkei bin ich zu Elizabeth geschickt worden. In der Türkei hast du mich in mehreren verschiedenen Stadien erlebt, und ich habe noch viel Zeit gebraucht, mich zu stabilisieren. Elizabeth ist eine großartige Lehrerin. Irgendwie überrascht es mich, dass sie nicht mehr mit dir gearbeitet hat, aber auch das hat sicherlich seine Gründe, und die Zeit wird es erweisen. Mir hat sie bestimmte Übungen gegeben, hauptsächlich Atem- und Konzentrationsübungen. Ich habe viele Stunden in der Woche damit zugebracht und mit dem Studium anderer Dinge, von denen sie gesagt hat, sie würden mir auf lange Sicht helfen, anderen zu helfen. Das alles hat viel Zeit in Anspruch genommen. Nein, ich hab mich nie gelangweilt; es war nicht so, dass ich den ganzen Tag nur im Haus herumgesessen hätte. Ich bin wirklich dankbar für die Zeit mit ihr, und jetzt, wo diese Zeit vorbei ist, wird Elizabeth mir schrecklich fehlen. Deshalb musst du einfach aufhören, deprimiert zu sein, und auf mich aufpassen.«

Wir unterhielten uns bis tief in die Nacht. Der Wirt kam und machte Feuer, denn abends wurde es kühl. Nachdem er uns noch gezeigt hatte, wo die Lichtschalter waren, zog er sich mit seiner Frau zurück, weil sie sehr früh aufstehen mussten.

Hauptsächlich sprachen wir über John. Nur hatte schon viel von ihm gehört, war ihm aber noch nie begegnet. Elizabeth hatte ihr gesagt, es sei notwendig, viel über den Tod und das Sterben zu lernen;

eines Tages würde Nur vielleicht Gelegenheit haben zu lernen, wie man Sterbenden helfen kann, wenn nur jemand mit Wissen und Gespür für sie da ist und ihnen in der unvermeidlichen Furcht beisteht. Ich hatte den Tod schon mehrmals erlebt. Dieser Besuch bei John bedrückte mich deshalb nicht so sehr wie sie.

Ich war dreizehn, als ich zum ersten Mal einen Menschen sterben sah. Ich war bei einer Gruppe von Farmern, die auf einem Feld in der Nähe Kaninchen schossen. Einer von ihnen schoss in seiner Aufregung den Mann neben mir nieder. Ich blieb bei ihm und hielt seinen Kopf, bis er starb. Ich werde nie seinen Blick vergessen und das Lächeln, das er mir im letzten Augenblick schenkte.

Noch lange, nachdem Nur eingeschlafen war, lag ich wach, dachte über den Tod nach und fragte mich, wieviel Angst ich vor ihm hatte, vor allem jetzt, wo mich die Liebe mit Nur verband. Vielleicht zum ersten Mal erkannte ich die Wahrheit in all den Lehren über die Notwendigkeit, sich des Todes bewusst zu sein und keinen Augenblick des Lebens zu vergeuden. Mir wurde auch klar, wieviel Zeit ich mit unnötigen Grübeleien vertan hatte – selbst heute. Bevor ich einschlief, ging ich alle Details dieses Tages durch, an die ich mich noch erinnern konnte, und nach und nach wurde ich ruhig.

Am Morgen fuhren wir weiter und hielten unterwegs nur einmal an einem Bach an, um unseren Thermoskaffee zu trinken. Nur war sehr still und gab mir zu verstehen, dass wir nicht sprechen sollten. Sie hatte noch keine Gelegenheit gehabt, ihre Übungen zu machen, und brauchte Zeit, um sich vorzubereiten. Kurz vor dem Ort, in dem John wohnte, bat sie mich anzuhalten. »Es ist schwierig, vollständig gegenwärtig zu sein«, erklärte sie. »Deshalb halte ich immer an, bevor ich jemanden besuche. Es ist ein Zeichen der Achtung, das ich von Elizabeth gelernt habe. Sie bestand darauf, dass ich einen Moment stehen blieb, selbst wenn ich vom Einkaufen ins Haus zurückkam – einfach damit ich in einem Zustand vollkommener Sammlung war. Versuch's mal.«

Acht

»AH, RESHAD UND NUR.« JOHN WAR MIT DEM ROLLSTUHL auf den Balkon im ersten Stock des Hauses gefahren und sah zu uns herab. »Nehmt es mir nicht übel, dass ich nicht unten bin, um euch zu begrüßen, aber ihr kommt früher, als ich erwartet habe, und ich brauche immer etwas Zeit, bis ich mit diesem Apparat hier die Treppe runter bin. Aber kommt doch herein – ich freue mich schon auf euch, seit Elizabeth mir von euch geschrieben hat.«

»Sollen wir helfen?«, fragte Nur.

»Nein danke«, erwiderte er. »Ich bin es gewohnt. Geht nur rein, ich bin gleich bei euch.«

Wir betraten die Diele. Mein erster Eindruck war ein Widerspruch zwischen Umgebung und Einrichtung. Wir waren mitten in Wales, aber der Boden war vollkommen mit orientalischen Teppichen ausgelegt, und an den Wänden hingen zwei phantastische Stammesteppiche aus Anatolien. Die Möbelstücke mit Einlegearbeiten aus Perlmutt und Elfenbein waren größtenteils aus dem Mittleren Osten. Gegenüber der Eingangstür stand ein langer Walnusstisch mit einer beachtlichen Fotosammlung. Manche waren schon recht alt, aber es waren unverkennbar Bilder von Konya. Ich erinnerte mich an die Worte, die dort am Grabmal von Mevlana einmal zu mir gesprochen worden waren: »Vergiss nicht – hier bist du zuhause«, und für einen Augenblick hatte ich hier in Wales das Gefühl, an zwei Orten zugleich zu sein.

Dann hörten wir auf der Treppe ein Poltern, als John seinen Rollstuhl vorsichtig die letzten Stufen herunterließ. Wir gingen zu ihm, um ihn zu begrüßen, aber wir wussten nicht, wie wir uns verhalten sollten, und so wurde ein ziemlich förmliches Händeschütteln daraus. Der untere Teil seines Körpers wirkte sehr verfallen, aber ich war beeindruckt von der unglaublichen Kraft seiner Schultern und Arme. Es war, als würde die Schwäche seiner Beine durch das Leben im oberen Teil seines Körpers mehr als ausgeglichen.

»Kommt mit«, sagte er und schob sich selbst weiter. »Ich freue mich riesig, euch hier zu haben. Setzen wir uns ins andere Zimmer. Das hier ist leider mit allen möglichen Erinnerungsstücken vollgestopft – aber du hast sicher einiges erkannt, nicht wahr, Reshad?«

»Tja, das ist eine ziemliche Überraschung. All diese Dinge erwartet man hier kaum zu finden. Ich komme gerade erst aus Konya und frage mich jetzt, wo ich eigentlich bin«, sagte ich lachend.

»Es ist durchaus möglich, an mehr als einem Ort gleichzeitig zu sein. Das wird alles mit Spiegeln gemacht, nicht wahr?«

Wir folgten ihm in den Nebenraum, offensichtlich sein Studierzimmer. Der Schreibtisch war mit Papier bedeckt, die Regale mit Büchern voll gestellt, und neben dem Kamin stand ein tiefer Ledersessel; während wir den Rollstuhl hielten, hob er sich mit seinen riesigen Händen in diesen Sessel hinüber.

»Entschuldigt die Unordnung«, sagte er, »aber dieses Zimmer räumt niemand auf. So weiß ich immer, wo alles ist. Ich werde hier von einer wunderbaren Frau aus der Nachbarschaft versorgt – ihr werdet sie noch kennenlernen –, aber selbst sie wagt sich nicht durch diese Tür.

So, drüben im Schrank ist Whisky, außerdem Gläser und Wasser. Gleich bekommen wir auch Eis«, sagte er und drückte einen Klingelknopf neben dem Sessel. »Es gibt vieles, worüber wir sprechen müssen, aber bevor wir uns darin vertiefen, möchte ich euch fragen, ob ihr für einige Zeit in Wales bleiben könnt. Wäre euch das recht? Elizabeth hat mich übrigens gebeten, euch zu fragen, damit ihr ein paar ganz wesentliche Dinge lernen könnt. Ich könnte ihr niemals eine Bitte abschlagen, und für mich wäre es eine Freude, euch hier zu haben.

Ah, Fordie«, sagte er, als eine Frau von Anfang sechzig geschäftig das Zimmer betrat. »Haben Sie das Eis?«

»Ja, Mr. John, aber leider haben wir kein Sodawasser mehr. Ich besorge heute Morgen noch welches. Tut mir wirklich leid.«

»Macht doch nichts«, erwiderte er. »Es gibt so viele wichtigere Dinge als Sodawasser. Ich möchte Sie gern meinen Gästen vorstellen. Sie haben sonderbare Namen, aber machen Sie sich darüber keine Gedanken! Ich habe sie eingeladen, so lange zu bleiben, wie sie wollen, und ich werde ihnen alles über Sie erzählen, wenn Sie wieder draußen sind, und auch, wie sie sich zu benehmen haben, wenn Sie da sind.«

»Mr. John...«, antwortete sie. Ich sah, dass sie rot wurde.

»Ihr beide tut, was Fordie sagt«, fuhr John fort. »Sie regiert dieses Haus, und heutzutage muss ich tun, was man mir sagt. Aber sie hat sich über acht Jahre mit mir in diesem Zustand abgegeben, und ich würde alles für sie tun.

Sie ist eine wunderbare Frau«, sagte er, nachdem sie gegangen war und ich den Whisky eingeschenkt hatte. »Ohne sie würde ich nicht zurechtkommen. Sie macht praktisch alles im Haus. Ich kann nicht mehr selbst einkaufen oder kochen, sie ist für mich ein Gottesgeschenk. Eigentlich heißt sie Miss Hilda Ford, aber wir nennen sie Fordie. Sie war über dreißig Jahre bei der Familie meines Bruders, aber dann starb er, und die Kinder waren erwachsen, deshalb kam sie hierher. Fordie gehört einer aussterbenden Menschenrasse an; sie gibt ihr eigenes Leben vollkommen auf, um anderen zu dienen. In den meisten Familien, die sich Dienstpersonal leisten konnten, gab es solche Menschen, aber das ist leider alles vorbei. Ich habe großes Glück. Ich weiß, dass sie nicht weggehen wird, und sie wird mich mit Leichtigkeit überleben. Ich habe dafür gesorgt, dass sie sich dann zur Ruhe setzen und den Rest ihres Lebens sorglos genießen kann. Sie ist sehr eifersüchtig, passt also auf.«

Unsere ersten Stunden mit John waren zeitlos. Wir unterhielten uns über einfache Gegenstände. Er stellte uns viele Fragen und erzählte Geschichten aus seiner langen Beziehung zu Elizabeth. Ich war neugierig, weshalb sie nicht geheiratet hatten, aber ich wollte nicht fragen. Zwischendurch sagte er etwas, das uns einen Hinweis darauf gab, weshalb wir hier waren. Ich bemerkte, mit wieviel Freundlichkeit und Achtsamkeit er dafür sorgte, dass wir uns wohl fühlten. Nur war so still, dass es ihm schließlich auffiel.

»Warum bist du so still?«, fragte er. »Elizabeth sagt, du hättest viel zu sagen. Es ist nicht gut, in meiner Nähe schüchtern zu sein. Wir haben nicht gar so viel Zeit, und es gibt so vieles mitzuteilen.«

Jetzt erst fiel mir auf, dass Nur weinte. Sie sah John an, und Tränen rollten ihr über die Wangen. Ich legte meinen Arm um sie, aber sie schüttelte den Kopf.

»War all das Leiden nicht zu vermeiden?«, fragte sie John.

John lächelte. »Kommt«, sagte er, »es ist Zeit zum Essen, gebt mir jeder eine Hand und helft mir auf.«

Der Tisch war sehr schön mit Salaten, Aufschnitt, Käse, Obst und einem großen Glas schwarzer Oliven gedeckt. Ich wollte gerade noch eine Frage zu unserem Gespräch stellen, als John mich fragte: »Magst du Oliven?«

»Ja, sehr gern«, antwortete ich. Wieder ein Déjà-vu. Ich dachte an den Tag in der Türkei, als mein Lehrer fast die gleichen Worte gesagt hatte. Er hatte mir dann gezeigt, wie man Oliven zubereitet, aber erst später war mir klar geworden, dass er mir in Wirklichkeit etwas über Transformation beigebracht hatte.

»Ich bereite sie selbst zu«, fuhr John fort. »Wenn wir Zeit haben, zeige ich euch, wie man das macht. Sie schmecken ganz anders als die Oliven, die man im Laden kauft, findet ihr nicht?«

Beim Kaffee erzählte ich ihm die Geschichte von den Oliven. Er lachte. »Die Welt ist klein. Ich habe gelesen, was du über deine Reisen geschrieben hast; Elizabeth hat mir das Buch geliehen. Ich musste immer wieder darüber schmunzeln, in welche Situationen du dich gebracht hast. Ich habe selbst einige Zeit im Mittleren Osten verbracht, wie du dir sicher denken kannst.

Ich habe früher im diplomatischen Dienst gearbeitet, deshalb konnte ich viel reisen und hatte Gelegenheit, die Derwische zu studieren. Sie waren großartige Leute. Die Zeit bei ihnen war vielleicht die erfüllteste Zeit meines Lebens. An Wochenenden und freien Tagen trieb ich mich im Iran, in Afghanistan und Nordafrika in den Bergen herum, aber am meisten war ich von den Menschen beeindruckt, die dem Weg von Mevlana Jalaluddin Rumi folgen. Ich weiß, dass du ihn studiert hast, vielleicht können wir uns also noch weiter in das Thema vertiefen.

Es ist Zeit, dass mehr Menschen im Westen den Sinn der Vollendung verstehen, denn ich glaube, wir leben in einer Zeit, in der eine reale Chance besteht, dass die alten Wissenschaften ans Licht gebracht werden und sich zwischen den verschiedenen Schulen eine Zusammenarbeit entwickelt. Vor siebenhundert Jahren, zur Zeit Mevlanas, war es einmal so, wenn ihr euch erinnert. Vielleicht schreiben wir einmal zusammen ein Buch, und vielleicht können wir aufgrund unserer Erfahrung einiges davon in unserer eigenen Sprache erklären. Aber jetzt genug davon. Ich habe für euch ein hübsches Zimmer, und Fordie hat heute Blumen aus dem Garten geholt.

Sie kommt nur morgens«, bemerkte er nebenbei, »außer, wenn es ihr ›irgendwie mulmig‹ ist, wie sie es ausdrückt, und dann kommt sie dampfend vom Dorf her auf ihrem Fahrrad den Hügel heruntergebraust. Seid also nicht überrascht, wenn sie zu ungewöhnlichen Zeiten plötzlich auftaucht. Ihr Instinkt trifft meistens das Richtige. Manchmal habe ich schlimme Krämpfe und kann mich nicht selbst ins Bad rollen oder so. Wie dem auch sei, ihr solltet euch jetzt erst mal ein paar Stunden ausruhen. Ihr hattet eine lange Fahrt, und ich lese nachmittags gern ein wenig.«

Unser Zimmer war so liebevoll hergerichtet, dass wir erst einige Minuten in der Tür stehenblieben, um alles in uns aufzunehmen. Die Einrichtung war einfach, strahlte aber eine solche Wärme aus, dass wir uns wie vertraute Gäste fühlten. Über das erhöhte Mahagonibett war eine gehäkelte Decke gebreitet, und an der Wand standen ein Frisiertisch und ein Stuhl aus dem frühen neunzehnten Jahrhundert. Der Tür gegenüber standen ein tiefer Sessel mit einer Leselampe und einem Tisch, am Fenster ein großer viktorianischer Blumenständer und zwei weitere Tische mit Vasen voller roter und gelber Rosen. Als ich John das erste Mal auf dem Balkon gesehen hatte, war mir nicht aufgefallen, dass auf der anderen Seite der Eingangstür ein weiterer Balkon war.

Wir gingen ans Fenster und sahen hinaus auf die Landschaft. Alles war tiefgrün. Ein Fluss wand sich durch das Tal und glitzerte im Licht der Nachmittagssonne. Ich entdeckte einen Mann, der am Ufer entlangging; dann und wann blitzte seine Angelrute auf, wenn er stehenblieb und seine Fliege vorsichtig in Richtung der auftauchenden Forellen warf. Die Straße, die wir heraufgekommen waren, führte nach links weiter, machte eine Biegung um ein kleines Waldstück und stieg dann steil einen Hügel hinauf.

»Gott, ist das schön«, sagte Nur. »Aber weshalb gibt es solche Schmerzen? Sieh dir John an, von Krebs zerfressen, gelähmt und sterbend, und wir sind gesund und haben die ganze Welt vor uns liegen. Weshalb geschieht das gerade so einem Mann wie ihm?«

»Weshalb geschieht es überhaupt irgendjemandem? Vielleicht ist es das, was wir hier herausfinden sollen. Was ist überhaupt der Tod? Nicht das, was er zu sein scheint, wenn man darüber nachdenkt. Mir ist heute Nacht klar geworden, dass wir sowieso die meiste Zeit unseres Lebens halb tot sind und unsere Energie mit albernen Streitereien und Verwirrungen vergeuden.«

Nur schwieg. Die Weiden warfen lange Schatten, und ein Reiher schwebte vom Wald herunter, um sich am Rand eines

Teiches niederzulassen. Sie legte ihre Hand auf meinen Arm. »Wirst du jetzt mit mir schlafen, Reshad?«, fragte sie.

So hatte noch nie jemand mit mir gesprochen. Eine solche Ruhe und Sammlung strahlte von ihr aus, dass wir uns liebten, wie ich es noch nie erlebt hatte. Raum und Zeit verschmolzen in unserer Sehnsucht, aber es war nicht die Sehnsucht, irgendwo anders hinzugelangen als dort, wo wir waren. Sentimentalität machte dem Wissen Platz und das Wissen dem Verstehen – zu immer subtileren Formen wurden die Energien umgewandelt. Einen kurzen Augenblick lang verstanden wir das große Wort des Korans: »Wohin du auch schaust, ist das Antlitz Gottes.«

Der Schlüssel lag in dem, was ich vor Jahren über die Frau gelernt hatte – dass sie schon vollkommen ist, wenn sie akzeptieren kann, dass sie in der Liebe wirklich erkannt wird. Ich hatte Nur von einer tieferen Ebene des Verstehens aus betrachtet, und dadurch hatten wir uns beide dieser anderen Welt öffnen können. Sie führte mich dafür tiefer in das Schauspiel ein, das wir Liebe nennen. Wir waren voll tiefer Dankbarkeit, lebendig zu sein.

Als wir einige Zeit später wieder ins Wohnzimmer herunterkamen, war von John nichts zu sehen; wir hinterließen eine kurze Nachricht, gingen nach draußen und folgten einem der von Schafen ausgetretenen Pfade zum Fluss. Der Mann angelte immer noch, aber es wurde langsam dunkel, Dunst stieg vom Wasser auf und breitete sich vom Fluss her in kleinen Wölkchen schnell über das hohe Gras aus. Einmal schoss eine Fledermaus in der Dämmerung vorbei und stieß ihren schrillen Schrei aus. Wir saßen dort und schauten, bis es ganz dunkel war; erst dann gingen wir zum Haus zurück.

John wartete im Vorraum auf uns. Er hatte seinen Stuhl ans Fenster gerollt, um nach uns Ausschau zu halten, und zündete eben mit einem altertümlichen Sturmfeuerzeug seine Pfeife an. Jeder Zug an der Pfeife war ein kleines Feuerwerk. John verschwand ganz hinter Rauchwolken, und auf seine Kleider ging ein Funkenregen nieder. Ich musste lachen.

»Was ist los?«, fragte er. »Ach ja, der Rauch. Entschuldigt diese Angewohnheit, aber Rauchen ist mein Lieblingslaster. Wenn es euch wirklich stört, werde ich mein Bestes tun, in eurer Gegenwart nicht zu rauchen, aber ehrlich gesagt habe ich in diesem Stadium meines Lebens keinen Grund mehr, es aufzugeben. Fordie kriegt manchmal zu viel, weil ich immer die Asche vergesse, aber sie findet sich damit ab.«

Wir unterbrachen ihn und versicherten, dass wir natürlich nichts dagegen hätten. Wir hatten nur über den Miniaturvulkan in seiner Pfeife gelacht. Ich erinnerte mich jedoch, wie ich bei meiner ersten Reise in den Mittleren Osten erstaunt festgestellt hatte, dass fast alle meine Lehrer und spirituellen Führer starke Raucher waren. Das Bild, das ich mir von asketischen Lehrern gemacht hatte, war einfach unzutreffend.

John lächelte, als ich ihm das erzählte. »Wisst ihr«, sagte er, »ich habe so ein Gefühl, dass der Lungenkrebs nicht allein vom Rauchen kommt, sondern von Rauchen in Verbindung mit Angst. Vielleicht habe ich unrecht, aber ich weiß ganz sicher, dass Angst gepaart mit Schuldgefühlen das mentale Chaos verstärkt, aus dem der Krebs hervorgeht.

Soweit ich es verstehe, ist Krebs einfach eine Manifestation des Chaos.« Er schwieg kurz; anscheinend erriet er meine Gedanken. »Ihr fragt euch wahrscheinlich, weshalb ich Krebs habe. So einfach ist es wohl doch nicht. Man kann die Dinge nicht immer logisch erklären. Vielleicht ist eine schwere Krankheit das Wirken der Bestimmung, und man kann nichts darüber sagen; vielleicht erzeugen Fehler, die wir in der Vergangenheit gemacht haben, ein inneres Schuldgefühl, das in der manifestierten Welt Jahre später als eine Form von Krankheit auftaucht.

Zuerst kommt es aber darauf an, keine Angst zu haben. So kann ich mit meinem Krebs leben. Natürlich macht er Schmerzen, aber ich habe sehr hart daran gearbeitet, mich nicht ins Chaos herunterziehen zu lassen, wo der Schmerz die Oberhand gewinnt und das Bewusstsein verlorengeht. Wenn uns das Bewusstsein verlorengeht, dann schlafen wir und verpassen die Schönheit des Lebens.

Ich weiß nicht, ob Elizabeth euch das mitgeteilt hat«, sagte er, »aber ich habe nur noch sehr kurze Zeit zu leben.«

Es war für uns beide ein Schock, daran erinnert zu werden. John wirkte so lebendig, und es schien unmöglich, sich vorzustellen, dass sein Tod kurz bevorstand.

»Macht euch keine Sorgen«, fuhr er fort. »Denkt daran, weshalb ihr hier seid – das Leben ist ein zu kostbares Geschenk, als dass man es durch Einschränkungen oder durch mangelndes Bewusstsein von allem, was in jedem Moment gegeben und gelehrt wird, verschwenden dürfte. Ich habe keine Furcht vor dem Tod, denn ich weiß, dass es ihn nicht gibt. Allenfalls hat er mir ermöglicht, noch intensiver zu leben. Ich bedaure nichts.

Es ist schwer, das zu verstehen, wenn man jung ist, aber eines Tages muss jeder sich daran erinnern, je früher, desto besser. Stimmt das nicht?« Er lächelte.

Wir schwiegen einen Augenblick. »Aber wie hat es angefangen, John?«, fragte Nur und berührte seine Hand.

»Das ist eine lange Geschichte. Selbst jetzt weiß ich noch nicht alle Antworten, und vielleicht kommt es darauf gar nicht an. Es genügt für jetzt, wenn ich sage, dass sich vor etwa acht Jahren in meiner rechten Schulter ein bösartiger Tumor entwickelt hat und dass ich etwa ein Jahr später gelähmt wurde.« Er schwieg und zog heftig an seiner Pfeife. »Vielleicht kann man etwas lernen«, sagte er schließlich, »wenn man die Geschichte selbst hört. Aber erst wollen wir essen.«

Er fuhr voraus ins Esszimmer. Eine Flasche Bordeaux war schon geöffnet, und das Essen stand auf einer Wärmplatte. Anders als bei unserem ersten gemeinsamen Essen schwieg John die meiste Zeit. Er sagte, dass er beim Abendessen lieber nicht sprechen und uns die Geschichte nachher erzählen würde.

Beim Kaffee begann er: »Ihr werdet die Sachen aus dem Mittleren Osten bemerkt haben, die ich im Haus habe. Ich mache mir nichts mehr aus Besitz, aber jedes dieser Stücke erzählt eine Geschichte. Ich betrachte die Teppiche, die Möbelstücke, die Fotos, und sie erinnern mich an die Lektionen, die ich damals zu lernen hatte. Ich erinnere mich bewusst, damit ich nie mehr vergesse. Das ist eine Kunst – eine vergangene Erfahrung zurückzurufen in dem Wissen, dass es ›Vergangenheit‹ in Wirklichkeit gar nicht gibt, und diese Erfahrung in nutzbringender Form in die Gegenwart zu bringen. Der Schlüssel dazu ist relativ einfach: Uns werden fortwährend Erfahrungen gegeben, aus denen wir lernen können. Einmal verstanden, brauchen wir die Erfahrung nicht mehr. Vielleicht ist das Leben selbst größter Lehrer und größte Lektion – aber ich schweife ab. Kurz nach dem Krieg habe ich ein wenig Geld geerbt. Die Welt war damals zweigeteilt: in Leute, die die Scherben zu kitten versuchten, und andere, die mit zielgerichteten Hoffnungen vorwärtsstürmten. Ich gehörte zu den Letzteren. Ich war noch recht jung. Im Krieg hatte ich in der Wüste Nordafrikas gekämpft, und ein Freund und ich beschlossen, unseren damaligen

Weg mit der Achten Armee nachzugehen. Der Krieg bringt die Menschen nah zusammen, und jetzt, als der versprochene Friede da war, hielt uns ein Band zusammen, das uns unzerreißbar erschien. Wir hatten so viel gemeinsam durchgemacht, hatten zugesehen, wie unsere Brüder zerrissen wurden oder in ihren brennenden Panzern umkamen, während wir irgendwie ohne körperlichen Schaden davonkamen. Innerlich waren wir nach diesen Jahren alle zerschossen, denn die Wunden des Krieges heilen langsam, aber wir hatten Glück gehabt, und die Reise, die wir beschlossen hatten, war in gewisser Weise eine Pilgerschaft. Beim Aufbruch hatten wir noch keine Ahnung, wie radikal unsere wohlüberlegten Pläne umgestürzt werden sollten.«

John zündete die Pfeife wieder an und starrte ins Feuer. Wir gewöhnten uns bald an sein plötzliches Schweigen, aber anfangs war es etwas verwirrend. Manchmal folgte auf sein Schweigen nichts weiter, als dass er aus dem Zimmer rollte und uns allein ließ. Er war nicht verschroben und hatte perfekte Umgangsformen, aber er konnte in Welten eintreten, die die Welt, wie wir sie normalerweise sehen, völlig durchdrangen. Diese anderen Welten sind in Wirklichkeit andere Schwingungsfrequenzen, formative Welten des Denkens, der Ideen und Archetypen, von denen viele unserer Gedanken, Handlungen und Gefühle geprägt sind. Wir lernten bald, ihn nicht zu stören.

Diesmal sprach er weiter. »Unsere Reise begann in Tanger. Wir hatten uns einen guten Jeep gekauft und wollten damit in aller Ruhe das ganze Land erkunden. Marokko war ein Schmugglerparadies und ein Handelszentrum; es gab nichts, was man nicht bekommen konnte. Von Haschisch über Frauen bis zu gebrauchten Panzern wurde mir einfach alles angeboten. Manche Leute scheffelten in dieser Zeit ein Vermögen. Sie kauften alles auf, was an Kriegsgerät gerettet worden war, um es zu verschrotten. Das war eine ganz eigene Alchimie, in der sozusagen unedle Metalle in Gold verwandelt wurden.

Der erste Teil der Reise verlief jedenfalls ganz gut, aber das änderte sich in einem kleinen marokkanischen Dorf. Mein Freund, der sich sehr für die Welt des Islam interessierte, hatte bei Kriegsende einen Mann namens Yussaf Ali getroffen, der ihn eingeladen hatte, seine Familie in diesem kleinen Dorf zu besuchen. Diese Gelegenheit wollten wir nicht verpassen, schrieben einen Brief und beschlossen, für ein paar Tage hinzufahren.

Wir wurden herzlich empfangen, mit Leckereien und Freundlichkeit verwöhnt, und es wurde immer schwerer, wieder aufzubrechen. Nachdem wir uns drei Tage hatten feiern lassen, wurden wir einer alten Frau vorgestellt, die im Dorf eine wichtige Rolle spielte.

Ihr Mann war der weise Mann des Ortes gewesen – eine Art Scheich, glaube ich –, aber er war unlängst gestorben. Ihr Sohn lebte bei ihr; er war zwar noch jung, aber trotzdem dazu bestimmt, in die Fußstapfen seines Vaters zu treten. Was wir noch nicht wussten, war, dass unser Kommen eine Prophezeiung erfüllt hatte; wir waren kaum ein paar Minuten im Haus und hatten nach den Begrüßungsförmlichkeiten unseren Minztee vorgesetzt bekommen, als die alte Frau uns ihren Wunsch verkündete, bei ihr im Dorf zu bleiben. ›Ich warte schon seit zwanzig Jahren auf euch‹, sagte sie.

Na, was hättest du gemacht?«, fragte John lächelnd. »Wenn man dich kennt, weiß man, dass du so einem Angebot nicht widerstehen könntest, stimmt's?«

Ich war so gefesselt von dieser Geschichte, dass zu vermuten war, ich würde in solch einer Situation annehmen. Ich hatte noch nie ein Abenteuer ablehnen können.

»Mir ist ein bisschen kalt«, sagte John. »Wenn ihr noch etwas Holz auflegt und mir einen kleinen Whisky besorgt, können wir vielleicht noch etwas weiterreden. Meine Schulter tut mir um diese Zeit immer sehr weh, und ich muss den Verband auf der Wunde wechseln, bevor ich ins Bett gehe.«

»Ich könnte dir helfen, John«, sagte Nur. »Ich weiß ein bisschen mit Krankenpflege Bescheid.«

»Nein, lass nur«, sagte er. »Ich komme ganz gut zurecht, und ihr seid schließlich erst einen Tag hier. Warte ein bisschen, und dann sehen wir weiter.«

Ich ging nach draußen, um neue Scheite aus dem Schuppen zu holen. Im Garten blieb ich einen Augenblick stehen, um mich zu sammeln. Ich konnte mir kaum mehr vorstellen, dass wir erst an diesem Morgen nach Wales gekommen waren. Es war dunkel. Es gab keine Sterne, und ich konnte das Außenlicht nicht finden. Der Schreck, als ich fast über den Holzstoß stolperte, brachte mich wieder zu mir; ich riss mich zusammen und trug das Holz ins Haus.

»Entschuldigt, dass es so lange gedauert hat«, sagte ich. »Der normale Zeitablauf scheint einfach aufgehoben zu sein, wenn ich mir solche Geschichten anhöre. Es bringt mich ziemlich durcheinander.«

»Du musst dir vor Augen halten, was ich über das Lernen aus Erfahrung gesagt habe«, erwiderte John. »Dann fängst du vielleicht an zu begreifen, wie die Zeit funktioniert. Wo war ich gleich? Ach ja, in dem Dorf.

Natürlich konnte ich dem Angebot nicht widerstehen, aber mein Freund war ironischerweise viel skeptischer, und nach langen Diskussionen entschloss er sich, mit dem Jeep weiterzufahren. Wir vereinbarten, dass er mich in zweieinhalb Wochen wieder abholen sollte, aber er machte sich große Sorgen. Ich sagte immer wieder, dass man solche Gelegenheiten nicht oft geboten bekommt, aber das sah er nicht ein. Ich wünschte, ich hätte auf ihn gehört, vor allem, weil schon einmal etwas Ähnliches passiert war. Ich hatte ihm gegenüber mein Wort gebrochen und war dadurch in große Schwierigkeiten geraten. Das ist etwas, an das ihr beide euch hoffentlich immer erinnern werdet. Prüft immer eure Motive und nehmt es sehr genau mit der Erfüllung von Versprechen, denn immer, wenn ihr euer Wort brecht oder von eurer Richtung abweicht, gleichgültig, aus welchem Grund, werdet ihr ein bisschen Willen verlieren, so dass ihr schließlich nicht mehr die Kraft habt, euch im richtigen Moment für das richtige Handeln zu entscheiden.

Ich blieb also. Mir wurde viel gegeben, und vieles davon war für mich und andere später sehr nützlich, aber es kam der Augenblick, wo etwas mir sagte, dass es Zeit war zu gehen. Ich spürte, dass ich nichts mehr aufnehmen konnte und dass die Familie immer mehr Besitz von mir ergriff. Da es bis zum verabredeten Tag nicht mehr lang war, dachte ich, ich könnte noch bei der Familie bleiben und dann mit meinem Freund abfahren. An dem Tag, als er kommen sollte, rief die alte Dame mich zu sich. Sie wollte, dass ich mit ihrem Sohn für achtzehn Tage in eine Höhle ging. Ich sagte, ich hätte das Gefühl, dass ich jetzt abreisen müsste. Sie wurde immer wütender, je öfter ich meinen Wunsch abzureisen wiederholte, und schließlich schüttelte sie mit zornblitzenden Augen ihre Faust gegen mich und schrie: ›Du hast versprochen, dass du bleibst!‹ Ich wies daraufhin, dass ich keine Zeit genannt hatte, aber das besänftigte sie nicht. Ich hatte solche Angst, dass ich mich völlig verkrampfte. Mir wurde klar, dass ich nicht bereit war, mich wirklich auf etwas einzulassen, obgleich ich das vorher ziemlich naiv behauptet hatte. Ich betete innerlich, der Jeep möge endlich vorfahren, aber er kam nicht. Er kam auch die nächsten acht Tage nicht, und inzwischen hatte ich hohes Fieber bekommen und war wirklich krank. Als mein Freund schließlich doch kam, bestand er darauf, dass wir sofort nach Tanger fuhren und im Krankenhaus einen Arzt aufsuchten. Die alte Frau weigerte sich, uns zu verabschieden.

Ich kam ins Krankenhaus, und da entwickelte sich diese Lähmung. Die Ärzte diskutierten und diskutierten. Einige meinten, es sei Polio, andere hielten es für eine tropische Krankheit; Tatsache blieb, dass ich meine Beine nicht mehr gebrauchen konnte.

Aus dieser Geschichte braucht man nicht mehr herauszulesen als das, was ich gesagt habe.« Er lächelte uns an, und ich bemerkte ein Zwinkern.

»Aber wie ist der Krebs entstanden?«, forschte ich weiter.

»Lass uns für heute aufhören, Reshad, ich bin müde. Ihr könnt mir noch nach oben helfen. Ich habe an der Treppe Eisenschienen angebracht. Das muss ich euch zeigen. Eine großartige Erfindung.«

Er rollte seinen Stuhl an die Treppe. Zwei Verbindungsstücke unter den Armlehnen griffen genau in die Schienen; er ließ sie einrasten, drückte einen Knopf, und schon rollte der Stuhl die Treppe hinauf. Wir halfen ein wenig nach, und bald war er oben. »Gute Nacht«, sagte er. »Ich freue mich sehr, euch hier zu haben. Es wird meine Bestimmung erfüllen und euch vielleicht eure finden lassen. Schlaft gut. Gott schütze euch.« Nur trat vor, um ihn zu küssen, aber er hatte seinen Stuhl schon gewendet und rollte in sein Zimmer. Zum ersten Mal bemerkte ich jetzt den grauenhaften Geruch seines Krebsgeschwürs.

Die ganze Nacht wälzte ich mich herum. Johns Geschichte hatte mich seltsam beunruhigt. Ich grübelte darüber nach, was er uns eigentlich hatte sagen wollen. Gewiss hatte ich schon tausendmal mein Versprechen gebrochen, aber bis jetzt war nichts so Dramatisches geschehen wie bei John. Ich schlafe nie sehr fest, aber in dieser Nacht war mir besonders unbehaglich zumute. Es war eigentlich nicht Angst, aber es gab so viele Fragen – Fragen über die Natur von Bestimmung, Schicksal, Willen und Zufall. Schließlich kroch ich aus dem Bett und setzte mich mit der Leselampe ans Fenster. Nur schlief tief und fest. Ich las den Abschnitt »Die Unsterblichkeit des Liebenden« aus dem *Mathnawi* von Mevlana Jalaluddin Rumi. Zwei Verse hatten zu der Zeit eine besondere Bedeutung für mich: »Du gewährtest mir alle Tage spirituellen Tod und Wiederauferstehung« und »Die Vernunft zittert aus Furcht vor dem Tode, aber Liebe ist kühn.«

Ich musste im Sessel eingeschlafen sein, denn ich schreckte plötzlich hoch. Es wurde schon hell, und als ich auf das Bett sah, war Nur weg. Für einen Moment war ich der Panik nahe. Es war eine Empfindung, als dürfte man kurz einen Blick auf unglaubliche Schönheit werfen, um dann gleich wieder in den alten Trott zu verfallen. Jahre später hatte Nur einen schrecklichen Autounfall. Jemand rief mich vom Unfallort an. Man wusste nicht, ob sie überleben würde, und ich würde Stunden brauchen, um das Krankenhaus zu erreichen, wohin man sie gebracht hatte. Das hier war die gleiche Panik. Wir haben so wenig Vertrauen. »Du musst vertrauen, vertrauen«, hatte mein Lehrer mir oft gesagt. »Warum willst du nicht vertrauen?«

Der Schreck rief viele Erinnerungen an meine Verwirrung wach, wenn ich einfach nicht verstand, worauf mein Lehrer hinauswollte. Ich konnte mir vorstellen, »auf« etwas zu vertrauen, das ich mit Händen greifen konnte oder wovon ich aus Erfahrung wusste, dass es stimmte. Aber auf etwas zu vertrauen, das jenseits aller Vorstellung lag, das war etwas ganz anderes. Irgendwann begriff ich aber doch. Auf etwas zu vertrauen, das viel größer ist als wir selbst – auf einen Göttlichen Plan, wenn man so will –, ist nur möglich, wenn wir darauf vertrauen und schließlich vielleicht sogar wissen, dass Gott vollkommen ist. Dann ist im Grunde jeder Augenblick vollkommen. Wir könnten darauf vertrauen und damit arbeiten. Oft aber verwechseln wir unsere Fähigkeit, etwas zu ändern, das schon existiert, mit Vertrauen, und darauf zielte Elizabeth ab, als sie von den drei Mauern sprach, die uns von der Wahrheit trennen – Groll, Neid und Stolz.

Ich saß da und sah zu, wie die Dunkelheit sich in blasses Grau verwandelte. Der feine Nieselregen würde wahrscheinlich in ein oder zwei Stunden aufhören. Der Fluss war kaum zu sehen, aber ich spürte seine Schönheit durch den Dunst. Ich hörte einen Hund bellen, und eine Frauenstimme rief nach den Kühen. Schemenhafte Gestalten bewegten sich hintereinander durch das Tor unterhalb des Hauses und gingen hügelaufwärts auf den nahe gelegenen Bauernhof zu. Es war die Zeit der Morgenstimmen, Vogelgesang erfüllte die Luft. Das Gartentor quietschte, und dann sah ich Nur den Weg heraufkommen. In der plötzlichen Erleichterung erschienen meine Phantasien mir ziemlich dumm. Sie hatte Gummistiefel und Jeans an und einen schweren irischen Pullover gegen die Nässe. Ihr dunkles Haar hing ihr fast bis auf die Taille; es war ganz nass. Ich sah ihr zu, wie sie den Kopf etwas schräg hielt, ihr Haar in die Hände nahm und ausschüttelte.

»Hallo«, begrüßte ich sie aus dem Fenster. »Hast du einen schönen Spaziergang gemacht? Eine Zeitlang habe ich gedacht, du hättest gepackt und wärst verschwunden.«

»Sei nicht albern«, sagte sie lächelnd.

Gleich darauf kam sie nach oben. Sie zog den schweren Pullover aus und legte sich neben mich aufs Bett. »Es ist so schön draußen. Der frühe Morgen ist eine ganz besondere Zeit. Die Nachtgedanken sind schlafen gegangen, und die Gedanken des Tages sind noch nicht ganz wach. Wie ich das liebe! Wenn ich auf dem Land bin, versuche ich immer, in der Morgendämmerung aufzustehen. Du siehst die Dinge dann so klar. Weißt du noch, wie du mir die Worte von Ibn Arabi zitiert hast: ›Alles ist im Göttlichen Atem enthalten wie der Tag in der Morgendämmerung‹? So habe ich heute Morgen gefühlt. Mir war, als könnten wir mit der richtigen Vorbereitung wirklich das Grundmuster des Tages festsetzen. Das Atmen, wie wir es in der Türkei gelernt haben, hat mir vielleicht mehr als alles andere geholfen, in einen Zustand der Ordnung zurückzufinden.«

»Verstehst du eigentlich, weshalb uns dieser Rhythmus gegeben wurde?«, fragte ich sie.

»Ja, ich glaube, jetzt kann ich darüber etwas sagen. Erinnerst du dich, dass wir diesen Rhythmus zuerst ohne eine wirkliche Erklärung bekamen? Ich glaube, das war mit der Absicht verbunden, dass wir *selbst* etwas begreifen sollten. Ich konnte damals allerdings nicht darüber sprechen, auch nicht, als etwas mit mir geschah. Aber was meinst du dazu?«

»Nun, offensichtlich hat der Rhythmus sieben-eins-sieben-eins-sieben etwas mit der Oktave zu tun. Wenn man bis sieben einatmet, auf eins anhält, dann wieder bis sieben ausatmet und wieder auf eins anhält und immer so weiter, entsteht ein gleichmäßiger Rhythmus. Mir hat diese Form des Atmens auch sehr viel genützt, und ich wende sie an, seit ich sie gelernt habe. Ich habe aber nie verstanden, warum sie ›Mutteratem‹ genannt wird.«

Nur überlegte einen Moment. »Weißt du«, sagte sie, »als ich so verrückt war, habe ich alles als so schrecklich empfunden, weil meine ganze Wirklichkeit aus Illusionen bestand. In meiner Angst habe ich mich immer wieder gefragt, was wohl passieren würde, wenn sie alle verschwänden. Wäre dann von ›mir‹ noch was übrig? Aber die ganze Zeit wurde ich immer wieder ermuntert, mich an den Rhythmus zu halten, dem Ein und Aus des Atems zu folgen, ›*auf* dem Atem‹ zu sein. Und ganz allmählich wurde ich ruhig. Manchmal konnte ich sogar sehen, was im Augenblick lag. Ich weiß noch, dass ich in mein Notizbuch schrieb: ›Der Augenblick enthält den Schoß der Möglichkeiten.‹ Vielleicht hilft uns der Mutteratem also, die unendlichen Möglichkeiten zu sehen, die im Hier und Jetzt liegen. Das ist wie der körperliche Schoß, nicht wahr? Verstehst du, was ich meine?«

Nur beugte sich herüber und legte ihren Kopf auf meine Brust. Wir lauschten beide dem Rhythmus: einatmen bis sieben, Pause, ausatmen bis sieben, Pause. Ihr Rhythmus und meiner waren gleich. Etwas verschmolz und versetzte uns in einen Zustand sanfter Harmonie. So lagen wir eine Weile und wagten kaum zu sprechen.

Dann sagte ich: »Dieser Rhythmus wurde uns gegeben, damit wir erfahren können, dass der gegenwärtige Augenblick *pulsiert;* er dehnt sich aus und zieht sich zusammen, entsteht und vergeht sofort wieder. Aus dem rhythmischen Pulsieren dessen, was du den ›Schoß des Augenblicks‹ genannt hast, wird alles geboren. Dieser Rhythmus erzeugt auch die Schwingungen, aus denen die feinstofflichen oder formativen Welten bestehen, die die gröberen stofflichen Substanzen durchdringen. Das ist alles nur eine Frage von Frequenzunterschieden: je niedriger die Frequenz, desto dichter das Material; je höher die Frequenz, desto feiner und instabiler die Substanz.«

»Ja, das ist es!«, sagte sie und richtete sich plötzlich auf. »Und dieses Pulsieren folgt dem gleichen Rhythmus wie der Atem, sieben-eins-sieben. Weißt du, was Platon gesagt hat? Ich weiß den Wortlaut nicht mehr, aber sinngemäß hat er gesagt, dass es unsere Kenntnis von der musikalischen Oktave ist, was Gleichgewicht und Harmonie der Dinge aufrechterhält.«

Wir waren jetzt beide sehr aufgeregt, denn eine ganze neue Welt öffnete sich uns. Wenn all das mit dem Schoß des Augenblicks und der Schwingungsfrequenz stimmte, dann lagen Geburt, Sex und Tod – die drei Akte, die mit Bewusstsein vollzogen werden müssen, wenn sich wirklich etwas ändern soll – in ein und demselben Augenblick. Vielleicht dreht sich im Grunde alles nur um dieses Pulsieren. Vielleicht steht das zwischen der Welt der Zeit und der Ewigkeit selbst. Ich erinnerte mich, wie mir mit großem Nachdruck gesagt wurde, dass es für die Menschheit notwendig ist, diese drei Akte auf einer ganz anderen Ebene zu erfahren. In der Zeit, bevor das Wissen verlorenging, so erfuhr ich, hatten viele der Frauen, die außergewöhnliche Kinder zur Welt brachten, besondere Schulen besucht, wo sie sich auf eine bewusste Geburt vorbereiteten. Die Mutter von Alexander dem Großen soll so eine Schule besucht haben. Allein in Nurs Nähe zu sein, hatte mir in wenigen Tagen schon so viel Neues eröffnet.

Wir lagen lange auf dem Bett und sprachen miteinander. Der fließende Austausch zwischen uns war überwältigend. Eine ganz neue Art zu leben schien möglich. Wenn »alles im Göttlichen Atem enthalten ist wie der Tag in der Morgendämmerung«, dann konnten wir der Göttlichen Ordnung mit diesem Wissen, diesem Atmen, diesem Rhythmus noch in einem ganz anderen Maß dienen.

Wir verloren uns fast ganz ins Theoretisieren, aber Nur bemerkte es rechtzeitig. »Komm«, sagte sie und zog mich auf die Füße. »Mehr kann ich davon jetzt nicht verarbeiten, und außerdem ist es Zeit fürs Frühstück. Aber es ist eine ganz neue Situation, nicht wahr? Ich meine – man kann wirklich die Möglichkeiten unseres Zusammenseins erkennen.«

»Jetzt redest *du* aber zu viel«, neckte ich sie.

John war noch nicht wach, aber aus der Küche drang schon der Geruch von Schinken und Eiern; bald erschien auch Fordie und wischte sich die Hände an der Schürze ab.

»Leider fühlt sich Mr. John heute nicht besonders wohl, Sir«, sagte sie. »Greifen Sie also bitte zu. Ich werde ihm sein Frühstück ans Bett bringen. Ich soll Ihnen sagen, Sie möchten es sich bequem machen, und er kommt dann später herunter. Sie wissen doch, dass er sehr krank ist? Der Arzt hat erst neulich mit mir darüber gesprochen, und wir tun unser Bestes, um es ihm so angenehm wie möglich zu machen. Er wird sehr schnell müde, aber er spricht zu gern mit Leuten wie Ihnen. Ich kann ihn nicht davon abhalten; manchmal schimpfe ich allerdings mit ihm – zu seinem eigenen Besten.«

Nur und ich saßen lange beim Frühstück. Es wurde uns immer klarer, dass wir zu John geschickt worden waren, um zu erleben, was es heißen konnte, bewusst zu sterben. Diese Vorstellung allein sprach ungeheure Fragen an, vor allem, was das Wesen des Heilens anging. Wir erkannten, dass wirkliches Heilen damit zu tun hat, alles wegzuräumen, was zwischen uns und der Wahrheit steht. In diesem Licht konnte man das meiste »Heilen« als sehr subtile Therapieformen verstehen, die den Menschen helfen, mit ihrem Schmerz zu leben, sei er physischer, emotionaler oder psychischer Natur. Von der Reise, die wir alle machen, indem wir leben, konnte man nicht sagen, dass sie schmerzlos oder leicht war, aber mit der Hilfe von Menschen wie John, Elizabeth und meinem Lehrer in der Türkei begannen wir ganz allmählich, unseren Weg zu erkennen.

In Johns Gegenwart erlebten wir ein beständiges Überströmen von Liebe, die nichts für sich selbst wollte. In der Zeit, die wir bei ihm verbrachten, entdeckten wir, dass wir weniger durch das, was er sagte, als vielmehr durch das, was mit jedem Atemzug in seinen Worten mitschwang, weitergeführt und unerbittlich auf unsere eigene gemeinsame Freiheit hingeführt wurden, auf die Freiheit von Angst vor Verlust.

Jahre später fragte mich einmal jemand: »Was sind wir? Wer sind wir? Was ist der Sinn des Lebens?« Nach dem, was ich in der kurzen Zeit mit John gelernt hatte, konnte ich nur antworten: »Was ich bin, was jeder ist, ist nur ein Erinnerungsmuster, das in diesem Leben ausradiert werden muss. Wer ich bin, kann nicht mit Worten beantwortet werden, die der Verstand aufnehmen könnte. Und wir sind verpflichtet, uns zu prüfen und jedes erdenkliche Opfer auf uns zu nehmen, um herauszufinden, was der Zweck unseres Lebens ist.«

Neun

ALS WIR JOHN ETWAS SPÄTER SAHEN, WIRKTE ER GRAU UND sehr schwach. Fordie rollte ihn im Haus herum und brachte ihn schließlich hinaus auf die Veranda. Der Regen hatte aufgehört, und es versprach, ein schöner Frühlingstag zu werden. In der Sonne war es warm, und John fühlte sich mit einer leichten Decke um die Schultern ganz behaglich. »Ich bin so gern hier draußen«, sagte er. »Im Freien ist es leichter zu meditieren. Es ist paradox, denn ich versenke mich hier inmitten der Schönheit des Vergänglichen in den Gedanken an die Beständigkeit der Wahrheit; Jahr für Jahr sitze ich hier und beobachte den Wechsel der Jahreszeiten. Aber vielleicht kann man es auch hier sehen. Wie hat Blake noch gesagt? ›Die Ewigkeit in einem Sandkorn erblicken und den Himmel in einer Wildblume.‹ Es ist schwer, mit so großer Leidenschaft zu leben, wie es auch schwer ist, auf bestimmte andere Arten zu leben, wenn man alt ist.

Wie dem auch sei. Heute Morgen hatte ich das Gefühl, dass es Zeit ist, über bestimmte Dinge mit euch zu reden. Versucht also, gut zuzuhören.«

»Aber John«, warf ich ein, »Fordie sagt, dass es dir heute nicht gut geht, und wir möchten, dass du deine Kräfte schonst.«

»Nein, nein«, unterbrach er mich, »es ist mein Vergnügen, euch hier zu haben. Ich will nur unser Gespräch von gestern Abend zu Ende führen – über den Krebs, meine ich. Vermutlich weil ich bis zu einem gewissen Grad in diesen Moment der Angst eingeschlossen war, als die alte Frau wegen meiner Willensschwäche wütend ihre Faust gegen mich reckte, vielleicht aber auch aus einem Grund, den ich nicht kenne, bildete sich auf meiner linken Brustseite ein Geschwür, das sich bis in die Schulter durchfraß, so dass ich manchmal fast den ganzen linken Arm nicht bewegen kann. Es ist kein erfreulicher Anblick, aber das soll uns nicht beunruhigen. Die Ärzte haben mich untersucht und einige Jahre lang mit Operationen und Chemotherapie und all dem ihr Bestes versucht. Ich glaube, ich habe immer gewusst, dass es hoffnungslos war, es war meine Bestimmung, wenn ihr so wollt, und ich habe mich bemüht, keinen Atemzug zu versäumen. Wenn dieser alte Körper zusammenbrechen würde, sollte es für mich nur noch Liebe geben, keinen Zorn und keinen Hass mehr, keine Ablehnung, keine Bitterkeit und vor allem kein Bedauern. Ich wollte für den Rest meines Lebens dankbar sein, dass ich lebe.

Wir stehen immer zwischen dem, was wir ›Leben‹ nennen, und dem, was wir ›Tod‹ nennen. Alle, die ihre Wirklichkeit darin finden, dass sie unaufhörlich hinter körperlichen Freuden, Reichtum und Besitz herrennen, schieben den Gedanken an den körperlichen Tod so weit ins Unbewusste, dass sie die Chance verpassen, im Leben frei zu sein. Sie ersticken die Möglichkeit der Freiheit, indem sie aus den Formen der stofflichen Welt immer mehr Schutzwälle um sich errichten. Wenn wir den Kindern nur die Freude lassen würden, die in der Herausforderung des Lebens liegt, dann gäbe es weniger Angst in der Welt, und mehr Menschen würden in der Gegenwart leben. Wir *können* den Tod überwinden. Freude ist so ansteckend wie die Krankheiten, die das Leben des Körpers beenden. Angst und Schuldgefühle – die beiden versperren den Weg zur wahren Freiheit.«

»Das sind ungeheuer hohe Ideale«, sagte ich, »und nicht viele Leute erreichen die Tiefe des Verstehens, die du hast.« John lächelte.

»Vielleicht *noch* nicht«, erwiderte er. »Aber wenn ihr mal an eure eigene Suche denkt und an die Sehnsucht, die dahintersteht, ist es dann nur Zufall, dass ihr auf Umstände getroffen seid, die euch hierher geführt haben? Inzwischen musst du doch wissen, dass es so etwas wie Zufall nicht gibt. Das Problem ist, dass du Erfahrungen einfach als gegeben hinnimmst und nicht siehst, dass jede Erfahrung eine Stufe zur Freiheit ist. Könntest du nur alles, was kommt, dankbar annehmen!

Denk mal nach, Reshad – wolltest du nicht wissen, was es mit der Sexualität auf sich hat? Wolltest du nicht den tieferen Sinn von Geburt und Tod kennen? Na komm – hättest du nicht diese Sehnsucht gehabt, dann wärst du jetzt nicht in dieser Situation. Sieh doch nur hin. Du hast Nur, die deine Lebenspartnerin werden könnte und durch die du vielleicht etwas darüber erfährst, was hinter den bloßen Akten von Zeugung und Geburt liegt. Und jetzt bist du hier bei mir. Kannst du nach all den Jahren sehen, dass alles bereitgestellt wird, sobald wir die Frage stellen? Jesus sagte: ›Suchet, und ihr werdet finden.‹ Erinnerst du dich?«

In diesem Augenblick klingelte das Telefon. Ich fühlte mich sehr erleichtert, als ich hinging und den Hörer abnahm.

»Ah, Sie müssen Mr. Feild sein«, sagte eine Frauenstimme am anderen Ende. »Willkommen in Wales. John hat mir allerhand nette Sachen über Sie beide erzählt, und ich hoffe, Sie kommen mal zum Tee zu mir rüber und sehen sich den Garten an. Aber wie geht es John? Ich hatte einen seltsamen Traum und musste einfach anrufen.«

»Wer ist dran?«, rief John von der Veranda her.

»Margaret«, sagte ich. »Sie fragt, wie es dir geht.«

»Sag ihr, mir geht es gut und ich bin bestens versorgt. Und sag ihr, sie macht sich zu viel Sorgen!«

Ich hörte Margaret lachen. »Er ist unverbesserlich«, sagte sie. »Aber ich bin froh, dass es ihm gut geht. Aber kommen Sie doch mal vorbei, oder ich komme heute Nachmittag oder morgen.« Ich hörte das Klicken, als sie den Hörer auflegte.

»Wer war das?«, fragte ich John, als ich mich wieder zu den beiden setzte.

»Das war Margaret, eine sehr gute Freundin von mir. Sie gibt sich mit allen möglichen Richtungen der Heilkunst ab; vielleicht habt ihr ja noch Gelegenheit, sie kennenzulernen. Aber jetzt möchte ich unser Gespräch erst mal ohne weitere Ablenkungen fortsetzen. Holt mir doch ein Glas Sherry aus dem Wohnzimmer, ja? Und euch auch eins«, rief er uns nach. »Dann können wir weitermachen.«

Die Art, in der John an diesem Morgen mit uns sprach, hatte etwas Zwingendes, so müde er auch war. Mehr als einmal bemerkte ich eine gewisse Erregung in seiner Stimme, wenn er uns bestimmte Punkte klar zu machen versuchte. Dann beugte er sich vor und starrte einen von uns mit einem tiefen Blick an, oder er schwenkte verzweifelt seine Pfeife, wenn wir nicht richtig aufpassten. Wir merkten beide, dass er Ideen zu vermitteln versuchte, die zu der Zeit weit außerhalb unserer Reichweite lagen.

»Wie ich schon sagte«, fuhr er fort, »habe ich einen Brief von Elizabeth bekommen, und sie hatte wiederum einen von deinem Lehrer in der Türkei bekommen. Ich habe auch kurz vor eurer Ankunft lange am Telefon mit ihr gesprochen. Wir haben über vieles gesprochen, vor allem im Zusammenhang mit der Frage, was es ist, was ihr zurzeit zu verstehen versucht. Aber jetzt können wir vielleicht ein bisschen weitergehen.

Habt ihr je bedacht, dass Ideen allein einen Menschen verändern können? Die Übertragung von Ideen geht von einer höheren Welt aus, die wir nicht durch unsere Sinne erfahren oder auch nur mit dem Verstand berühren können. Die Welt der Ideen ist eine ganz eigene Welt, die sich nur mit uns verbindet, wenn wir ihr zustimmen und auf besondere Art mit ihr arbeiten.« Er schwieg einen Augenblick und beobachtete uns. »Vieles von dem, was ich euch geben will, wird neu sein. Anderes wird euch vertraut sein – aber auf jeden Fall ist es wichtig, zuzuhören wie beim ersten Mal. Sonst wird euer Verstand versuchen zu vergleichen, und dann werden die Resultate begrenzt sein.«

»Ich verstehe, was du sagst, John«, warf Nur ein. »Es hat eine Zeit gegeben, in der ich diese andere Welt sehen konnte. Jede Idee war eine Gestalt, die man eher verstehen als mit den Augen sehen konnte. Das Ganze schien sogar eine Hierarchie der Gestalt und ein System zu haben. Stimmt das?«

»Ja – in gewisser Weise. Aber Reshad hat nicht deine Erfahrungen gehabt, und wenn unser Gespräch richtig laufen soll, müssen wir miteinander Schritt halten.

Wir können uns dieser Sache nähern, indem wir uns die Bedeutung des Wortes *bewusst* ansehen. Die Leute werfen mit diesem Wort um sich, aber die wenigsten haben auch nur die blasseste Ahnung von seiner wirklichen Bedeutung. Wir können zum Beispiel das Wort ›Sex‹ aussprechen, und es wäre nicht schwer, eine Reihe von Beschreibungen zu formulieren, die sich auf dieses Wort beziehen; sagen wir aber *bewusster Sex, bewusste Geburt* oder *bewusster Tod,* dann fügen wir eine ganz neue Dimension hinzu. Die Sprache ist ein so wichtiges Thema. Sie ist als ein Mittel der Kommunikation gedacht, sie ist nicht nur ein Werkzeug für intellektuelle Spielereien. Die Sprache war nie als Medium der Geschwätzigkeit gedacht, sondern sollte eher als ein weites System von Strukturen verstanden werden, wobei jede Sprache eigene Strukturen bildet, um Ideen über Zeit und Raum hinweg zu vermitteln.

Na gut, wenden wir uns diesem Wort ›bewusst‹ zu. Einigen Wörterbüchern zufolge bedeutet es, wach und für den Augenblick aufgeschlossen zu sein oder an dem, was ein anderer über Bewusstsein weiß, teilzuhaben. Aber für mich ist das noch keine hinreichende Definition. Es stimmt, um bewusst zu sein, muss man wach sein; es stimmt auch, dass wir, wenn wir ehrlich sind, einräumen müssen, dass wir die meiste Zeit unseres Lebens nicht bewusst sind, also schlafen. Wie Gurdjieff so oft sagte, sind wir alle ›Schlafwandler‹.

Wenn ich dich jetzt ordentlich in die Rippen knuffe, Reshad«, sagte er und zog so heftig an seiner Pfeife, dass große Rauchwolken aufquollen, »könntest du dann sagen, dass du in diesem Moment wach gewesen bist? Sei ehrlich.«

Nur lächelte. »Zufällig hab ich dich eben beobachtet, als John sprach. Du hattest einen ganz eigenartig glasigen Blick.«

Das stimmte. Ich war wirklich ganz woanders. Ich hatte Johns Worte wohl gehört, aber höchstwahrscheinlich waren sie nicht eingedrungen. Sie schienen immer noch irgendwo im Raum zu schweben, aber das, was er sagte, enthielt so viel, dass es schwer war, mit genügend Aufmerksamkeit zuzuhören.

»Es ist wieder der Verstand«, sagte John. »Entweder hast du versucht, eine Idee mit der anderen zu vergleichen, und das kann nicht gehen, oder du hast gespürt, dass du nicht fähig warst zu verstehen. Das Letztere wäre lächerlich, denn ich würde nicht über diese Dinge sprechen, wenn ich nicht wüsste, dass ihr beide verstehen könnt und dass die Ideen über viele Jahre hin in euch weiter wachsen werden. Kommen wir noch einmal auf das Wachsein zurück.

Die Erkenntnis, dass wir schlafen und uns dessen, was wirklich los ist, nicht bewusst sind, ist für uns der Anstoß herauszufinden, was es heißen kann, wirklich bewusste, lebendige Menschen zu sein und nicht halbmenschliche Kreaturen, die von jeder äußeren Kraft, jeder Laune eines anderen, jedem Wetterumschwung herumgebeutelt werden. Könnten wir bei der Geburt vollkommen bewusst sein, dann würde das Leben ganz anders aussehen, nicht wahr? Wir haben alle schon viel von der ›natürlichen Geburt‹ gehört. Ich mag den Ausdruck eigentlich nicht, denn ist die Geburt nicht ursprünglich etwas ganz Natürliches? Gewiss, wir haben sie durch Medikamente und so weiter sehr unnatürlich gemacht, aber wenn eine Frau keine Medikamente nimmt und ihr Kind zuhause zur Welt bringt, heißt das noch lange nicht, dass sie oder ihr Mann tatsächlich *bewusst* sind. Bewusst zu sein, ist ein sehr hoher Entwicklungsstand, und man muss viel an sich selbst arbeiten, um den wahren Sinn dieses Wortes zu erfassen. Wenn die Eltern wirklich bewusst wären, dann würden sie dazu beitragen, den Raum für die Manifestation der ewigen Wiederkehr zu schaffen.

Das ist jetzt wohl eine harte Nuss«, sagte John lachend. »Glaubt ihr, dass Raum einfach so aus sich selbst entsteht und die Menschen wenig oder nichts mit ihm zu tun haben? Mit dieser Frage allein könnte man ein ganzes Buch füllen. Aber ich wollte euch ja Ideen geben und keine Bücher! Betrachtet es mal ganz einfach. Wenn man ein Haus baut, dann arbeitet man mit dem Raum, oder nicht? Und wenn man sich eine Gestalt bildlich vorstellt, dann ist man auch dabei, Raum zu schaffen. Jetzt stellt euch vor, was das bedeuten könnte, wenn es um die bewusste Geburt geht. Wenn das Kind, das geboren wird, *weiß,* und zwar ohne einen Schimmer von Zweifel, dass es geliebt wird und dass der physische und der psychische Raum, in den es hineingeboren wird, eine bewusste Ordnung hat, dann haben wir viel dazu getan, diesem Wesen zu helfen, auf die Welt zu kommen.

Noch einmal: Bewusstsein setzt Wachheit voraus, und da die Zukunft unseres Planeten in den Händen unserer Kinder liegt, haben wir wirklich die Pflicht, im Augenblick der Geburt bewusst zu sein, sei es die Geburt unserer Kinder, unsere eigene oder die Geburt der Welt, die mit jedem Atemzug neu entsteht. All das verlangt von uns wirkliche Anstrengung. Es geschieht einfach nicht von allein. Versteht ihr, worauf ich hinauswill?«

Ich wollte etwas sagen, aber John schloss die Augen und machte einen langen, tiefen Atemzug. Die Luft stand still, und mir wurden Geräusche bewusst, die ich vorher nicht gehört hatte. Ich hörte die Bienen in den Blumen rund um die Veranda arbeiten, Vögel riefen im Tal, der Wind raschelte in den Blättern, in der Ferne bellte ein Hund, und irgendwo spielten ein paar Kinder – aber ich konnte sie anscheinend *alle zugleich* hören. Das war eine verblüffende Erfahrung, denn ich merkte in diesem Moment, dass es normalerweise nur so scheint, als hörten oder sähen wir mehr als eine Sache auf einmal. Einen Augenblick lang erlebte ich, dass Bewusstsein eine Form der Energie ist, denn ich nahm wahr, dass alle Geräusche verschieden lange brauchten, um mein Ohr zu erreichen, und um sie alle zugleich zu hören, musste ich die Grenzen des normalen Raums und der normalen Zeit sprengen. Genauso ist das, was wir scheinbar sehen, bereits verschwunden! Das Licht der Sonne braucht acht Minuten, um uns zu erreichen. Wenn wir die Sonne betrachten, sehen wir sie dort, wo sie acht Minuten zuvor war. Wir sehen das Licht von Sternen, die bereits aufgehört haben, zu existieren. Sogar ein einfaches Blatt ist nicht so, wie es aussieht, weil es sich bereits wieder verändert hat, wenn es auf unsere Wahrnehmung trifft. Es ist nichts als ein Erinnerungsmuster.

John öffnete die Augen, atmete aber in der gleichen Art weiter.

»War das eine Geschmacksprobe, Reshad?«, fragte er. »Niemals denken, mein Freund, sondern das Denken *einsetzen.* Es ist eine Form von Energie, und es wird dir dienen und wird deine Augen für viele Dinge öffnen.«

Ich war in einem Zustand, dass ich nicht wusste, ob ich noch mehr aufnehmen konnte. Ich begriff, dass ich einen Schritt in Richtung auf diese Art des Erfahrens gemacht hatte und nicht mehr in meinen früheren Zustand zurückfallen konnte. Bewusst zu sein, war ein überwältigendes Verlangen und eine Notwendigkeit geworden.

»Wo war ich stehengeblieben?«, fragte John schmunzelnd. »Ach ja – diese Sache mit dem Bewusstsein. Ich werde jetzt nur noch eine oder zwei Ideen von mir geben, damit ihr keine Verstopfung bekommt. Darüber könnt ihr dann nachdenken, und vielleicht haben wir später noch Zeit, darüber zu sprechen. Wir haben die bewusste Geburt angesprochen, aber wie steht es mit bewusster Sexualität? Das klingt vielleicht ein bisschen sonderbar, aber es ist sehr viel schwerer, als wir es uns vorstellen. Genau betrachtet, schlafen die meisten Leute eigentlich ein, sobald sie miteinander schlafen. Frauen bemerken das oft eher als Männer, stimmt's, Nur?

Der Geschlechtsakt gilt als der heiligste Akt überhaupt, und deshalb sollte man dementsprechend mit ihm umgehen. Zumindest sollten wir dabei bewusst sein. Das heißt, wir müssen wach und in einem ähnlichen Zustand sein, wie du ihn eben erlebt hast, Reshad. Auf allen Ebenen müssen wir uns deshalb vorbereiten; körperliche Reinlichkeit gehört ebenso dazu wie die höheren Ebenen des Atmens und geistige Disziplin. Wenn wir wach und uns des Göttlichen bewusst sind, das uns mit allem versorgt, dann kann die Sexualität heilig sein. Sie ist nicht nur für die Erhaltung der Art oder zur Triebentladung da. Bewusste Sexualität wandelt Energien um, und da Gott uns nach Seinem Bild gemacht hat, gibt es hier viel zu entdecken. Wie ich sagte, ihr könnt über diese Ideen nachdenken und euer Verständnis im Lauf der Jahre vertiefen. Ist der Same einmal ausgesät, dann besteht eine Chance für wirkliches Verstehen.

Aber ihr müsst Geduld haben. ›Geduld ist der Schlüssel zur Freude‹ und ›Dankbarkeit ist der Schlüssel zum Willen‹, sagt

Mevlana. Erwartet nicht, dass ihr das alles über Nacht versteht. In dieser Welt braucht alles seine Zeit. Geduld ist kein passiver Zustand, wie viele Leute annehmen, sondern ein Zustand aktiver Empfänglichkeit, den man üben und pflegen muss. Geduld ist etwas, an dem man ständig arbeiten muss, und das ist nicht so leicht, wie es klingt.

Wenn ich zum Beispiel einen Pfirsichbaum pflanze, muss ich zuvor die Erde sorgfältig vorbereiten. Es wird etliche Jahre dauern, bis der Baum Früchte tragen kann, aber ich kann derweil nicht einfach die Hände in den Schoß legen, oder? Ich muss zusehen, dass der Baum regelmäßig geschnitten wird, ich muss Tiere fernhalten, die seine Rinde fressen wollen, und Insekten, die sich über seine Blätter hermachen. Mit der Zeit wird der Baum dann stark und gesund werden. Wenn er blüht, muss ich achtgeben, dass er keinen Frost bekommt. Wenn die Früchte reifen, muss ich ihn vor Wespen schützen und vor Leuten, die die unreifen Früchte pflücken. Schließlich werde ich einen reifen Pfirsich ernten, um dessentwillen der Baum überhaupt gepflanzt worden war.

So ist es auch mit Ideen. Sie müssen ausgesät werden, und der Mensch, dem sie zugedacht sind, muss so gut vorbereitet sein, dass sie nicht auf unbearbeiteten Boden fallen. Wenn wir in einem passiven Zustand bleiben, nachdem die Ideen ausgesät sind, dann kann nur durch ein Wunder irgendetwas wachsen. Ideen müssen wie der Pfirsichbaum gehegt und gepflegt werden, um zu etwas Nutzbringendem heranzuwachsen.

Um bewusst zu sein, muss man viel Geduld aufbringen und hart arbeiten. Es kommt nicht auf einmal und wird uns auch nicht ›gegeben‹, solange wir passiv bleiben und nichts tun. Keiner kann es für uns tun. Wir müssen uns selbst bemühen, und dann erhalten wir die Spielregeln. Lasst euren Geist nicht abschweifen. Ich rede noch immer über bewusste Sexualität, wenn ihr das nur sehen könntet! Bleibt bei unserem Thema.

Man hat dir gesagt, Reshad, du müsstest erfahren, was es mit der Frau auf sich hat, ist es nicht so? Das Wort *Matrix* fiel mehrmals. Wenn du deine Frage auf diesen Gegenstand anwendest, könnte dabei für euch beide etwas herauskommen.

Ich will mal versuchen, es so zu erklären. Wenn wir den Schoß des Augenblicks als eine Matrix betrachten können, ein Grundmuster für unendlich viele Möglichkeiten, dann ist der Schoß einer Frau die körperliche Manifestation dieser Matrix und enthält auch unendliche Möglichkeiten. Wenn der Geschlechtsakt ein liebevoller und voll bewusster Akt ist, dann hängt es ganz vom Grad der Bewusstheit der Eltern ab, was für ein Kind dabei gezeugt wird. Versteht das nicht falsch, das ist ein sehr heikler Punkt. Wenn man *versucht,* bewusster zu sein, verfolgt man nur einen Begriff und keine Idee, man bläht nur das Ego weiter auf. Man kann eigentlich nichts weiter tun, als sich durch Opfer und Hingabe zu einem besseren Werkzeug der Gnade zu machen.«

»Aber, John«, sagte ich, »es ist doch nicht so, dass bei jedem Geschlechtsakt ein Kind gezeugt wird. Was ist mit den anderen Malen? Wo passt da das Bewusstsein hin?«

»Ah«, sagte John und paffte wieder heftig an seiner Pfeife. »Ah! Na, das ist die Art von Fragen, die ich gern hab. Das bedeutet, es geschieht etwas mit dir. Also, was ist ein Kind? Mehr, als was es zu sein scheint. Habe ich nicht gesagt, ein Kind ist die *Manifestation* der ewigen Wiederkehr? Das ist das physische Kind – aber was ist mit den Kindern von Ideen? Wie steht es mit der bewussten Evolution des Planeten, die über die bloß organische Evolution hinausgeht? Angenommen, wir Menschen spielen in der Evolution eine ganz bestimmte Rolle; angenommen, die Evolution wird in dem Maße bewusst, wie wir die notwendigen Anstrengungen unternehmen und selbst bewusst werden? Und wenn wir nun sagen, dass bewusste Sexualität bestimmte Energien freisetzt, die sich sehr direkt auf die Evolution auswirken können, ob nun ein körperliches Kind gezeugt wird oder nicht? Könnt ihr das akzeptieren?«

Nur legte ihre Hand in meine. Sie spürte, in welcher Verwirrung ich mich befand – so gut wie alles, was ich bisher über Sexualität gedacht hatte, war nach Johns Worten jetzt sinnlos geworden.

»Ich glaube, eine Frau versteht das leichter«, sagte Nur. »Die meisten Männer müssen sich erst nach innen wenden, um das Verstehen eindringen zu lassen; sie müssen ganz aufnahmebereit sein, anstatt draußen nach dem Sinn zu suchen. Weißt du noch, wie du mir in der Türkei die Worte des Apostels Thomas vorgelesen hast: ›Wenn ein Mann nicht wie eine Frau wird, kann er nicht in das Königreich des Himmels gelangen‹? So etwa muss es wohl gemeint sein, nicht wahr?«, fragte sie John.

»Ganz genau!« , antwortete er. »Der Himmel ist die Vollendung in der unsichtbaren Matrix, aus der alles kommt. Der Himmel ist immer da, aber wir müssen uns ihm öffnen. Wir finden ihn nicht, indem wir ihm nachjagen. In gewisser Weise steht alles auf dem Kopf, und erst wenn wir innerlich vollkommen umgewandelt sind, verstehen wir diese Dinge.

Aber ich bin jetzt müde. Seit Jahren habe ich nicht mehr so viel gesprochen. Wenn die Zeit reif ist, werden wir dieses Gespräch fortführen und uns mit der Frage des bewussten Todes auseinandersetzen. Aber vorläufig sprecht bitte nicht weiter über dieses Thema. Lasst die Ideen in euch einsinken. Wisst ihr was – macht doch eine Spazierfahrt und geht irgendwo essen. Lasst es euch einfach gut gehen. Ich habe jetzt sowieso keinen Hunger. Kommt, helft mir nach drinnen. Der Wind wird langsam ziemlich frisch.«

Wir schoben John in sein Arbeitszimmer. Graue Wolken zogen über das Tal und ließen die sonnigen Flecken verschwinden. Es sah aus, als könnte es wieder zu regnen anfangen. Ich stapelte mehrere Scheite im Kamin und zündete John das Feuer an, denn er sah blass aus. Ein Stapel Bücher lag neben ihm auf dem Tisch, aber er schien sie nicht zu beachten. Als ich mich an der Tür noch einmal umsah, war ihm der Kopf schon auf die Brust gesunken.

Zehn

WIR FUHREN DIE STRASSE NACH LINKS HINAUF, WIE JOHN uns gesagt hatte. Bis zum Dorf, das halb von Bäumen versteckt in einer Falte des Hügels lag, waren es fünf Minuten. Hier stand die Zeit still. Nichts schien sich je geändert zu haben. In diesen kleinen Dörfern sind die Läden das Zentrum. Selbstbedienung gab es hier nicht. Die Postbeamtin brauchte nur hinter ihrem Schalter hervorzukommen, um einen zu bedienen – frische Eier, selbstgeräucherter Schinken aus dem Dorf, alles, was man an Grundnahrungsmitteln brauchte. Es gab wenig, was man im Dorfladen nicht erfahren konnte.

Wir hielten an, um uns nach einem Geschenk für John umzusehen. Es war schwer, nicht weiter über das Thema zu sprechen, aber er hatte uns sicherlich aus gutem Grund gebeten, es nicht zu tun. »Nicht denken«, hatte er gesagt, »sondern das Denken bewusst einsetzen.« Ironischerweise dachte ich bald darüber nach, was das wohl bedeutete.

»Nicht zu denken, ist ganz schön schwer, nicht?«, fragte ich Nur, als wir uns im Laden umsahen.

»Lass es einfach«, sagte sie trocken. »Lass uns lieber überlegen, was wir John mitbringen.« Fast augenblicklich begannen wir zu streiten. Ich schlug einen bunten Dahlienstrauß vor, der in Johns Arbeitszimmer wunderschön ausgesehen hätte. »Das ist ein bisschen albern«, sagte Nur. »Was hat er von Blumen, wenn der ganze Garten voll davon ist?«

»Na, außer denen in unserem Zimmer habe ich drinnen jedenfalls keine gesehen.«

»Wenn er welche im Haus haben wollte, dann hätte er das Fordie sicher gesagt. Weshalb sollte er sich abgeschnittene Blumen wünschen?«

»Na gut, dann also keine Blumen, aber wie wär's dann mal mit einem eigenen Vorschlag?«, erwiderte ich leicht gereizt. »Warum entscheidest du dich nicht, was du kaufen willst? Ich habe meine Meinung gesagt.«

Ich bemerkte, dass die Postbeamtin uns hinter ihrer Theke hervor aufmerksam beäugte. Ich wusste, was jetzt kommen würde, und beantwortete ihre Frage im Voraus.

»Wir sind bei Mr. John zu Besuch«, sagte ich. »Vielleicht können Sie uns helfen. Wir möchten ihm gern etwas mitbringen, aber wir können uns nicht recht entscheiden. Haben Sie einen Vorschlag?«

»Wissen Sie was?«, antwortete sie in ihrem walisischen Singsang. »Mr. John mag diesen *Cheddar*-Käse da drüben in dem Korb besonders gern. Er wird auf einer Farm im Südwesten gemacht, aber er ist heutzutage schwer zu kriegen. Miss Ford wollte erst gestern einen kaufen, aber wir hatten keinen mehr. Eine von diesen kleinen Kugeln kostet nur zwei bis drei Pfund, ist also nicht sehr teuer.«

»Wie findest du das, Nur?«, fragte ich sie. »Oder hast du eine andere Idee?«

»Warum kaufst du nicht einfach, was du willst?«, sagte sie.

»Keine Sorge, Miss. Ich weiß, es ist nicht leicht, das Richtige zu finden, aber Sie können ganz sicher sein, dass Mr. John sich sehr freuen wird.«

Nur lächelte reumütig und nahm den Käse. Außerdem ein frisches, noch warmes Brot. »Tut mir leid«, sagte sie, »es war ein schwerer Tag.«

»Mr. John hat Ihnen wohl alle seine berühmten Geschichten erzählt«, sagte die Postbeamtin. »Er wohnt jetzt schon sehr lange hier, aber er kommt nicht viel aus dem Haus. Es muss schwer sein, so behindert zu sein. Es heißt, er hätte einen Unfall oder so was gehabt, aber er hat nie viel darüber gesprochen, auch nicht, als er noch mit seinem Rollstuhl herumkam. Wenn man Miss Ford fragt, sagt sie einfach gar nichts, also reden wir auch nicht darüber. Hier, nehmen Sie von mir auch noch ein Brot mit, und sagen Sie ihm, dass wir nach ihm fragen. Die Brote hat Jones der Bäcker eben frisch gebacken.« Wie ich die Waliser liebe! Bis heute nennen sie die Leute nach dem Geschäft, das sie betreiben! ›Jones der Bäcker‹ oder ›Thomas der Postbote‹ oder ›Davies der Metzger‹. Walisisch ist an der Schule ein Pflichtfach und in vielen abgelegenen Dörfern immer noch die Umgangssprache. Musik und Gesang sind fester Bestandteil des walisischen Lebens, und wenn die Chöre bei der jährlichen *eisteddfod* oder Versammlung zusammenkommen, hört man das wirkliche Herz des Volkes.

Wir verließen den Laden und gingen mit dem Geruch des frischen Brotes unter der Nase über den Dorfplatz zum Pub. Drinnen war ein kleiner Thekenraum und dahinter noch ein Zimmer, in dem fünf Männer um einen Tisch saßen und Domino spielten. Wir setzten uns an einen Ecktisch und bestellten zwei Gläser *bitter.*

»Vielleicht sollten wir uns hier im Dorf niederlassen«, sagte Nur. »Ich werde Postfrau und du könntest ›Feild der Milchmann‹ oder so was sein.«

»Bleib ernst, Nur. Ich begreife nicht, wie du darüber Witze machen kannst. Hast du schon mal versucht, dir unsere Lage klar zu machen? Wir wohnen bei einem sterbenden Mann, als sei das ganz normal; wir sollen darüber nicht nachdenken, geschweige denn sprechen; und wir haben nicht einmal angefangen, uns über eine gemeinsame Zukunft Gedanken zu machen, falls es die tatsächlich geben sollte. Außerdem...«

»Um Himmels willen«, sagte Nur lachend. »Reicht dir das nicht, was alles passiert? Seit ich Elizabeth kenne, habe ich gelernt, die Dinge so hinzunehmen, wie sie sind, auch wenn sie mir manchmal halb verrückt vorkommen; alles ist in sich vollkommen, wenn wir es nur verstehen könnten. Natürlich kommt einem die Situation manchmal unwirklich vor, aber sie hat immer auch etwas, wovon man lernen kann. Wir brauchen nichts weiter zu tun, als zu akzeptieren, dass wir hier sind und in diesem Schauspiel vielleicht sogar Rollen haben. John hat uns wahrscheinlich deswegen geraten, nicht über die ganze Sache mit dem Bewusstsein zu reden, weil du oder ich oder wir beide das vermutlich allzu ernst nehmen würden. Was er sagt, hat eine tiefe Bedeutung, aber auch eine komische Seite. Hast du zum Beispiel schon mal darüber nachgedacht, wie wir es anstellen werden, bewusst miteinander zu schlafen?«

»Lieber Himmel, Nur.« Ich wurde ziemlich verlegen, denn ich war ganz sicher, dass zumindest einer der Dominospieler unserem Gespräch zuhörte.

»Was macht es, wenn die Leute das hören?«, erriet sie meine Gedanken. »Sie würden es wahrscheinlich lächerlich finden. Und das ist es auch! Stell dir doch bloß vor, wie wir auf all den Ebenen, die John genannt hat, die Dinge in den Griff kriegen sollen. Während wir uns auf alles Notwendige konzentrieren, vergessen wir wahrscheinlich, was wir überhaupt vorhatten.«

Nur hätte sich von diesem Thema bestimmt nicht mehr abbringen lassen, aber zum Glück ging in diesem Augenblick die Tür auf. Eine Frau kam auf uns zu. Sie erinnerte mich ein wenig an Elizabeth. Sie war etwa gleich alt, aber von ganz anderer Statur. Sie war groß, und ihre Größe wurde noch von einem langen Regenmantel unterstrichen, der bis auf ihre Gummistiefel reichte.

»Hallo«, sagte sie und streckte uns die Hand hin. »Ich bin Margaret; Sie haben mit mir schon am Telefon gesprochen. John hat mich Ihnen nachgeschickt. Er hat angenommen, dass Sie hier sind. Übrigens gibt es hier im Umkreis von zehn Meilen kein anderes Pub. Er meinte, wir sollten alle zusammen bei ihm essen, und Sie würden wahrscheinlich zu viel reden!« Sie hatte einen übermütigen Ausdruck im Gesicht.

»Ich setze mich zu Ihnen, wenn ich darf; ich könnte selbst noch ein Bier vertragen, bevor wir gehen.« Sie setzte sich neben uns und knöpfte den Mantel auf. »Puh! Ist das heiß! Ich komme eben den Hügel rauf. Wie geht es John? Ich habe mir in letzter Zeit mehr Sorgen als sonst gemacht.«

»Er wirkt müde«, antwortete ich, »aber ich kenne ihn erst kurz und kann mir eigentlich noch kein Urteil erlauben. Eine Zeitlang geht es ihm gut, aber dann ist er plötzlich völlig erschöpft und muss sich ausruhen. Heute Morgen ist er sehr spät aufgestanden, und Fordie schien sich Sorgen zu machen.«

»Wissen Sie, Fordie ist ein wunderbarer Mensch«, nahm sie den Faden auf. »Können Sie sich vorstellen, was es heißt, tagaus, tagein mit einem so kranken Mann wie John zu leben und zu wissen, dass er jeden Moment sterben kann? Ihre Gewissenhaftigkeit und ihre Treue sind erstaunlich. Es gibt nichts, was sie für ihn nicht tun würde, und sie kennt ihn so gut, dass es immer einen Grund hat, wenn sie besorgt ist. Sie hat ein unfehlbares Gespür. Ich weiß nicht, ob sie es Ihnen schon gesagt hat, aber sie ist zur Hälfte Zigeunerin, und ich glaube, dass sie daher ihr feines Gespür hat. Sie redet nicht über ihre Geschichte, denn die Menschen haben in diesem Teil der Welt allerhand Vorbehalte gegen solche Dinge. Aber es ist eine faszinierende Geschichte. Eigentlich stammt sie aus einer sehr alten englischen Familie. Ihre Großmutter lebte in einem ziemlich prunkvollen Haus im Südwesten, glaube ich. Fordies Mutter verschwand, als sie ungefähr sechzehn war. Die Polizei suchte sie wochenlang. Die Zeitungen berichteten darüber, und es entstanden viele verschiedene Theorien. Schließlich erklärte man sie für verschollen und einigte sich darauf, dass sie wohl Selbstmord begangen haben musste, denn sie hatte den Ruf gehabt, ein übersensibles Mädchen zu sein. Natürlich konnte man das nie beweisen, denn ihre Leiche wurde nicht gefunden. Tatsächlich war sie nämlich mit den Zigeunern fortgezogen.

Die Zigeuner hatten außerhalb des Grundstücks ihr Wagenlager aufgeschlagen und dieses englische Mädchen offenbar in ihren Kreis aufgenommen. Sie verliebte sich, fuhr im Wagen mit nach Frankreich, und das Ergebnis war Fordie. Fordie spricht immer noch fließend Französisch, aber sie benutzt es selten. Sie wäre wahrscheinlich sogar ziemlich aufgebracht, wenn sie wüsste, was ich Ihnen alles erzählt habe. Ich rede mich in Schwierigkeiten, also will ich lieber den Mund halten. Prost! «, sagte sie und hob ihr Bierglas.

»Aber wie ist sie nach England zurückgekommen und in Wales gelandet?«, fragte ich.

»Ehrlich gesagt hab ich keine Ahnung. Sie hat John auch nichts gesagt; wir tappen alle im Dunkeln. Alles, was wir wirklich von Fordie wissen, ist ihre Freundlichkeit und Großherzigkeit. Auch ich stehe tief in ihrer Schuld, denn fast alles, was ich über Heilkräuter weiß und jetzt in meiner eigenen Praxis ausgiebig benutze, habe ich von ihr. Sie passt haargenau in dieses Schauspiel. Die Welt ist klein, wenn es um solche Sachen geht, nicht?«

»Was denn für Sachen?« unterbrach ich sie. Ich spürte, wie sich eine heftige Unruhe in mir aufbaute. Die ganze Situation, die Leute, das Kommen und Gehen, alles erschien mir immer mehr als ein abgekartetes Spiel – und zudem ein unwirkliches.

»Na, Sie wissen schon, was ich meine«, sagte sie lachend. »Fordie spielt in unserem Leben eine Rolle, weil wir sie brauchen. Ich habe darüber oft Witze gemacht, wenn ich sie in ihrem kleinen Haus besucht habe, aber sie schaut mich dann nur über den Brillenrand an und lächelt. Ich erinnere mich noch, wie wir vor ein paar Monaten das erste Mal über Johns bevorstehenden Tod sprachen. Wir waren beide sehr beunruhigt, und obgleich es sich nicht um eine Neuigkeit handelte, war es ein Schock. Irgendwie, Krebs oder nicht, dachten wir alle, er könnte noch jahrelang so weitermachen. Sie sagte mir nur: ›Tja, meine Liebe, ein Theaterstück dauert eben nicht ewig.‹

Sie haben großes Glück gehabt, all das kennenlernen zu können«, fuhr Margaret fort. »Nicht jeder hat dieses Glück, und wenige stehen es durch. Sie haben beide gelernt, was es heißt, Schüler zu sein und dass es anfangs nicht einfach ist. Ich weiß überhaupt nur irgendwas, weil ich hoffnungslos neugierig und immer auf der Suche bin, mit jedem Schritt in tieferes Gewässer gerate und doch jeden Augenblick genieße. Trinken Sie noch eins – aber diesmal auf meine Rechnung.«

Als ich aufstand, um das Bier zu holen, bemerkte ich, mit welch gespanntem Gesichtsausdruck Nur Margaret zuhörte. Sie schien eine Bestätigung für eine tiefe eigene Empfindung zu suchen. Margaret schien daran keinen Anstoß zu nehmen; offenbar verstand sie sogar, denn als ich an den Tisch zurückkam, hatte sie den Arm um Nur gelegt, und die beiden saßen still beieinander.

»Machen Sie sich keine Gedanken wegen uns«, sagte Margaret. »Die besten Dinge bleiben unausgesprochen.

Wissen Sie«, fuhr sie dann fort, »ich bin sehr froh, dass Sie gerade jetzt hier bei John sind. Er freut sich so. Er hat mich sofort angerufen, als der Brief von Elizabeth kam, der Sie ankündigte. Ich lebe schon seit Jahren in diesem Dorf und habe die Veränderungen an John beobachtet. Als er noch kräftiger war, kam an jedem Wochenende ein ständiger Strom von Besuchern. Selbst aus den Vereinigten Staaten kamen Leute, die ihn entweder kannten oder von ihm gehört hatten. Aber seit einiger Zeit hält er die Besucher fern. Er hat mir oft gesagt, dass es nicht mehr lange dauern wird und dass er vorbereitet sein möchte. Zu viel Besuch wäre jetzt zu aufregend, wie Sie sicher verstehen.«

»Womit hat sich John eigentlich beschäftigt?«, fragte ich sie. »Er erwähnte, dass er mal für den diplomatischen Dienst gearbeitet hat, aber über den Rest seines Lebens weiß ich wenig.«

Sie lächelte. »Viele Leute haben die gleiche Frage gestellt, Reshad. Ein paar ziemlich aufregende Leute sind in dieses kleine Dorf gekommen, um sich mit John auseinanderzusetzen – Mystiker, Philosophen, alle Arten von Heilkundigen und ein oder zwei Physiker. Er hat vor Jahren einen faszinierenden Artikel mit dem Titel *Muster* geschrieben, der unter der Hand kursierte und studiert wurde. Es ging da um eine Vision, die er hatte: ein alchimistischer Prozess, der zur Bewältigung der Energiekrise beitragen konnte. Das lag alles weit außerhalb meiner Reichweite – aber trinken Sie jetzt aus. Wir sollten lieber zurückgehen. Sie können mich mitnehmen, wenn Sie mögen; es regnet, und da ist der Weg zu John ein bisschen weit.«

Er wirkte immer noch sehr müde, als wir zurückkamen. Er saß mit einem Glas Sherry in der Hand im Esszimmer, während Fordie herumwuselte, um den Tisch zu decken. »Ihr kommt gerade recht«, sagte John. »Nehmt euch einen Sherry, wenn ihr wollt.«

»Aber machen Sie nicht zu lange, Mr. John«, ermahnte Fordie ihn mit Nachdruck so dicht an seinem Ohr, dass er sich lachend zurückbeugte. »Das Essen verkommt, und Sie müssen doch richtig essen. Sie achten darauf, dass er in fünf Minuten fertig ist, nicht wahr, Mrs. Rhodes? Sonst wird alles kalt.«

»Verstehen Sie, was ich meine?«, sagte Margaret. »Man sieht doch, wer dieses Haus regiert.«

Wir lachten alle. Nur und ich erzählten John von unseren Abenteuern im Dorf und wie ich herausgefunden hatte, dass ich mich am liebsten niederlassen und ›Feild der Milchmann‹ werden wollte, während Nur Kräuter anbauen und köstliche Mahlzeiten kochen würde. »Du bist ein unverbesserlicher Romantiker«, sagte John. »Nach einer Woche wäre es dir langweilig. Du kannst Pläne machen, soviel du willst, aber es hängt alles vom *kismet* ab. Und da wollen wir doch nicht reinpfuschen, oder?«, sagte er augenzwinkernd.

Beim Mittagessen bemerkte ich, wie Nur Margaret wieder auf diese forschende Art ansah. In einer Gesprächspause stellte Nur ihr die Frage, was sie hier im Dorf machte. »Oh«, gab Margaret zurück, »größtenteils das, was alle hier tun. In der Kirche helfen, alte Leute besuchen, das Treiben der Welt beobachten, Sie wissen schon. Hier gibt es ja auch nicht viel zu tun, wenn man nicht gerade Bergbauer ist und auf eine Menge Schafe aufpassen muss. Ich gehe viel mit den Hunden spazieren, und einmal im Jahr versuche ich wegzukommen, nach Griechenland, genauer gesagt, nach Kreta – ich stürze mich gern in die Geschichte der Antike.«

»Na, komm schon, Margaret«, sagte John, »ich habe ihnen erzählt, dass du dich mit dem Heilen beschäftigst. Erzähl ihnen doch, was du wirklich treibst. Sie ist nämlich eine Hexe!«, verkündete er lächelnd. »Eine Art moderne, weiße Hexe.« Er genoss unsere verblüfften Blicke. »Nein, so mein ich das nicht«, sagte er. »Die Sorte von Hexen, die ich meine, befasst sich mit den Heilkünsten. Die andere Sorte ist heute, soweit ich weiß, ziemlich schwer zu finden, und es lohnt auch nicht, sich über sie den Kopf zu zerbrechen. Seit der Besenstiel dem Staubsauger gewichen ist, sind ihre Fortbewegungsmittel knapp geworden.«

»Um Himmels willen, John«, sagte Margaret, »was sollen diese armen Leute denken? Hört nicht auf ihn, meine Lieben«, wandte sie sich an uns. »Ich interessiere mich nur für etwas, das Radionik genannt wird. John witzelt immer, das sei Hexerei, aber es ist eine exakte Wissenschaft – nur akzeptieren das die wenigsten Leute.«

»Davon hab ich noch nie gehört. Was ist das?«, fragte ich.

»Schwer zu erklären«, erwiderte sie. »Sagen wir einfach, Radionik sei eine Wissenschaft der Zukunft. In einigen Ländern ist sie verboten, aber hier in England recht wohl gelitten.«

»Radionik ist ein sonderbares Wort«, unterbrach Nur. »Es klingt, als hätte es mit Radiowellen oder so was zu tun.«

»So was ist es eigentlich nicht. Das Wort ist irreführend. Einige der Instrumente sehen allerdings aus wie alte Radios, und vielleicht kommt daher der Name, aber den wirklichen Ursprung kenne ich nicht. Grundsätzlich ist es eine raffinierte Methode, die Energie der außersinnlichen Wahrnehmung nutzbar zu machen, um Störungen in lebenden Organismen zu messen. Das ist ein ungeheuer großes Gebiet – meine Lebensarbeit. Aber, wie gesagt, eine sehr unorthodoxe Wissenschaft, die noch in den Kinderschuhen steckt. Ein paar Leute sind vor Jahren wegen Betrugs vor Gericht gestellt worden, deshalb ist es kein Wunder, dass Radionik bis heute nur unter Freunden diskutiert wird oder unter Wissenschaftlern, die an ernsthafter Forschung interessiert sind. Das ganze Prinzip ist dem Ansatz der Schulmedizin, die körperliche Symptome behandelt, genau entgegengesetzt. Radionik versucht, ohne die Hilfe von Drogen die Ursache von Krankheiten auf der formativen Ebene zu erreichen. Etwa eine Veränderung im Grundmuster oder der Matrix der ätherischen Substanz einer Person, die durch Kristallisation eines Schocks oder einer in der Begriffsstruktur dieser Person fixierten Meinung entstanden ist. Das kann sogar von den unerfüllten Wünschen eines Elternteils oder eines Volkes kommen, denn die Matrix eines Kindes ist teilweise von den Prägungen oder Mustern gefärbt, die es unausweichlich von seinen Eltern mitbekommt. Sehen Sie, es kommt darauf an zu verstehen, dass die ungefärbte Matrix eines Menschen sein gesamtes Potenzial enthält.

Die Matrix ist wie ein Hologramm. Die vollkommene Matrix, die archetypische Idee von der Göttlichen Mutter, aus der die Schöpfung beständig hervorgeht, birgt in ihrem Schoß die Archetypen aller Kreaturen und Bereiche der Natur, und wie oft man diese vollkommene Matrix in Gedanken auch zerteilt, jedes einzelne Stück enthält wie das Hologramm immer das ursprüngliche Gesamtbild.«

Das war ein faszinierendes Thema. John warf von Zeit zu Zeit eigene Erfahrungen ein, und mir fiel erst später auf, dass ich in der Hitze des Gesprächs Johns widerspruchsvolle Situation gar nicht bemerkt hatte; er war so hoffnungslos krank und sprach so fachmännisch über diese fortschrittliche Heilmethode.

Beim Essen hatte ich wieder den beunruhigenden Eindruck, aus meinem normalen Zeitgefühl herausgerissen zu sein. Seit meiner Rückkehr aus der Türkei war das immer häufiger vorgekommen. Es war, als seien die Tage mit mehr angefüllt, als ein Mensch verkraften konnte. Wir waren gerade erst bei John angekommen, aber es war schon so viel passiert, dass mir der Druck unerträglich erschien.

Nur hatte die ganze Zeit geschwiegen, oft mit diesem erregten Ausdruck im Gesicht. Endlich, mehr aus Verzweiflung, glaube ich, fragte ich sie, was sie denn anstarre. Die Wirkung dieser Frage ließ uns alle zusammenschrecken. Einen Augenblick lang schien ihr Gesicht sich vollkommen zu verändern. Ganz kurz sah ich die junge Frau mit der blauen Wolle in der Türkei, deren Augen zu viel zu sehen schienen. Sie zitterte leicht und klammerte sich mit den Händen an die Tischkante, dass ihre Knöchel weiß hervortraten. Dann rückte sie ganz plötzlich ihren Stuhl zurück und lief aus dem Zimmer.

»Was ist los?«, fragte Margaret. »Ich hab doch hoffentlich nichts gesagt, was sie verärgert hat. Sie schien ganz aus der Fassung zu sein.«

»Ich schau mal nach, wenn es euch nichts ausmacht«, sagte ich. »Sie war krank, aber das ist schon lange her. Ich verstehe das nicht.«

»Lass ihr ein bisschen Zeit«, sagte John. »Sie fängt sich schon wieder. Lass sie selbst wieder Ruhe finden. Ich glaube, ich weiß, was passiert ist.«

Ich erzählte ihm von den ungewöhnlichen Umständen, in denen wir uns in der Türkei befunden hatten. Ich erzählte, dass ich Nur schon damals geliebt hatte und dass die Anspannung der letzten Wochen vielleicht ein bisschen zu viel für sie gewesen war.

»Wir haben alle mit etwas zu tun, das weit größer ist, als wir sehen oder verstehen können«, sagte John, »und manchmal kommt man schwer damit zurecht, vor allem, wenn der Druck sehr groß ist.«

»Seltsamerweise«, warf Margaret ein, »hatte sie im Pub den gleichen Gesichtsausdruck. Ich dachte, sie braucht ein bisschen Trost, aber war es vielleicht doch mehr, John?«

»Ich denke, es hat etwas mit dem Wort *wiedererkennen* zu tun«, erwiderte John. »Ich vermute, dass Nur intuitiv etwas von dem verstanden hat, was du tust. Es ist, als könnte sie etwas sehen, was sie schon früher gekannt hat. Ich will damit nicht sagen, dass sie es in einem vergangenen Leben gewusst hat oder so, sondern eher, dass es eine Zeit gegeben hat, wo sie diese Dinge leichter verstanden hat als jetzt, wenn es auch nach dem, was Reshad sagt, damals ziemlich katastrophale Folgen hatte. Geh doch jetzt nach oben und sieh nach ihr, Reshad«, sagte er zu mir.

Als ich aufstand, ging die Tür auf, und Nur kam herein; sie sah aus wie immer. Ich legte ihr meinen Arm um die Schulter und führte sie zu ihrem Stuhl.

»Alles in Ordnung?«, fragte ich. »Was war los?«

»Entschuldigt, dass ich euer Essen gestört habe«, sagte sie. »Es war nur, weil das, was Margaret gesagt hat, so überwältigende Implikationen hatte, dass ich es plötzlich nicht mehr aushalten konnte. Wahrscheinlich wegen dem, was früher passiert ist.«

»Mach dir nichts draus«, sagte John. »So was passiert einfach, und ich nehme an, dass sich alles klären wird, wenn du Margaret einmal in ihrem Haus besuchst. Übrigens stimme ich Margaret zu. Radionik ist eine ganz besondere Disziplin, und eines Tages werden viele Leute sie verstehen, allerdings werde ich es leider nicht mehr erleben.«

Fordie kam mit einem Servierwagen herein. »Mr. John«, sagte sie, »es wird Zeit, dass Sie sich ausruhen. Ihr habt alle zu viel geredet. Ich konnte es von der Küche aus hören. Also los jetzt.«

»Sie hat recht – wie üblich«, sagte John. »Ich bin heute etwas abgespannt. Margaret, meine Gute, wärst du so lieb, mir beim Verbandswechsel zu helfen?«

»Darf ich mitkommen?«, fragte Nur. »Damit ich nächstens weiß, wie man es macht.«

»Es ist leider nicht sehr erfreulich«, sagte er, »und es ist eigentlich gar nicht nötig; aber komm nur mit, wenn du magst.«

Wir halfen John die Treppe hinauf und rollten ihn ans Fenster. Draußen war nach dem Regen alles grün und glitzerte in der Nachmittagssonne. Margaret half John aus seinem Jackett und Hemd, und im gleichen Moment traf uns der grauenhafte Fäulnisgeruch. Als der Verband vorsichtig abgehoben wurde, war der Anblick der klaffenden Wunde so erschreckend, dass mir fast schwarz vor Augen wurde. Nur fasste mich bei der Hand. Was einst als kleine Geschwulst begonnen hatte, war jetzt ein tiefes Loch, das sich in seine Schulter fraß. Im Kontrast zur Schönheit der Landschaft, die durchs Fenster hereinschimmerte, wirkte es noch schlimmer.

Als Margaret den neuen Verband vorbereitete, wandte John sich um und lächelte mild. »Weißt du, Reshad, was wir *wirklich* sind, ist unsichtbar. Du bist unsichtbar; ich bin unsichtbar. Wenn du daran denkst, wird dir die Wunde nicht mehr so viel ausmachen. Finde heraus, wer du wirklich bist, und du wirst finden, was nie vergehen kann. Der Koran sagt: ›Alles wird vergehen, nur Sein Gesicht nicht.‹ Wie gesagt, der große Schlüssel liegt darin, im Augenblick des Todes bewusst zu bleiben. Das geht nur ohne Furcht. Wenn du jung bist und deine Gesundheit noch hast, ist es schwer, über diese Dinge nachzudenken. Man hat so viel zu leben, so viele Träume zu träumen, so viel zu erreichen; aber wenn du älter wirst, schleicht sich die Furcht ein. Du fängst an, dich zu fragen, ob du dein Leben richtig gelebt hast, ob du deine Zeit oder die Zeit anderer vergeudet hast. Wenn du nicht Acht gibst, wirst du so von Reue und Schuldgefühlen überschwemmt, dass es unmöglich ist, keine Angst zu haben.

Die Sufis sagen, es gibt zwei Todsünden: Trägheit und Angst. Trägheit führt dazu, dass wir uns nicht bemühen, unsere niedere Natur zu beherrschen und in Ordnung zu bringen. Wir schieben es vor uns her und warten darauf, dass jemand anderes es für uns tut. Angst entsteht aus mangelndem Wissen und Vertrauen.

Sehr bald werde ich nun die letzten Schritte meines Lebens zurücklegen. Das Wichtigste ist jetzt für mich, so wach zu sein, wie ich nur kann. Dann kann die wirkliche Transformation kommen, die für uns da ist, wenn wir im Leben hart genug gearbeitet haben. Wenn du immer noch über eine Wunde erschrickst, Reshad, wie wird es dann beim Tod für dich sein? Aber ernsthaft, denk an das, was ich gesagt habe. Wenn ihr zur rechten Zeit bei mir seid, könnt ihr vielleicht etwas von dem Wunder der Transformation erleben, aber ihr dürft keinesfalls Angst haben. Das klingt vielleicht ein bisschen dramatisch, aber so ist es nun mal.« Seine Stimme war vollkommen von Entsagung und Einverständnis erfüllt.

Er nickte in seinem Stuhl ein. Ich fand im Schrank ein frisches Hemd für ihn, und Nur legte ihm eine Decke um die Schultern.

»Kommt doch ein bisschen später mal vorbei«, schlug Margaret vor, als wir die Treppe hinunterstiegen. »John wird wahrscheinlich bis sechs schlafen, und ich habe einen relativ freien Nachmittag.«

Nurs Antwort kam ohne Zögern: »Oh ja, sehr gern. Ich möchte Sie noch so viel über unser Gespräch beim Mittagessen fragen. Weißt du was, Reshad, wir gehen ein bisschen an die frische Luft, und nachher gehen wir zu Margaret. Klingt das nicht gut?«

»Wunderbar«, gab Margaret zurück. »Der Tee wird fertig sein, wenn ihr kommt.«

Elf

ES WAR STILL AM FLUSS. WAS JOHN GESAGT HATTE, BEEINdruckte uns tief, und jeder spürte den Schmerz des anderen. Wir setzten uns auf einen umgestürzten Baum, wo an einer Biegung des Flusses ein Wasserloch entstanden war. Es war so tief, dass das Wasser schwarz aussah. Am anderen Ufer sprudelte das Wasser hell über die Kiesel. Hier trieben Wasserläufer und Libellen auf der stilleren Strömung, und einmal sahen wir einen Aal, der die Ränder des Tümpels nach Nahrung absuchte und manchmal auf dem Kopf stand, wenn er unter den größeren Steinen stöberte. Etwas flussabwärts stand ein Angler; sein Hund, ein herrlicher Retriever, tollte am anderen Ufer herum und bellte uns gelegentlich an. Schließlich legte er sich drüben, alle Viere von sich gestreckt, in eine flache Lache, abwechselnd hechelnd und gierig saufend. In der Ferne hörten wir einen Hofhund bellen, und manchmal brummte ein Auto den Hügel hinauf ins Dorf.

»Bitte entschuldige, was heute Morgen passiert ist«, sagte Nur schließlich. »Ich weiß, es ist manchmal nicht leicht, mich zu verstehen, aber es ist so schwer, Worte für etwas zu finden, das man in einer ganz anderen Dimension sieht oder erlebt. Es ist, als wenn ich immer wieder aus der Zeit heraus- und in sie zurückgleite. Es war eigentlich schon immer so, aber die Krankheit hat es noch zugespitzt, und es fällt mir schwer, mich mitzuteilen. Als ich klein war, bin ich immer in den Wald gerannt, wenn keiner verstehen konnte, was ich zu erklären versuchte. Ich konnte etwas sehen, das sonst keiner sah.

Seit ich ganz klein war, kann ich Energiemuster spüren. Alle haben mich ausgelacht und gemeint, ich flunkere. Aber es ist *wahr*. Es gibt andere Welten, direkt vor unserer Nase, und... Es ist eigentlich alles so einfach.«

»Aber was hat das mit heute Mittag zu tun?«, fragte ich sie. »Glaubst du, dass Radionik auch damit zusammenhängt?«

»Ich weiß nicht, aber als ich Margaret gesehen habe, war es, als würde ich einige der Dinge sehen, die ich vor Jahren erlebt habe. Deshalb will ich zu ihr und mir ansehen, was sie macht. Bisher weiß ich nur, dass Margaret für irgendetwas empfänglich ist. So war es auch bei Elizabeth, als ich sie zum ersten Mal sah, und bei John. Und doch war ich bei John aus irgendeinem Grund nicht überrascht. Du gehst auch ›aus und ein‹, wenn du verstehst, was ich meine. Manchmal kann ich sehen, dass du weißt und dass du den Punkt des Erkennens erreicht hast; aber dann fängst du an zu zweifeln, und alles verschwindet wieder.

Die formativen Welten durchdringen uns die ganze Zeit. Wären wir wirklich offen, dann könnten wir die formativen Welten in all ihren Dimensionen und die Wesen, die in diesen Welten leben, zugleich sehen. Drücke ich mich verständlich aus?«

»Aber was passiert bei alledem mit *uns,* Nur?«, fragte ich. »Ich habe immer das Gefühl, dass ich den Boden unter mir verliere und irgendwas los ist, das mir immer mehr Angst einjagt. Wir scheinen in etwas hineingeraten zu sein, das wir nicht mehr beherrschen können. Wir haben uns getroffen, und in unglaublich kurzer Zeit wurde klar, dass wir für lange Zeit zusammenbleiben würden. Immer seltsamere Sachen passieren uns, aber wir scheinen, in dem Ganzen keine Stimme zu haben. Betrachtet man es einmal genau, dann ist dieser Augenblick einer der wenigen, die wir je hatten, um allein miteinander zu sprechen!«

»Da, du analysierst es schon wieder, Reshad. Du darfst nicht zweifeln. Findest du denn jetzt im Moment irgendwas falsch? Ich nicht, also lässt es sich doch aushalten, oder?«

»Was aushalten?«

»Oh, lieber Himmel! Ich weiß, ich rede nicht besonders zusammenhängend, aber du weißt, was ich sagen will. Ich rede über uns beide und über die Bestimmung, die uns zusammengebracht hat; und ob wir die Spannung aushalten können, die in der Sehnsucht liegt und in dem Verlangen zu erkennen. Kannst du die Unausweichlichkeit dessen, was passieren wird, aushalten? Wirst du nicht deshalb immer unruhiger? Aber wenn du es schon nicht kontrollieren kannst, könntest du es ruhig sich entfalten lassen.«

»Aber woher sollen wir wissen, was nun tatsächlich passieren *wird?* Keiner kann das wissen. Dabei sind zu viele Faktoren zu berücksichtigen.«

»Oh, bitte«, flehte sie, richtete sich auf und sah mich durchdringend an. »Ich weiß, dass es schwer ist, aber mit so einer Einstellung kannst du von diesen Dingen gar nichts verstehen. Um verstehen zu können, müssen wir beide aufhören zu denken. Begreifst du denn nicht – wenn das hier so bestimmt ist, dann müssen wir uns allem stellen, was kommt, ob es leicht ist oder schwer. Das ist bei vielen Männern so. Sie denken zu viel. Und wenn sie eine Frau finden, die sie liebt und die sie lieben, dann verplempern sie den größten Teil ihres Lebens mit Rastlosigkeit, weil die Dinge sich nicht immer so einstellen, wie sie es erwartet haben. Wenn der Glanz des ersten Treffens verblasst, haben sie die schwierigen Zeiten bald satt; die Kinder, das Geld – alles.«

»Sei nicht albern«, unterbrach ich sie. »Worin unterscheiden sich in dieser Sache denn die Frauen von den Männern? Willst du mir ernsthaft erzählen, dass Frauen sich auch nur im Geringsten weniger beklagen als Männer? Das ist doch schlicht Blödsinn; was um alles in der Welt hat das mit irgendwas zu tun, was *jetzt* los ist?«

»Du verstehst einfach nicht«, sagte sie und stand auf. »Ich habe gesagt, dass ich einige Dinge schwer erklären kann, und du stellst dich einfach dumm. Ich versuche dir zu erklären, dass sich alles finden wird, wenn wir uns nur ganz darauf einlassen zusammenzusein. All diese anderen Welten sind da, um uns zu helfen. Aber Männer müssen die Frau als das erkennen, was sie ist, was sie in sich hat. Verstehst du nicht, weshalb ich damals in der Türkei geschrien habe? Ich habe geschrien, um erkannt zu werden, als das, was ich bin, das Bedingte und das Unsichtbare, wie John gesagt hat. Wir schreien danach, erkannt zu werden, wie wir sind. Nichts wird sich in der Welt je wirklich ändern, solange man das nicht begreift. Es wird nur wieder ein Zyklus von Männern und Frauen folgen, die nicht zusammenkommen, ihre Vereinigung nicht akzeptieren und daher nicht annehmen können, was das Leben ihnen bringt. Deshalb habe ich gefragt: ›Können wir es ertragen?‹ – ertragen, was kommt, und die schlechten Zeiten ebenso hinnehmen wie die guten. Na, können wir?«

Sie stand auf, entfernte sich ein paar Schritte und setzte sich in den Schatten einer Eiche. Sie zog die Knie an die Brust, umschlang sie mit den Armen und legte ihre Stirn darauf. Ein Bild der Verzweiflung. Verdammt! Es passierte so schnell. Erst erlebten wir alles gemeinsam so tief, und jetzt dieses unerträgliche Gefühl der Trennung. Ich wusste, da war etwas, das sie so gern aussprechen wollte. Ich spürte ihren Schmerz, ihre Enttäuschung, ihre Sehnsucht, aber irgendetwas fehlte, und ich konnte es nicht sehen.

Wir saßen schweigend am Fluss. Kein Geräusch war zu vernehmen außer dem Wasser, das über die Steine sprudelte. Ich musste aufgehört haben zu denken, denn plötzlich begriff ich. Es heißt doch, Gott habe uns nach Seinem Bild gemacht. Wenn Gott vollkommen ist, ist Er auch in Sich vollständig. Wenn wir nach Seinem Bild gemacht sind, ist das, was wir wirklich sind, die unsichtbare Wirklichkeit unseres wahren Selbsts, auch vollständig. Wenn wir das wüssten, würden wir uns selbst kennen. Es heißt: »Wer sich selbst kennt, kennt seinen Herrn«, und damit würde sich der Kreis schließen. Wir ganz allein zerstören in unserem Unverstand das Grundmuster unseres Lebens und des Lebens anderer. Wir ganz allein zerstören die lebendige Ökologie unseres Landes. Und wir ganz allein, indem wir unser eigenes Buch schreiben, schaffen den Begriff von Gut und Böse. Würden wir aber die Vollendung annehmen, so könnten wir bewusst an der Entfaltung teilnehmen, ohne den Augenblick mit seinen unendlichen Möglichkeiten zu stören.

Ich ging zu Nur hinüber, die mit dem Rücken an den Baum gelehnt saß. Sie lächelte. In diesem stillen Augenblick verschmolz alles und wurde uns zurückgegeben.

Der Hund von vorhin überquerte an einer seichten Stelle den Fluss und kam auf uns zugerannt. Wir wollten noch schnell aufstehen, weil wir ahnten, was kommen würde, aber zu spät! Er war schon da, schüttelte sich und besprühte uns von oben bis unten, bevor wir uns auch nur rühren konnten. Im nächsten Augenblick hoppelte rechts von uns ein Kaninchen aus dem Gebüsch, und der Hund sprang über uns weg hinter ihm her, als wären wir gar nicht da.

Wir kugelten uns vor Lachen. »Siehst du«, brachte Nur mühsam unter Lachen heraus, »alles ist eingefädelt. Ein wunderschönes, herrliches, großartiges Theaterstück.« Immer noch kichernd, sagte sie dann: »Komm, lass uns gehen. Wir waren viel zu ernst.«

Zusammen rannten wir durch die Wiese und das hohe Gras. Der Wind fuhr über das Frühjahrsgetreide auf der anderen Seite des Flusses.

Zwölf

MARGARETS HAUS LAG AM DORFRAND. ES WAR EIN BILDERbuchhaus, wie man es in Reisebroschüren findet, und es war verblüffend zu sehen, dass es so etwas wirklich gab. Die Hütte war aus Steinen gemauert und durch eine alte, mit Kletterpflanzen überwachsene Mauer von der Straße getrennt. Neun Stufen führten hinter einem Holztor zu der massiven Eichentür hinunter. Rechts davon war ein herrlicher alter Klingelzug und dahinter an der Wand der Hinweis: »Bitte vorsichtig ziehen. Diese Klingel ist alt.« Wir zogen vorsichtig, weil wir nicht wussten, was passieren würde. Der Glockenton hallte ermunternd durchs Haus und löste sofort ein frenetisches Gebell der Hunde aus; dazwischen Margarets Stimme, die ihnen zurief, still zu sein.

»Kommt rein, kommt rein«, sagte sie, als sie die Tür öffnete. »Entschuldigt wegen der Viecher. Sie sind etwas grob, bis sie euch kennen. So, jetzt kommt her!«, rief sie den Hunden zu. Zwei ziemlich fette gelbe Labradorhunde näherten sich gehorsam und beschnüffelten uns argwöhnisch. »Sie fühlen sich hier ein bisschen als Hausherren«, sagte sie, »aber sie werden gleich ganz friedlich sein.«

Margaret führte uns in den Salon, von dem aus man über den Garten auf der Rückseite des Hauses blickte. Breite, farbenprächtige Blumenrabatten säumten den perfekt gepflegten Rasen bis zu einer Reihe von Obstbäumen am Ende des Gartens. Gleich vor dem Fenster sah man einen Steingarten mit einem kleinen Teich, in dem riesige japanische Karpfen sich an den Wasserlilien zu schaffen machten.

»Sind die nicht wunderschön?«, fragte sie. »Sie sind meine ganze Freude und mein ganzer Stolz. John hat hier früher stundenlang gesessen und die Fische beobachtet. In der Abenddämmerung hat er sie gern gefüttert. Schade, dass er nicht mehr herüberkommen kann. Wir haben hier so schöne Zeiten erlebt. Meine Werkstatt war damals hier unten, aber jetzt habe ich meine Instrumente ins Dachgeschoß gebracht. Ich kann mich besser konzentrieren, wenn ich von anderen Leuten weit weg bin, und ich habe heutzutage so viele Besucher wegen diesem und jenem. Heute ist ein Feiertag, deshalb sind meine Sekretärin und mein Assistent weg, und wenn jemand kommt, dann sag ich einfach, er soll morgen wiederkommen. Jetzt gibt's erst mal Tee. Das Wasser kocht schon.«

Während Margaret sich um den Tee kümmerte, schauten Nur und ich in ihre Bücherregale. Die Wände waren mit Büchern voll gestellt, jede Abteilung sauber ausgezeichnet; es gab auch eine über alle Hauptreligionen. In einer anderen Abteilung waren die Kommentare von Dichtern und Schriftstellern zu den verschiedenen Aspekten der Religion zusammengetragen. Es gab eine Menge Bücher über Theosophie, die Natur der Energien, die Druiden, Stonehenge und ein besonders faszinierendes Regal mit nichts als alten keltischen Märchen.

Margaret kam mit dem Tee herein. »Ich kann einfach nicht widerstehen, Bücher zu kaufen«, sagte sie. »Mich reizen die Ideen in den Büchern. Ich habe nicht die Zeit, den ganzen Text durchzuackern, deshalb versuche ich nur, herauszubekommen, um was es dem Autor geht – ich versuche, die Spreu vom Weizen zu sondern, wenn ihr versteht, was ich meine. Bücher sind Lebewesen. Ich versuche, sie mit soviel Achtung zu behandeln wie die Gewächse in meinem Garten oder die Tiere oder auch die Menschen – die sind allerdings schwieriger«, sagte sie lachend.

Nach dem Tee führte sie uns eine schmale Stiege hinauf in den ersten Stock. Über dem oberen Treppenabsatz war eine Falltreppe, die man hochklappen konnte, wenn sie nicht gebraucht wurde. Wir kletterten vorsichtig hinter Margaret her, die immer drei Stufen auf einmal nahm, bis sie durch das Loch in der Decke verschwand. »Vorsicht jetzt«, sagte sie. »Es ist ein bisschen umständlich, aber hier oben geht's dann wieder.«

Es dauerte eine Minute, bis wir uns in der Umgebung zurechtfanden. Das späte Sonnenlicht strömte durch ein großes Dachfenster herein und beleuchtete einen Raum, der wie ein hoch kompliziertes elektronisches Labor aussah. Ringsum standen lauter Geräte in den Regalen, jedes ein kleiner schwarzer Kasten mit Anzeigeinstrumenten. Noch komplizierter aussehende Maschinen standen auf einem Tisch in der Ecke, daneben in Reih und Glied Aktenordner mit Unterlagen.

»So«, begann Margaret, »das sind also einige der radionischen Instrumente, die wir benutzen. Es ist wirklich nicht möglich, mehr als einen kurzen Abriss dieser Arbeit zu geben, aber da ihr beide interessiert zu sein scheint, kann es wohl nichts schaden, einen Einblick aus erster Hand zu bekommen.«

»Schön«, sagte Nur, »aber wo fangen wir an? Ich hab keine Ahnung von Technik, weiß also nicht, ob ich hier irgendwas begreifen werde.«

»So schwer ist das nicht«, sagte Margaret. »Ich bin dir da sehr ähnlich. Mit den üblichen wissenschaftlichen Verfahren komme ich nicht besonders gut zurecht, aber ich verlasse mich auf andere Fähigkeiten als das rationale Ableiten, um die Dinge zu verstehen. Das hier hat, wie gesagt, mit außersinnlicher Wahrnehmung zu tun. Weil wir es nicht mit einem dreidimensionalen Körper zu tun haben, sondern mit der ätherischen Substanz, sind wir nicht durch Zeit oder Entfernung im normalen Sinn dieser Wörter beschränkt, sondern können Patienten überall auf der Welt behandeln, selbst wenn wir sie nicht persönlich getroffen haben. Es unterscheidet sich vom Üblichen, weil wir uns mit der Matrix oder Matrize der physischen und psychischen Körper befassen.«

»Aber was machen all diese Instrumente?«, fragte ich.

»In gewissem Sinn gar nichts«, antwortete sie. »Und ansonsten sind sie vollkommen von dem abhängig, der sie bedient. Sagen wir einfach, sie sind eine sehr empfindliche Art von Computer. Mit Hilfe der Instrumente können wir Unregelmäßigkeiten im Kraftfeld messen, die Krankheiten vorausgehen, und mit dieser Information können wir ein Frequenzmuster ausfindig machen, das diese Unregelmäßigkeit beeinflussen kann. Die Theorie ist die, dass wenn wir die formative Welt behandeln können, das Physische dann ganz leicht wieder in die richtige Ausrichtung und Balance kommt.«

Nur untersuchte vorsichtig eins der Geräte.

»Wisst ihr«, sagte sie schließlich, »ich kann beinah die Ausstrahlung dieses Kastens sehen. Das ist unglaublich – oder träume ich?«

»Nein, es gibt Leute, die so was sehen können«, erwiderte Margaret.

»Die Ausstrahlung, die du siehst, Nur, hängt von dem Schwingungsmuster ab, auf das das Gerät eingestellt ist. Es ist wie Rauch von einem Feuer, das in der Tat mit sehr hoher Frequenz schwingt. Ich bin selbst nicht sensibel für diese Dinge, aber für manche Leute ist es schon zu viel, in diesen Raum zu kommen. Unentwegt werden verschiedene Muster aufgebaut und in alle

Welt übertragen. Jedes dieser Instrumente behandelt in diesem Augenblick jemanden.«

»Klingt ein bisschen nach *1984*«, sagte ich lachend. »Für mich ist das zu hoch.«

»Nein, das ist es nicht!«, sagte Nur leicht irritiert. »Ich glaube, ich kann sehen, was Margaret macht, und du kannst es auch, wenn du aufhörst, alles mit dem Verstand begreifen zu wollen. Es ist genau, wie ich es mir gedacht hatte. Als ich so verrückt war, konnte ich überall Muster sehen. War jemand wütend, dann war es eine Art von Muster; war jemand krank, dann war es eine andere. Es waren nicht nur die Farben der Aura, die ich sehen konnte, sondern die Feinheiten der Muster in diesen Farben und sogar *vor* der Farbe. Radionik ist so was wie ein Negativ retuschieren, um ein gutes Foto zu bekommen, nicht wahr, Margaret?«

»So kann man es betrachten. Manche Leute kommen natürlich ohne Instrumente aus und erzielen das gleiche Resultat. Ich kenne etliche berühmte Heiler, die das Gleiche machen; der einzige Unterschied besteht darin, dass wir viele Menschen gleichzeitig behandeln können, wenn wir erst die notwendigen Daten zur Verfügung haben. Aber es ist wie die Arbeit mit einem Negativ.«

»Schau, Reshad«, sagte Nur und zupfte an meinem Ärmel, »das hier ist wirklich wichtig. Es hat mit dem zu tun, was wir beim Frühstück besprochen haben – eine Ursache behandeln und nicht die Symptome, das ist wirkliches Heilen. Wären da nicht Leute gewesen, die diese Dinge verstanden und mit dem zerstörten Teil von mir arbeiten konnten, dann hätte man mich vielleicht eingesperrt und irgendwas Grässliches mit mir gemacht, Elektroschocks oder so. Ist das nicht wunderbar?«, fragte sie mich. Und ohne meine Antwort abzuwarten wiederholte sie: »Es ist wunderbar, denn damit öffnet sich vor uns eine ganz neue Welt.«

»Na gut«, sagte ich, überrascht über meine eigene Abwehrhaltung, »aber was ist mit John? Konnten Sie für ihn nichts tun, Margaret?«

»Ich warte schon auf diese Frage«, antwortete sie. »Aber um sie zu beantworten, Reshad: Es gibt kein Allheilmittel. Kein Arzt auf der Welt kann für seine Behandlung garantieren. In Johns Fall mag es wohl möglich gewesen sein, etwas zu unternehmen, aber als der Krebs sich in seinem Körper richtig festgesetzt hatte, schien er einfach nicht mehr zu reagieren.« Sie schwieg einen Augenblick. »Wie dem auch sei, manchmal ist es für einen Menschen einfach nicht richtig, gesund zu werden. Dafür gibt es andere, höhere Gründe, und wir dürfen nicht vergessen, dass die Erscheinung nicht alles ist. Vielleicht ist es das, was es in der Tragödie von Johns Krankheit zu verstehen gibt.

Wie gesagt, es ist einfach unmöglich, die Radionik in einer halben Stunde zu erklären. Um die Wissenschaft kennenzulernen, muss man bei wirklich qualifizierten Leuten studieren, und wenn ihr ernsthaft interessiert seid, gibt es in unserem Land gute Kurse.

Jetzt kommt«, sagte sie und legte ihre Arme um uns. »Es wird Zeit, dass ihr nach Hause kommt. Ich kann heute Abend nicht vorbeikommen, und ich weiß nicht, ob Fordie kommt, um John das Essen zu machen. Ihr werdet ihm jedenfalls sicher was zurechtmachen können. Sagt ihm von mir alles Gute, ja? Und vielleicht studiert ihr ja eines Tages Radionik, und dann setzen wir uns gemütlich zusammen und vergleichen unsere Aufzeichnungen.«

Dreizehn

ES WURDE SCHON DUNKEL, ALS WIR BEI JOHNS HAUS ANkamen. Nur sprach auf dem ganzen Weg aufgeregt, aber ich war sehr müde und stand immer noch unter der Spannung der letzten Erlebnisse. John erwartete uns. Er wirkte vom Schlaf erfrischt und schien darauf zu brennen weiterzusprechen. Diesmal spürte ich, dass ich einfach nichts mehr aufnehmen konnte, und entschuldigte mich bis zum Abendessen, um auszuruhen. Er lächelte mich an. »Wo ist dein Stehvermögen?«, fragte er. Ich holte tief Luft, aber bevor ich antworten konnte, fuhr er fort: »Keine Sorge, Reshad, ich versteh das. Nur und ich amüsieren uns schon zusammen«, sagte er und nahm ihre Hand. »Komm runter, wenn du dich ausgeruht hast, und dann sehen wir, was in den Karten ist.«

Als ich aufwachte, war es dunkel. Ich sah auf die Uhr und stellte fest, dass ich das Abendessen verpasst hatte; also blieb ich noch eine Weile liegen und versuchte, die Erfahrungen und Gedanken des Tages in einen Zusammenhang zu bringen. Die Zeit war so dicht geworden, dass es in den letzten Tagen kaum noch möglich war, Schritt zu halten. Ganz gewiss hatte ich noch nie so eine Zeit erlebt. Das Gefühl der Unausweichlichkeit und die Spannung, die unter dem Einfluss immer neuer Ideen entstanden war, machte jede Zeiteinteilung vollkommen willkürlich.

Insbesondere fand ich, dass Johns bevorstehender Tod meine Einstellung zum Leben ganz langsam veränderte. In der Rückschau wurde mir klar, dass mit meiner Heimreise aus der Türkei und dem Treffen mit Elizabeth etwas in Bewegung gesetzt worden war, das in Johns Tod seinen Höhepunkt finden würde. Die Unausweichlichkeit war das Geheimnis; das abgekartete Spiel, wie Elizabeth und Nur es nannten. Ein Geheimnis – dass die Landkarte unseres Lebens auf unergründliche Weise in der Matrix schon vollkommen vorgezeichnet ist und es trotzdem an uns liegt, die Möglichkeiten auszuschöpfen. Wenn wir das akzeptierten, könnten wir anscheinend verstehen, wohin wir gehören und was zu tun ist. Aber das wirkliche Geheimnis, das in all dem steckte, schien mir darin zu bestehen, dass man nicht im Voraus wissen kann, was zu tun ist. Handeln tut man im immer gerade jetzt sich entfaltenden Augenblick. Ich sah, wie oft ich den natürlichen Fluss meines Lebens einfach dadurch aufgehalten hatte, dass ich meine Ansichten auf eine Situation projizierte, anstatt den Augenblick und die Situation, die sich aus ihm ergibt, als eine notwendige Lehre zu begreifen.

Als ich so im Bett lag und unten die Stimmen von John und Nur hörte, merkte ich, dass ich zwischen den beiden Arten von Zeit, die für mich sehr real geworden waren, hin- und herwechselte. In einem Augenblick war ich in der Welt der verstreichenden Zeit, wie wir sie normalerweise sehen und identifizieren. Ich folgte den Bildern, die über meinen inneren Bildschirm zogen, wie man den Verkehr draußen auf der Straße vor dem Fenster verfolgt oder die einzelnen Ereignisse eines Tages. Dann war ich wieder in einer anderen Zeit, in der alles gleichzeitig vollkommen war. Die Zeit stand still, und all die Ereignisse, die vorher scheinbar aufeinander gefolgt waren, wurden gerade durch ihre Bewegungen im Zeitverlauf wirklich. Alles war in einem Augenblick enthalten, alle Ereignisse des Tages in einem Bild zu sehen. Im nächsten Augenblick sah ich wieder nur die Ereignisse selbst, wie sie nacheinander in der Zeit abliefen.

Das war in mancher Hinsicht eine entnervende Erfahrung. Ich wusste, dass der Verstand nur einen Bruchteil der Wahrheit erfassen kann und dass ich einen Weg finden musste, die verstreichende Zeit objektiv zu sehen – ohne mich durch die Sinne an sie fesseln zu lassen. Zugleich bekam aber das Leben in diesem Augenblick einen neuen Sinn für mich. Ich kann nicht sagen, dass es dadurch leichter wurde, aber darum ging es auch nicht. Mir wurde die Schalheit meines Routinelebens klar, in dem ich auf dem Recht bestanden hatte, mit meinem Verstand zu verstehen, und nicht merkte, dass wir nur durch Aufgeben unseres linearen Denkens begreifen können, wer wir wirklich sind und was unser Zweck im Leben ist.

Nur und John unterhielten sich angeregt, als ich hinunterkam. »Was hast du bloß gemacht?«, fragte Nur. »Du hast ein Abendessen verpasst, ein herrliches Gespräch und eine Flasche Wein. Das sieht dir gar nicht ähnlich.« Sie lachte.

»Lass ihn doch«, sagte John, »er ist sowieso erst halb wach. Das Abendessen steht im Herd und der Salat im Kühlschrank, wenn du willst.«

»Eigentlich habe ich keinen Hunger«, sagte ich. »Ich liege schon ziemlich lange wach im Bett und denke darüber nach, was passiert ist. Ich fühle mich schon so voll, dass ich kein Essen mehr brauche, danke.«

»Worüber hast du denn nachgedacht? Entschuldige die Frage, aber wir haben nicht viel Zeit, und ich möchte wissen, was ihr von euren Erlebnissen habt. Nur hat erzählt, dass es euch beiden bei Margaret gefallen hat.«

»Vieles davon ging über meinen Verstand, John. Nur scheint das alles besser zu verstehen als ich. Es gab soviel aufzunehmen, und ich werde wohl ewig brauchen, das alles in einen Zusammenhang zu bringen. Was mir von allem am deutlichsten geworden ist, hat mit dem Wesen der Zeit zu tun.« Ich erklärte, so gut ich konnte, was ich von der verstreichenden und der ewigen Zeit gesehen hatte. John nickte zustimmend, lehnte sich in seinen Stuhl zurück und paffte an seiner Pfeife.

»Ja«, sagte er, »das Kreuz ist ein gutes Symbol für diese beiden Aspekte der Zeit. Der senkrechte Balken ist die ewige Zeit und der waagerechte die verstreichende. Wo sich die Balken kreuzen, kann man beide Zeiten *zugleich* sehen. Die Blitze eines tiefen Verständnisses, die wir haben, kommen von diesem Punkt. Aber das Ganze hat noch eine andere Seite. Wenn wir die Dinge nicht zuerst so annehmen, wie sie sind, haben wir notwendigerweise den Wunsch, sie zu verändern, indem wir der Vollkommenheit unsere eigenen Anschauungen aufzwingen. Wir arbeiten dann nur für unsere eigenen selbstsüchtigen Ziele, für unsere Egos. In gewisser Weise schaffen wir damit eine weitere Art von Zeit, mit der wir die schon vorhandene vollkommene Zeit überlagern. Das ist nicht schwer zu verstehen, aber wie alles andere schwer zu akzeptieren, bis jemand daherkommt und uns sagt, dass es so ist.«

»Genau darüber habe ich vor ein paar Minuten oben nachgedacht, John«, warf ich ein. »Es ist, als wenn man über ein Schauspiel urteilt, bevor es aufgeführt ist.«

»Ganz recht. Beim Urteilen, um deinen Ausdruck zu verwenden, erzeugen wir für uns selbst und andere alle Arten von Karma. Wir sind gezwungen, das aufzuführen, was wir uns im Kopf zusammengebastelt haben, und wir sind gezwungen, für unsere Dummheit und Blindheit zu zahlen, indem wir eine Rolle in dem Stück spielen, das wir selbst geschrieben haben. Es ist erschreckend, das wahrzunehmen, aber auch ein Schritt auf die wirkliche Freiheit zu. Wenn du von diesen Dingen etwas begreifst, fügst du dir selbst nicht mehr soviel Schmerz zu und kannst anderen helfen zu verstehen.

Ich weiß, es ist schwer, das alles auf einmal zu verdauen, ich will es noch einmal anders ausdrücken. Betrachten wir alle mal, was in diesem Augenblick hier im Zimmer vorgeht. Einerseits sehen wir, dass alles hier davon abhängt, was zuvor passiert ist. Hättest du zum Beispiel nicht nach einem Partner für deine spirituelle Reise gesucht, dann würdet ihr beide wahrscheinlich jetzt nicht hier bei mir sitzen. Hätte Nur andererseits nicht bestimmte Erkenntnisse gehabt, dann könnten wir jetzt nicht so reden, wie wir es tun, denn ich kann euch im Grunde nur das sagen, was ihr schon wisst. Und ich selbst – ich habe mir sehnlich gewünscht, dass jemand kommen würde, dem ich all das mitteilen könnte, bevor ich sterbe.

Aber da ist noch eine andere und ebenso gültige Art, die Dinge zu betrachten, nämlich das Leben zu leben, ohne es mit vorgefassten Meinungen oder sonst irgendetwas zu befrachten. Man bekommt das Gefühl, dass alles vor dem Beginn der verstreichenden Zeit, wie wir sie erfahren, festgesetzt worden ist, und dass wir nur Schauspieler sind, die in der Vollendung des Ganzen ihre Rolle zu spielen haben. Das Stück heißt wirklich *Wie es euch gefällt.*

Und das ist es, was ich jetzt versuche – ausspielen, was im Augenblick liegt, ohne ihm eigene Vorstellungen aufzuzwingen. Wenn ihr das auch tut, habt ihr nicht mehr mit der ›unechten Zeit‹ zu tun, sondern werdet die Dinge so annehmen, wie sie sind, und daher auch die Möglichkeit, dass sie sich zur Vollkommenheit entfalten werden.

Wenn wir einen Augenblick anhalten, können wir eine Struktur in unserem Leben erkennen; was uns motiviert, wird deutlicher. Wir sehen, wie das Leben sich *von beiden Enden her zugleich* entfaltet und in den gegenwärtigen Augenblick mündet. Aber das ist erst auf einer bestimmten Stufe der Erkenntnis möglich, denn bis dahin sehen wir alles als eine Reihe von Ursachen und Wirkungen.«

John lächelte und zündete seine Pfeife wieder an. Nur saß zu seinen Füßen. Sie hatte einen unvergesslichen Ausdruck im Gesicht. Sie schien in einer Welt vollkommener Sanftheit zu sein, vielleicht hörte und sah sie Dinge, die sie immer gewusst hatte. Es war still im Zimmer. Sie wandte sich einen Augenblick zu mir, und unsere Blicke trafen sich. Ein stummes Band des Wiedererkennens, das ich erst lange Zeit später verstehen lernte.

John wirkte plötzlich sehr müde. »Möchtest du jetzt nicht ausruhen?«, fragte ich ihn. »Es ist schon ziemlich spät.«

»Nein, Reshad, wir haben so wenig Zeit, und solange ich durchhalte und ihr zuhört, ist es wichtig weiterzumachen. Weißt du, wenn wir die Zeit verstehen, kommen wir der Möglichkeit näher, sie zu transzendieren. Ich komme schon zurecht. Aber hol mir doch einen Whisky.«

»Ich gehe«, sagte Nur. »Wie möchtest du ihn?«

»Wie du ihn mir machst«, antwortete er. »Diese Laster spielen keine große Rolle mehr, und ein kräftiger Schluck nimmt manchmal die Schmerzen ein bisschen.«

Das hatte ich ganz vergessen! Der Schock dieser Einsicht versetzte mich in die Kindheit zurück, und ich fühlte wieder die Qual des Tadels, dass ich nur an mich selbst dachte. John spürte meine Gedanken sofort, denn er sagte sehr beherrscht und sehr sanft: »Keine Gefühlchen wegen meiner misslichen Lage, Reshad; Sentimentalität kann der größte Feind der Liebe sein. Ich möchte, dass du zuhörst und verstehst, aber nicht, dass du dich Angst und Schuldgefühlen überlässt. Der Schmerz, den ich habe, ist mein Schmerz, nicht deiner. Du hast deinen eigenen, mit dem du fertig werden musst, körperlichen oder seelischen. Du kannst mir mit meinen Schmerzen nicht mehr helfen als die Ärzte. Du kannst mitfühlen, aber bitte identifiziere dich nicht. Identifiziere dich nie mit irgendwas, weder mit deinen eigenen so genannten Problemen noch mit denen anderer. Sei jederzeit du selbst. Bleib mit dem Geist bei dem, was du tust, sei es innen oder außen, dann kannst du auf dem Weg des Dienens weitergehen.«

Ich saß neben ihm. Ich hatte Tränen in den Augen, aber es waren mehr Tränen der Dankbarkeit als des Schmerzes. Nur kam zurück und brachte für uns alle etwas zu trinken mit. Ich bemerkte, wie sie mich ansah, aber sie sagte nichts.

»Also«, sagte John. »Führen wir das Gespräch ein bisschen weiter. Hört gut zu. Wenn wir uns immer mehr in der Gegenwart sammeln, löst sich die Todesfurcht auf, und der Punkt der Empfängnis rückt näher. Der so genannte Tod und die Empfängnis finden in Wirklichkeit im gleichen Augenblick statt. Etwas macht Platz für etwas anderes. Beim Sterben wird eine bestimmte Energie freigesetzt, und diese Energie gibt etwas anderem Leben, das sich manifestieren möchte.«

»Kannst du sagen, was du mit Empfängnis meinst?«, fragte Nur. »Meinst du buchstäblich die Empfängnis eines Kindes?«

»Na, komm«, sagte er. »Vergiss nicht, du bist unsichtbar. Die körperliche Form ist nur ein Vehikel. Die Empfängnis findet in einer Welt vor der Zeit statt, und dann bildet sich nach und nach die Form, um das zu umschließen, was sich wirklich manifestiert. Was man in dieser Welt sieht, ist nur der körperliche Ausdruck anderer, größerer Welten, die sich hier manifestieren und diese Welt durchdringen.

In dem Augenblick, wo ein Mensch stirbt, wird ein Kind empfangen. Das muss nicht unbedingt ein körperliches Kind sein. Denkt an die Welt der Ideen und daran, dass es zum Teil vom Bewusstseinsstand der Eltern abhängt, von welcher Art das Neugeborene ist. Wird die Energie, die beim Tod frei wird, richtig eingesetzt, so kann sie auf sehr wirkliche Art zur Geburt einer neuen Idee beitragen. Wenn ein Mensch bewusst stirbt, ist es praktisch unmöglich, dass ein Zeuge dieses Ereignisses sich nicht verändert. Bewusst zu sterben, heißt nicht nur, vollkommen wach zu sein, sondern auch, nichts mehr zu haben, woran man festhängt – keinen Zorn, keine Abneigung, keine Angst und dergleichen. Nichts ist übrig außer dem Wissen von der Liebe. Verstehst du, Nur? Begreifst du, was ich auszudrücken versuche? Was bedeutet das? Offenbar kann man darüber wenig sagen, denn es kommt für dich auf deine eigene innere Erfahrung an, nicht auf meine. Nehmt das, was ich sage, für den Moment einfach hin; wenn die Zeit reif ist, werdet ihr es vielleicht verstehen.«

»Was ist mit der Reinkarnation?«, fragte ich. »Wie passt sie zu den Ideen, die du ausgesprochen hast?«

Er bekam einen etwas gequälten Gesichtsausdruck, und ich dachte schon, dass ich die falsche Frage gestellt hatte. »Ich muss versuchen, deine Frage zu beantworten, Reshad, aber ich möchte zuerst eine Gegenfrage stellen. Wenn es so etwas wie Reinkarnation gibt, kannst du mir dann sagen, was da wiedergeboren wird?«

Er lehnte sich in seinen Stuhl zurück und sah mich durchdringend an. Nur hatte bei meiner Frage nicht aufgeblickt.

»Ich nehme an, es ist die Seele, die einen anderen Körper annimmt«, antwortete ich.

»Gut«, sagte John, »aber weißt du, was die Seele ist, oder zitierst du andere? Wenn du mir nämlich sagen kannst, was die Seele ist, stellt sich die Frage nach der Reinkarnation erst gar nicht. Nur weil du es nicht weißt, stellst du diese Frage.«

»Sieh mal, Reshad«, unterbrach Nur, »wir müssen aufhören zu theoretisieren. Reinkarnation ist eine Theorie, an die manche Menschen aus bestimmten Traditionen glauben. John redet nicht über Theorien, das weiß ich!«

John lächelte und fuhr fort: »In gewisser Weise gibt es Reinkarnation, aber nur solange wir in der Welt der ablaufenden Zeit leben, in der das Leben mit Zeugung und Geburt anfängt und sich durch Jugend, Erwachsenenalter und Alter bis zum Tod fortsetzt. In dieser Welt kann man von ›Erinnerungsmustern‹ sprechen, die wir als vergangene Leben betrachten. In diesem Glaubenssystem können wir eine Menge Dinge erklären, etwa die Synchronizität oder Déjà-vu-Erfahrungen. Sprechen wir aber von *›unserem‹* vergangenen Leben oder sagt jemand ›mein‹ vergangenes Leben, dann halten wir kaum einmal inne, um zu überlegen, *wer* eigentlich ›mein‹ oder ›unser‹ sagt. Aber betrachten wir es einmal so: Wenn wir kein permanentes Ich haben, spricht in jedem Moment ein anderes Ich. Das kann allerhand Verwirrung stiften, vor allem, wenn zwei Leute sich zu verständigen versuchen.

Der Verstand wird versuchen zu verwerfen, was ich sage. Deshalb fühlst du auch einen Widerstand in dir. Aber wenn du mal beobachtest, wie Leute über Reinkarnation sprechen, wirst du feststellen, dass sie selten von ihrer ewigen Natur her sprechen, sondern von einem ihrer relativen Teile aus.«

»Aber John«, fragte ich, »was ist dann mit den orientalischen Systemen, in denen die Wiedergeburt einen festen Platz hat? Willst du sagen, dass sie unrecht haben?«

»Ich habe nicht mal gesagt, dass ich *nicht* an die Wiedergeburt glaube. Ich will nur, dass du dir ihr wahres Wesen genau ansiehst. Ich kann sagen – obwohl dich das vielleicht ärgert –, dass es Reinkarnation gibt und nicht gibt.

Seht mal. Ich sage das sehr aufrichtig, denn ich bin überzeugt, dass wir nicht ohne Grund hier zusammen sind: Ihr könnt nicht verstehen, ohne irgendetwas zu opfern. Ihr müsst eure *Vorstellung* von Wiedergeburt aufgeben. Was uns in Schwierigkeiten bringt, was darauf besteht, sich zu wiederholen, und beweisen möchte, dass es außerhalb der Einheit als etwas Eigenständiges existiert, ist der begriffliche Verstand. Vielleicht könnten wir eine Weile still sein und all das in uns aufnehmen.«

Er lehnte sich zurück und schloss die Augen. Ich hielt Nurs Hand. Ganz allmählich wurde es in mir still. Das sinnliche Empfinden kam zur Ruhe, und dann spürte ich, dass John auf einer sehr tiefen persönlichen Ebene mit mir arbeitete. Es blieb nur die Bewegung des Atems, die genau aus dem Kreuzungspunkt von ewiger und verstreichender Zeit hervorzugehen schien. An dieser Stelle gab es keine Wiederholungen. Alles war in einem Augenblick, ewig und zugleich. Die Frage enthielt selbst die Antwort. Stunden schienen vergangen zu sein, als wir die Augen wieder öffneten, aber tatsächlich waren es weniger als fünf Minuten.

John schlief. Wir beschlossen, ihn nicht zu wecken, und breiteten vorsichtig eine Decke über ihn. Wir legten Holz aufs Feuer und löschten das Licht. Die Flammen warfen unglaubliche Muster auf Wände und Decke, und dazwischen flackerten unsere Schatten hin und her. Der fast volle Mond ließ das Gras auf der Wiese silbergrün glänzen. Der Fluss schimmerte im Mondlicht. Es war sehr still. Wir sprachen nicht mehr, als wir nach oben gingen, und der zeitlose Augenblick blieb.

Vierzehn

DER HIMMEL WURDE GERADE ERST HELL, ALS ICH JOHN AUF der Treppe hörte. Ich hatte nicht schlafen können und war noch sehr unruhig. Als ich nachsah, ob John Hilfe brauchte, fand ich ihn in einem ziemlich ähnlichen Zustand. Seine gewohnte sanfte Art und sein Humor waren verschwunden, dafür schien ihn jede Kleinigkeit aufzuregen. Ich weckte Nur, und wir wechselten gemeinsam den Verband auf seiner Wunde, die mir irgendwie tiefer und bläulicher erschien. John klagte über die Schmerzen und schien, alles satt zu haben. Er bat uns, ihn allein zu lassen, bis Fordie mit dem Frühstück fertig war. Wir machten es ihm mit Kissen bequem und ließen ihn mit einer Tasse Kaffee am Fenster sitzen.

»Was ist los, Reshad?«, fragte Nur, als wir langsam zum Fluss hinuntergingen. »Ihr wirkt beide heute Morgen so übellaunig.« Ich zuckte die Schultern.

»Ich bin einfach nervös«, sagte ich. »Und offensichtlich macht John auch gerade was durch.«

»Also, ich fühle mich jedenfalls prima«, gab sie zurück. »Es ist ja erst unser dritter Morgen hier, kein Wunder also, dass du dich ein bisschen komisch fühlst nach allem, was passiert ist. Ich hatte auch gedacht, wir sind schon wochenlang hier, bis ich heute Morgen in mein Tagebuch gesehen hab. Verrückt ist das.«

»Erst drei Tage?«, fragte ich. »Wie um Himmels willen soll es werden, wenn der Rest unserer gemeinsamen Zeit genauso randvoll ist wie die letzten Tage? Ich weiß nicht, ob ich das durchstehe.«

»Wir werden es versuchen müssen. Wir wissen beide, dass John sterben wird, und ich weiß, dass er uns bei sich haben möchte. Das erscheint wahrscheinlich deswegen so schwierig, weil wir uns noch kaum an ihn gewöhnt haben. Eigentlich haben wir ihn noch gar nicht recht kennengelernt; es gibt keine Zeit für Alltäglichkeiten – nur immer mehr konzentriertes Lernen. Ich würde ihn gern nach seinem Leben fragen, aber es scheint nicht die richtige Zeit zu sein. Anscheinend haben wir nichts weiter zu tun, als vollkommen offen zu bleiben und ihm so gut wir können zu helfen. Ich habe einfach alle Gefühle, die ich über seinen Tod hatte, aus meinem Denken gestrichen, damit sie mich nicht ganz in Anspruch nehmen.«

»Könnte ich das doch auch sagen!«, seufzte ich. »Ich kann mich einfach nicht mit dem Gedanken abfinden, dass John bald sterben wird. Ich habe den Tod schon gesehen, aber das war irgendwie anders, denn er kam immer überraschend. Es gab nicht dieses furchtbare Warten.«

Der Duft frischer Pilze, die eben gegrillt wurden, kam uns auf dem Gartenweg entgegen, als wir zum Haus zurückgingen. Fordies Fahrrad mit seinem altmodischen Lenker war ans Gartentor gelehnt, und in dem Weidenkorb, den sie hinter dem Sattel festgebunden hatte, standen noch frische Blumen aus ihrem Garten. John saß, in eine Zeitung vertieft, am Kopfende des Tisches.

»Ah«, sagte er und blickte auf. »War es schön draußen? Ich habe zwei sehr schöne Stunden mit mir allein verbracht – ein paar innere Dinge erledigt und einige längst fällige Briefe geschrieben. Wir sind nämlich erst dann frei weiterzugehen, wenn wir ein Projekt oder eine Entscheidung ausgeführt haben. Aber unser Frühstück wird kalt, nehmt euch von der Anrichte, was ihr wollt; Fordie hat alles fertig.«

Die Spannung war verflogen, und es wurde ein wunderbares Frühstück, bei dem wir noch einmal durchsprachen, was John uns gesagt hatte, und einiges für mich Verwirrende aufklären konnten. John wirkte vollkommen glücklich, und schließlich sprach ich ihn daraf an.

»Tja, solche Sachen passieren einfach, Reshad. Das weißt du doch. Manchmal kannst du deinen Finger auf die Ursache legen und manchmal nicht. Ich habe schon viele solche Situationen erlebt, und später stellte sich oft heraus, dass es in dieser Zeit irgendeine Tragödie in der Welt gegeben hatte, einen Flugzeugabsturz, ein Erdbeben, irgendetwas, das schon passiert war oder gerade passierte. Diesmal bin ich nicht sicher. Ich fühle mich jetzt besser, aber wenn ich ehrlich bin, spüre ich immer noch, dass etwas in der Luft liegt. Und ihr?«, fragte er unvermittelt.

Ein heftiger Schreck durchfuhr mich, als mitten in Johns Ausführungen das Telefon lärmend losbimmelte. Ich hörte, wie Fordie an den Apparat ging und abnahm. Einen Moment war Stille, und dann hörte ich sie hastig etwas auf Französisch sagen. Ihre Stimme war aufgeregt, und das Gespräch ging noch eine Weile weiter. Am

Tisch war alles still. John schien nicht viel Notiz davon zu nehmen und hatte sich wieder in die Zeitung vertieft.

Nur und ich warfen einander Blicke des beginnenden gemeinsamen Verstehens zu. Wir hörten, wie Fordie den Hörer auflegte, und dann ihre Schritte zurück in die Küche. Die Zeitung raschelte, als John umblätterte. Die Luft knisterte. Nur und ich räumten zusammen den Tisch ab; wir trugen das Geschirr in die Küche, um nach Fordie zu sehen. Sie stand am Spülbecken und sah aus dem Fenster, und offenbar war sie tief beunruhigt. »Ist schon gut«, sagte sie, als Nur zu ihr ging, »aber ich muss mit Ihnen beiden allein sprechen, wenn es geht.« Wir setzten uns zusammen auf die rückseitige Veranda.

»Ich hatte eben einen Anruf aus Frankreich«, begann Fordie. »Einer meiner Verwandten ist sehr krank und hat die Familie zusammengerufen. Ich bin die Letzte, und ich muss hingehen. Ich habe keine Wahl, denn ich stamme von Zigeunern ab, und wir haben für solche Fälle sehr klare Regeln. Letzte Nacht habe ich wach gelegen und mit einigen der alten Methoden herauszufinden versucht, was in der Luft liegt. Mr. John hat es jetzt nicht mehr weit. Ich wusste es ohnehin, aber jetzt habe ich keine Zweifel mehr, und obwohl er sich jetzt besser zu fühlen scheint und viel Kraft hat, wird es wohl nicht mehr lange dauern, vielleicht nur noch drei Tage. Ich würde alles für Mr. John tun. Ich habe nicht damit gerechnet fortzumüssen, wenn er Hilfe braucht.« Ihre Stimme zitterte, und sie hatte Mühe zu sprechen. »Eine sonderbare Art, die gemeinsame Zeit zu beenden, muss ich sagen.«

»Machen Sie sich keine Sorgen, Fordie«, sagte Nur. »Wir kümmern uns um ihn, das wissen Sie doch. Margaret kann helfen, und vielleicht irren Sie sich auch. Sie könnten gleich zurückkommen, wenn Sie in Frankreich alles erledigt haben.«

Sie schüttelte den Kopf. »Ich irre mich nicht, und ich möchte, dass Sie Miss Elizabeth holen. Ich habe ihr versprochen, sie anzurufen, wenn irgendwas passiert.« Sie schloss die Augen und holte tief Luft, um sich zu fassen. Als sie mit klarer Stimme weitersprach, war sie schon wieder beim Praktischen: »Sie müssen jetzt alles übernehmen. Zuallererst das Einkaufen. Heute gibt es Fleischpastete und morgen Fisch, den Sie noch beim Fischauto an der Post holen müssen. Dann können Sie auch gleich den Rest des Wochenvorrats holen. Ich muss bald los, damit ich den Zug nach Southampton und die Fähre erreiche. In Mr. Johns Badezimmerschrank ist übrigens eine Schachtel mit Tabletten, auf der sein Name steht. Die sind nur für den Notfall.«

»Kann ich Sie nicht mitnehmen, wenn ich Elizabeth hole?«, fragte ich sie.

»Nein, danke. John wird Sie heute hier brauchen, wenn er die Nachricht erfährt. Ich lasse die Adresse an der Pinnwand in der Küche, damit sie nicht verlorengeht. Sie benachrichtigen mich, wenn irgendwas passiert, nicht wahr? Jetzt gehe ich und sag Mr. John Bescheid. Vielleicht können Sie hier bleiben und den Abwasch machen.«

Etwas später kam sie aus Johns Arbeitszimmer, suchte ihre Sachen in der Küche zusammen und ging durch den Garten zu ihrem Fahrrad am Tor. Sie drehte sich noch einmal um und winkte John zu. Wir standen hinter ihm in der Tür und winkten ihr zusammen nach.

»Na«, sagte er und drehte seinen Stuhl zu uns herum, »das war eine Überraschung. Aber macht nichts, es ist schon recht, dass Fordie gehen muss. Die Zigeuner sind ein stolzes Volk, und sie haben einen strengen Sittenkodex. Es ist wichtig, dass sie zu ihrer Familie geht.

Fordie hat euch gebeten, Elizabeth anzurufen, nicht wahr?«, fragte er. »Ich möchte sie nicht beunruhigen, und ich bin sicher, wir kommen allein zurecht.« Er musste wohl den Blick bemerkt haben, den Nur und ich einander zuwarfen, denn er fragte ungläubig: »Ihr habt Elizabeth doch wohl inzwischen angerufen und ihr gesagt, dass ihr gut angekommen seid?« Es war kaum zu glauben, aber bei allem, was in den letzten drei Tagen geschehen war, hatten wir vollkommen vergessen, Elizabeth anzurufen! John ahnte es vermutlich und hatte nur den rechten Zeitpunkt für eine entsprechende Bemerkung abgewartet.

»Ihr *habt* sie angerufen, nicht wahr?«, fragte er wieder. »Denn wenn nicht, dann habt ihr beide noch eine Menge zu lernen. Schließlich ist sie für euch doch gerade jetzt das Bindeglied in der Kette. Du hast so lange bei ihr gelebt, Nur, und Reshad ist sogar von seinem eigenen Lehrer zu ihr geschickt worden. Was sind denn das für Manieren? Ich sage nichts mehr dazu. Das kostet zu viel Zeit und Kraft, und wir haben andere Dinge zu besprechen. Aber ich möchte doch vorschlagen, dass ihr sie jetzt anruft, und wenn ihr fertig seid, dann kommt bitte wieder zu mir.« Er drehte mit stummer Entschiedenheit seinen Stuhl herum und blickte hinaus in den Garten.

Wir gingen in die Küche zurück, um den Abwasch fertigzumachen. In einer anderen Situation hätte es jetzt vielleicht eine Szene gegeben. Wir waren beide nahe daran, einander die Schuld für das Versäumnis zu geben. Nur rettete die Situation. »Na gut, wir haben es beide verpatzt. Ich schäme mich, aber lassen wir das jetzt und rufen wir lieber Elizabeth an und sagen ihr, was los ist.«

Wir versuchten es etliche Male, aber wir kamen nicht durch. Schließlich ließen wir den Anschluss vom Stördienst überprüfen. Elizabeth telefonierte so selten, vielleicht war die Leitung gestört. Endlich kam das Freizeichen. »Ja, hier ist Elizabeth«, sagte sie. »Wer spricht denn?«

Nur hatte die Nummer gewählt, und ich war oben am Nebenapparat, damit wir beide mit Elizabeth sprechen konnten. »Gütiger Himmel«, sagte sie, »was ist mit euch passiert? Ihr könntet ja glatt vom Erdboden verschwunden sein. Eben wollte ich anrufen und hören, ob ihr noch lebt. So, also«, sagte sie im gewohnten barschen Tonfall, »was gibt's?« »Also, erst mal bitten wir beiden um Entschuldigung, dass wir nicht früher angerufen haben«, sagte ich. »Offen gesagt, spielt die Zeit verrückt, und uns ist erst heute Morgen aufgegangen, dass wir schon drei Tage hier sind. Es könnten genauso gut zehn Jahre oder ein halber Tag gewesen sein.«

»Hm. Ja. Die Zeit kann schon sonderbar werden, wenn man aufhört, mit dem Verstand zu denken, aber ist das eine Entschuldigung für schlechte Manieren? Na, genug – ihr habt doch sicher eine Nachricht, oder?«

Nach und nach erzählten wir ihr alles, was geschehen war und was wir erlebt hatten, zuletzt Fordies Ankündigung, dass sie fort musste. Elizabeth schwieg.

»Verstehst du«, sagte Nur, »Fordie meint, dass Reshad runterfahren und dich holen soll. Aber John sagt, wir kämen auch so zurecht. Was *sollen* wir denn jetzt machen?«

»Hört nicht auf John. Natürlich muss ich hinkommen. Ihr sagt, dass ihr heute zu tun habt; dann erwarte ich dich also morgen zum Frühstück. Zu der Zeit brauchst du für die Fahrt nicht mehr als vier Stunden. Wenn du früh genug losfährst, kannst du um neun hier sein. Und wenn in der Zwischenzeit was passiert, ruft ihr mich an. Ist das klar? Und schlaft in Zukunft nicht mehr so – ihr könntet vergessen, wo ihr hinwollt!« Kurz bevor sie auflegte, hörte ich noch dieses tiefe Rumpeln am anderen Ende, als Elizabeth wieder zu lachen begann.

Wir berichteten John, dass Elizabeth darauf bestand zu kommen. Er lächelte, schien erleichtert. »Na gut«, sagte er, »aber ich will kein Drama. Ich fühle mich gut, also geht ihr ruhig einkaufen. Dann seid ihr zum Essen wieder hier. Ich habe immer noch eine Menge Briefe zu schreiben. Stellt mir ein bisschen Kaffee und Kekse hin, dann bin ich versorgt.«

Als wir das Dorf erreichten, hatte sich die Nachricht von Fordies Abreise schon verbreitet. »Kommen Sie denn allein zurecht?«, fragte die Krämersfrau. »Wenn Sie Hilfe brauchen, rufen Sie einfach an; ich komme dann kochen. Mein Mann ist den ganzen Tag weg, und meine Tochter kann sich um den Laden kümmern. Geht es Mr. John gut?«

Wir versicherten ihr, dass alles in Ordnung sei, aber sie hatte einen Ausdruck im Gesicht, der vermuten ließ, dass Fordie etwas über ihre Vorahnung gesagt hatte. Wir kauften alles Notwendige ein, und sie legte noch eine Kugel von Johns Lieblingskäse dazu. »Nicht vergessen«, sagte sie, als wir den Laden verließen, »nur anrufen, und ich bin in ein paar Minuten da.«

Wir fuhren über eine schmale Nebenstraße zurück. Nur hatte gesagt, sie brauche frische Luft, und bis zum Mittagessen war noch viel Zeit. An den Hecken sprangen die ersten Blattknospen auf. Krokusse und Osterglocken blühten in den Gärten, an denen wir vorbeikamen. Neugeborene Lämmer saßen wie weiße Tupfen überall auf den Hügeln und an den Bäumen sprossen die ersten weißrosa Blüten. Wir hielten an und gingen durch ein von Vogelgesang erfülltes Waldstück; wir vernahmen das Glucksen der Drossel, das Trillern der Grasmücke und den klagenden Ruf des Rotkehlchens. Wir hörten den ersten Kuckuck. Nur sprach nicht, und wir gingen schweigend Hand in Hand. Das Katastrophengefühl, das wir erlebt hatten, wirkte hier fremd und deplatziert.

Am anderen Ende des Waldes hatte man einen Blick über das dahinter liegende Tal; wir konnten gerade noch eine kleine Kapelle erkennen, die kaum eine Meile entfernt war. »Sieh mal«, sagte Nur, »lass uns da hingehen. Ich möchte dort für John sitzen.« Sie rannte über die Wiese davon. »Warte!«, rief ich und lief ihr nach.

Wir ließen uns keuchend auf eine Eichenbank vor der Kapellenumfriedung fallen. Ein Bach lief an dem Weg entlang, der zur

Kapelle führte, beschattet von einer riesigen Eibe, die sicher viele hundert Jahre alt war. Außer dem sanften Gurgeln des Wassers und dem strömenden Gesang eines Zaunkönigs aus der Hecke war kein Geräusch zu hören.

Wir gingen schweigend über den Friedhof hinter der Kirche und sahen uns die Grabsteine an. Manche trugen Daten aus dem frühen siebzehnten Jahrhundert, aber viele waren mit Moos und Flechten so überwachsen, dass man die Namen und Lebensdaten der Menschen, die dort im Lauf der Jahrhunderte begraben worden waren, nicht mehr lesen konnte. Alles sah sehr gepflegt aus, und auf einigen der neueren Gräber waren sogar frische Blumen.

Man betrat die Kapelle durch ein überdachtes Portal, über dem sich gotische Bögen aus riesigen Eichenbalken erhoben. An einem Brett vor dem Portal waren Anschläge angebracht, und darunter hing ein kleiner Opferkasten für die Unterhaltung des Gebäudes. Einer der Anschläge erzählte die Geschichte der Kapelle, die im zwölften Jahrhundert begonnen hatte; ein Mönch lebte damals in einer Hütte hinter dem gegenwärtigen Standort, wo es eine heilige Quelle gab. Aus ganz Wales kamen die Leute hierher, um das heilige Wasser zu trinken und für die Kranken mitzunehmen.

»Dieser Ort erinnert mich an die Kapelle in Ephesos«, sagte Nur. »Er hat die gleiche Atmosphäre von Frieden und Ruhe, und man spürt fast die vielen hundert Pilger, die hier im Lauf der Jahrhunderte gewesen sind. Das ist heiliger Boden, Reshad. Sieh mal, das hatte ich noch gar nicht gesehen, sie ist Maria gewidmet.« Sie deutete auf das Zeichen über der Tür. »Ich fühle mich wie an zwei Orten zugleich. Du auch?«

Es stimmte. Der Ort hatte eine unglaubliche Ausstrahlung von Vollkommenheit, die Ausstrahlung der vollkommenen Frau, wie sie in Maria ihren Ausdruck gefunden hat. Ich nahm Nurs Hand, als wir die Kapelle betraten.

Innen war sie sehr einfach gehalten: weißgetünchte Wände, rohe Eichenbänke und ein Altar mit einem schlichten Messingkreuz. Nichts lenkte von der herrlichen Architektur des Gebäudes ab und von seiner sanften Anmut, die uns durchströmte. Nur ging leise nach vorn und kniete beim Altar nieder. Ich setzte mich auf eine der Bänke. Meine Gedanken wanderten zurück durch mein Leben, Szenen entfalteten sich in der tiefer werdenden Stille. Ich sah mich als Kind, wie ich in meiner englischen Heimat in den Wäldern und auf den Feldern spielte. Ich erinnerte mich, wie frei ich mich damals gefühlt hatte. Ich schaute zurück auf die Jahre des Stadtlebens; ich war Börsenmakler und dann ein abgebrühter Werbemanager, bis etwas mich aufweckte und auf die lange Suche nach einem Lebenssinn schickte. Dann kam eine Weltreise, auf der ich in Japan, in indischen Ashrams und im nördlichen Himalaya oberhalb von Pakistan nach Antworten suchte bis zu dem Tag, als ich in einem Antiqutätengeschaft in London meinen Lehrer traf, der mich in die Türkei brachte und in die Welt der Derwische einführte. In dieser winzigen Kirche wirkte das alles so ungereimt. Es war, als wäre ich an den Punkt zurückgekehrt, an dem die Reise begonnen hatte – oder ich war nie aufgebrochen. Erinnerungen fluteten herein, und ich ließ mich in alle Gefühle hineinziehen, die wir erleben: Freude, Traurigkeit, Bitterkeit und Leid. Ich betete, dass die Erinnerungen sich auflösten und nur das Brauchbare als Grundmuster meines Lebens übrigblieb.

Ich weiß nicht, ob ich wirklich einschlief, aber ich verlor alles Zeitgefühl. Nur brachte mich wieder zu mir.

»Reshad, sieh mal auf die Uhr! Wir sind ja schon ewig hier. Wir kommen viel zu spät zurück!« Sie hängte sich bei mir ein. »Lass uns etwas von dem Wasser für John mitnehmen.«

Die Quelle war mit einer niedrigen Steinmauer eingefasst, und irgendwer hatte dort ein paar Flaschen zurückgelassen. Wir füllten eine und rannten über die Felder zurück zum Wagen.

»Oh, hoffentlich ist es nicht schlimm«, sagte sie. »Wo waren wir bloß? Schnell – fahr los.«

»Ich dachte schon, ihr kommt überhaupt nicht wieder«, sagte John, als wir mit unseren Einkäufen beladen zur Tür hereinkamen. »Ihr habt gesagt, ihr geht nur einkaufen, und jetzt seid ihr schon Stunden weg.«

Er sah wieder sehr erschöpft aus, aber in seiner Stimme war keine Spur von Ärger. »Was habt ihr denn gemacht?«

»Es tut mir leid, John«, sagte ich. »Es war meine Schuld. Die Zeit ist uns einfach davongelaufen. Wir sind spazieren gegangen und haben uns eine alte Kirche angesehen. Wir machen jetzt ganz schnell das Essen fertig. Wirklich, es tut mir furchtbar leid.«

»Macht nichts«, sagte er. »Ich habe keinen Hunger, aber mein Verband muss gewechselt werden.«

Ich merkte, dass er Schmerzen hatte; es war das erste Mal, dass ich ihn in solch einem Zustand sah. Wie hatten wir so blind sein können, seine Bedürfnisse so schnell zu vergessen? Wir halfen ihm nach oben in sein Zimmer, und Nur holte den Verband aus dem Badezimmerschrank. John sprach nicht und schien schnell in einen halbbewussten Zustand zu fallen. »Schnell, hilf mir!«, rief Nur, als er nach vorn zu kippen begann und aus dem Stuhl zu fallen drohte. Er war sehr schwer, und ich brauchte all meine Kraft, um ihn zu halten. »Sollen wir den Arzt rufen?«, fragte ich ihn, aber er gab keine Antwort.

»John«, sagte ich dicht an seinem Ohr. »John, hörst du mich?« Wieder keine Antwort. Inzwischen hatte ich ihn halb in seinen Stuhl zurückgebracht. »Ruf schnell den Arzt an, Nur, ich versuche, ihn ins Bett zu legen.«

»Nein, wir lassen ihn lieber so, wie er ist, bis wir den Arzt gefragt haben. Deck ihn nur zu. Ich beeile mich.« Ihrer Stimme war die große Sorge anzuhören.

Sie rannte die Treppe hinunter, ich hörte, wie sie mit dem Arzt sprach, und dann stürmte sie auch schon wieder nach oben ins Bad. Sie kam mit den Tabletten zurück, von denen Fordie uns erzählt hatte. John saß immer noch zusammengesunken in seinem Stuhl, das Gesicht kalkweiß. »Schnell«, sagte ich zu Nur, »sieh zu, ob du eine in seinen Mund bekommst.« Es ging nicht. Er hatte die Zähne fest zusammengebissen. Nur zerdrückte die Tablette schließlich und schaffte es sogar, das Meiste davon hinter seine Lippen zu bringen. »Oh Gott, stirbt er?«, rief sie. »Hilf mir, lass uns versuchen, seine Brust zu massieren.« Er zeigte keine Reaktion. Er atmete flach, und aus seiner Brust kam ein rasselndes Geräusch. Wir hatten noch keine Zeit gehabt, einen neuen Verband aufzulegen, und waren beide einer Panik nahe, weil wir nicht wussten, was zu tun war.

Endlich knirschte draußen auf der Auffahrt der Kies. Nur ging, um die Tür zu öffnen, aber der Arzt war schon im Haus und rannte an ihr vorbei die Treppe hoch. Wortlos öffnete er seine Tasche, holte eine Spritze heraus und streifte Johns Hemd zurück. »Hoffentlich kommt es noch rechtzeitig«, sagte er. »Erzählen Sie mir genau, was passiert ist.«

Wir berichteten, dass wir länger ausgeblieben waren als beabsichtigt, dass John bei unserer Rückkehr voller Sorgen war und Schmerzen hatte und dass er kurz darauf diesen Anfall bekam.

Der Arzt machte die Injektion, maß Johns Blutdruck und massierte dann noch einmal seine Brust. »Sieht nach einem kleinen

Gehirnschlag aus«, sagte er schließlich. »Er hat mir das Versprechen abgenommen, ihn niemals ins Krankenhaus zu bringen. Das macht die Sache schwierig, aber ich kann Sauerstoff bringen lassen, wenn es erforderlich wird.«

In diesem Moment bemerkte ich eine leichte Bewegung in Johns Augen. Sehr langsam und mit großer Mühe öffnete er sie, als er den zur Seite gesunkenen Kopf hob. In sein Gesicht kehrte wieder etwas Farbe zurück. Der Arzt gab ihm eine zweite Spritze und eine weitere Tablette. »Gehen Sie bitte nach unten«, sagte er. »Ich möchte eine Weile mit ihm allein sein. Wenn ich Sie brauche, rufe ich.«

Wir setzten uns auf die Stufen vor der Haustür. Keiner von uns konnte etwas sagen. Ich hörte das tiefe Ticken der Standuhr in der Diele und die gedämpften Stimmen von oben.

Der Arzt kam nach kurzer Zeit zu uns herunter. »Machen Sie sich keine Sorgen«, sagte er. »Er wird schon wieder – jedenfalls vorerst. Das war gerade noch rechtzeitig; ein paar Minuten später wäre er tot gewesen. Ich muss mir jetzt die Hände waschen, aber danach möchte ich noch ein paar Dinge mit Ihnen besprechen. Sie brauchen jetzt nicht nach oben zu gehen; ich habe ihm ein starkes Sedativ gegeben, und es ist besser, wenn er jetzt schläft.«

»Ich muss mich noch vorstellen«, sagte er, als er etwas später zurückkam. »Ich heiße Jim Butler. John hat mir eben von Ihnen erzählt. Sie sind sicher mit seinem Zustand vertraut. Wir wissen nicht, wie lange er noch hat, aber er hat Ihnen das wahrscheinlich gesagt. Wir staunen alle über seine Furchtlosigkeit. Mich und Mrs. Rhodes hat er ins Vertrauen gezogen und gebeten, dass alte Bekannte ihn nicht mehr besuchen. Er sagte, er habe sein Leben geordnet, aber es gebe noch etwas, das er vor seinem Tod tun müsse. Wir haben ihn gefragt, was das sei, aber er wollte es uns nicht sagen, vielleicht konnte er es auch nicht. Er hat nur wiederholt, dass es noch etwas gibt, was er noch fertig machen muss. Nach all den Jahren weiß ich meistens immer noch nicht, worauf er hinauswill. Selbst mit den Wissenschaftlern, die ihn früher besucht haben, konnte ich überhaupt nichts anfangen. Aber er hat mir gesagt, dass Sie beide gekommen sind, um ihm zu helfen, seine Sache abzuschließen. Sagt Ihnen das was?«

»Nicht so recht«, erwiderte ich. »Wir haben eigentlich nur das Gefühl, in einem Stück mit unausweichlichem Ende mitzuspielen.

Wir scheinen irgendwo reingeraten zu sein, wo wir nicht mehr rauskommen – selbst wenn wir wollten. John kommt mir auf sonderbare Weise wie mein eigener Vater vor.«

»Ich verstehe; er bedeutet uns allen hier im Dorf viel. Er ist ein außergewöhnlicher Mann, der immer gibt; niemals spricht er schlecht über jemanden, und selten beklagt er sich, obwohl er meistens sehr starke Schmerzen hat. Ich werde Sie nicht fragen, wie Ihre Beziehung zu ihm entstanden ist, denn ich muss noch Besuche machen, aber vielleicht können wir uns irgendwann noch einmal treffen. Vielleicht könnten Sie mal auf ein Glas Sherry bei meiner Frau und mir vorbeikommen. Sie würde sich bestimmt freuen.

So, John sollte jetzt ein paar Stunden schlafen. Wenn er aufwacht, geben Sie ihm die Tabletten, die ich auf seinen Nachttisch gelegt habe. Es sind drei. Wenn er nicht will, bestehen Sie darauf. Auf mich hört er ja nicht, aber vielleicht auf Sie!«

Wir saßen abwechselnd an Johns Bett, während er schlief. Die Medikamente hatten gewirkt, und außer einer gelegentlichen Armbewegung rührte er sich nicht. Jim hatte ihn irgendwie ins Bett gebracht und seinen Verband gewechselt. Er schlief friedlich. Die Sonne ging schon fast unter, als er seine Augen aufschlug. Nur hielt seine Hand. »Es ist alles in Ordnung, John«, sagte sie. »Der Arzt sagt, dass es dir bald wieder gut geht.« Er lächelte, als ich ihm die Tabletten gab. »Guter alter Jim«, sagte er. »Er sorgt sich zu viel. Ich hatte solche Anfälle schon früher. Ich hasse diese verdammten Pillen, sie machen mich so dösig. Hebt sie für ein andermal auf.« Er schob meine Hand weg.

»*Bitte,* John«, sagte Nur mit Nachdruck. »Jim hat gesagt, du hast einen kleinen Schlag gehabt und musst sie wirklich nehmen. Es sind auch nicht die Gleichen. Sie sind nicht zum Schlafen, sondern zum Aufwachen.«

Wir konnten ihn schließlich überreden, sie zu nehmen, aber dann wollte er nach unten! Er erholte sich erstaunlich schnell; wir konnten es kaum fassen, ihn so verwandelt zu sehen.

»Wäre es nicht besser, hier oben zu bleiben und auszuruhen?«, bettelten wir, aber er nahm keine Notiz davon. »Es ist *mein* Leben«, sagte er. »Los jetzt.«

Wir halfen ihm in den Stuhl und brachten ihn nach unten ins Wohnzimmer. Die langen Schatten auf dem Rasen streckten sich dem Fenster zu. »Weißt du, Reshad, es gibt viel, wofür wir dankbar sein können. Lasst uns eine Weile zusammen still sein.«

Wir saßen schweigend bei ihm. Er hatte die Augen geschlossen, schlief aber nicht. Ab und zu beugte er sich herüber und berührte einen von uns aufmunternd. Mittlerweile liebten wir ihn beide bedingungslos, und das machte unseren Schmerz und unsere Furcht erträglicher. Jahre später konnten wir darüber sprechen, aber jetzt kam es mehr darauf an, für alles, was im Augenblick geschah, aufnahmebereit zu sein, für die Güte und Großherzigkeit, die von ihm zu uns floss.

Es ist unmöglich, meine Erfahrungen während dieser Zeit zu beschreiben. Wir waren in vollkommenem Frieden und vollkommener Freiheit zusammen. Die Art, wie ich die Welt sonst erlebte, verschwand, und es blieb nur ein tiefes Gefühl der Richtigkeit aller Dinge. Alles war an seinem richtigen Ort. Ich verstand das Wesen der unechten Zeit, verstand, wie sie mich in der Vergangenheit mit lauter Ängsten tyrannisiert hatte – Lebensangst, Verlustangst, Versagensangst, bekannte und unbekannte Ängste. Ich sah, wie gegenstandslos das alles war, wie gegenstandslos auch die Todesangst. In diesen Augenblicken gab es keinen Tod. Alles war, wie es ist, zugleich, denn alles ist eins, und es gibt nur einen Schöpfungsmoment. Alles ist in diesem Augenblick enthalten wie eine Sinfonie in der ersten Note. Das Leben, unsere Leben waren alle im Göttlichen Atem, der über die Erde weht und das ungeheure Wunder der Vielfalt mit sich bringt, die Einmaligkeit des Menschen, die wechselnden Jahreszeiten, die Wärme des Sonnenlichtes, den Duft der Rosen. Die persönliche Identität verschwand in der Einheit, wurde von der Erfahrung der tieferen Wirklichkeit verschluckt. Am Anfang war das Wort, und das Wort war bei Gott. Christus sagte: »Ich werde bei euch sein bis ans Ende aller Tage.« In der Welt jenseits der Zeit, jenseits der Erfahrung bleibt das Wissen von der Einheit.

Da wusste ich, dass ich tot gewesen war und jetzt lebte. Die Illusion vom Tod war verschwunden, und die Erkenntnis, dass wir alle tot sind, bis wir aufwachen, kam wie ein Blitz der Erleuchtung, der die frei gewordene Energie durch meinen ganzen Körper strömen ließ. Es war eine so machtvolle Erfahrung, dass ich zu zittern begann. Ich spürte Johns Hand auf meinem Arm. »Keine Angst, Reshad. Der Körper sorgt für sich selbst. Lass einfach zu, dass er verwandelt wird. Bleib Beobachter, dann gibt es keine Gefahr.« Ich erlebte die bedingungslose Liebe, erlebte, dass ich tatsächlich geliebt bin, wie wir alle geliebt sind, denn gewiss ist die Liebe die Ursache der Schöpfung.

Wir saßen still zusammen. Die Sonne war untergegangen, und das einzige Licht kam von den flackernden Resten im Kamin.

Es war noch dunkel, als ich am nächsten Morgen losfuhr. Nur machte Kaffee und weckte mich sehr früh. »Wir müssen leise sein«, sagte sie, »John schläft noch. Er muss sich so gut ausruhen wie möglich. Komm bald zurück – ohne dich wird es hier schwerer sein.« Am Tor umarmten wir uns. »Es dauert ja nur ungefähr vierundzwanzig Stunden. Mach dir keine Sorgen.« Ich sah ihr nach, als sie ins Haus zurückging. Das Licht vor der Tür zeigte kurz ihren Umriss, dann schloss sich die Tür.

Auf der Fahrt nach London spürte ich, wie ich immer nervöser wurde. Ich kam mir wie bei einem Wettrennen gegen die Zeit vor, wusste aber zugleich, dass es nicht so war. Ein Teil von mir lebte immer noch in der Welt scheinbarer Ursachen und Wirkungen, und der plötzliche Abschied von John und Nur hatte mich ziemlich durchgeschüttelt. Alles schien so unwirklich. Ich musste allen Willen aufbieten, um nicht umzukehren. Erst als ich durch die Außenbezirke von London zu Elizabeth fuhr, war ich wieder in der Lage, alles zu akzeptieren, was kommen sollte.

Fünfzehn

ELIZABETH EMPFING MICH AUF IHRE GEWOHNTE ART AN DER Tür. »Komm schon rein«, sagte sie. »Rein mit dir. Der Kaffee ist fertig und das Frühstück auch gleich. Entschuldige, dass ich noch nicht so richtig angezogen bin.« Sie trug einen blauen Bademantel und rosa Cord-Hausschuhe mit weißen Pompons. Ihr Haar hatte sie wie üblich zu einem Knoten gebunden, und um ihren Hals hing das Monokel. »Mach dir nichts aus den Farben«, erriet sie meine Gedanken. »Mir machen sie Spaß. Es gibt doch nichts Schöneres als eine richtige Geschmacklosigkeit.«

Beim Frühstück erzählte ich ihr alles, woran ich mich noch erinnern konnte, aber es fiel mir schwer, in der richtigen Reihenfolge zu berichten. Immer wieder unterbrach sie mich und bat um Einzelheiten, vor allem bei unseren Gesprächen über das Wesen der Zeit, über Empfängnis und Tod und über die Verantwortung, uns ganz dem Leben zu verpflichten, sobald wir uns für den Weg entschieden haben.

»Puh«, sagte sie schließlich. »Das alles in drei Tagen. Du musst ziemlich erledigt sein. Aber so ist das nun mal. Wenn man wirklich wissen will, was es mit dem Leben auf sich hat, und die Zeit richtig ist, können wir plötzlich aus allem, was wir bis dahin gemacht haben, herausgehoben und irgendwo abgesetzt werden, wo wir uns überhaupt nicht mehr auskennen. So ist das doch, oder?« Sie lächelte.

»Jetzt pass auf, Reshad. Ich muss heute noch etwas erledigen, das ich nicht aufschieben kann. Ein paar Leute, denen ich meine Hilfe zugesagt habe, sind in großen Schwierigkeiten, und ich kann sie nicht im Stich lassen. Wenn wir morgen früh losfahren, kommen wir auch noch rechtzeitig. Du kannst dich im Gästezimmer ausruhen, wenn du willst, oder auch ausgehen, und wir treffen uns dann in der Stadt zum Abendessen – aber vielleicht hast du ja in deiner Wohnung was zu tun?«

Es war unschwer zu erraten, dass sie mich den Tag über nicht um sich haben wollte. Ich war im Grunde erleichtert, denn ich freute mich wirklich darauf, eine Zeitlang mit mir allein zu sein.

Wir verabredeten uns für den Abend bei Sophie, und Elizabeth versprach, alles zu packen und fertig zu machen, damit wir am Morgen losfahren konnten.

»Wir müssen Nur anrufen«, sagte sie, nachdem wir das Geschirr gespült hatten. »Sieh doch zu, ob du sie an den Apparat kriegst, damit ich mit ihr oder John sprechen kann.«

Ich musste lange läuten lassen, bis jemand abnahm. »Entschuldige«, sagte Nur, »ich war oben bei John.«

»Wie geht es ihm?«, fragte ich.

»Er hat eine gute Nacht gehabt«, erwiderte sie, »aber er hat immer noch große Schmerzen. Ich habe das ungute Gefühl, dass sein Zustand sich verschlimmert. Falls notwendig, rufe ich den Arzt, aber ansonsten ist alles in Ordnung. Wann kommst du zurück?« Ich erzählte ihr von Elizabeths Verabredungen. Ihre Stimme klang traurig und besorgt, aber sobald Elizabeth mit ihr sprach, lachte sie schon wieder.

»Eine wunderbare Frau, diese Nur«, sagte Elizabeth hinterher. »Geh achtsam mit ihr um. Ich kann mir vorstellen, dass keiner von euch in der letzten Woche viel Zeit gehabt hat, über sich selbst nachzudenken und wo es hingeht. Aber früher oder später wird sich die Frage stellen, oder? Wenn ihr nicht ein bisschen Kraft auch fürs Pläneschmieden verwendet, könnt ihr irgendwann ganz schön ins Schleudern kommen. Vielleicht kannst du heute mal darüber nachdenken. Aber jetzt müssen wir uns beeilen. Ich muss mich für meine Gäste fertigmachen. Ruf mich am Nachmittag an für den Fall, dass irgendwelche Anrufe kommen; wir machen dann die genaue Zeit für heute Abend aus.«

Zuerst fuhr ich zu meiner Wohnung. Auf dem Fußboden lag ein Stapel Post, aber sonst war alles so, wie ich es verlassen hatte. Trotzdem *fühlte* sich alles irgendwie fremd an, so viel war inzwischen geschehen. Mir fiel auf, dass ich die Hälfte der Dinge im Zimmer gar nicht brauchte, und die Versuchung war groß, sie rauszuschmeißen. Aber selbst das kam mir ein bisschen gegenstandslos und melodramatisch vor. Es war tatsächlich sehr schwer, überhaupt irgendeine Entscheidung zu treffen. Elizabeth hatte gesagt, dass es wichtig ist, über die Zukunft nachzudenken, aber ich konnte an nichts anderes denken, als so schnell wie möglich zu Nur und John zurückzufahren.

London war der reine Wahnsinn. Der Verkehrslärm, die Autos, die Stoßstange an Stoßstange in endloser Schlange vorbeikrochen, graue Anzüge, Regenschirme, Aktentaschen. Ich war in eine andere Welt eingeführt worden und stand nun dem gegenüber, was manche Leute für die einzige Wirklichkeit halten. Ich ging von meiner Wohnung aus in Richtung Earls Court. Der Lärm war betäubend. Die Gehsteige wimmelten von Leuten, die zur U-Bahn wollten. Dort wurden sie verschluckt: Gestalten, die in der Erde verschwanden, um nach Hause zu fahren. Einmal sah ich auf der anderen Straßenseite einen Freund. Ich war unfähig, mich einem Gespräch mit ihm zu stellen, und verschwand schnell in einer Seitenstraße. Alle Eindrücke schienen hundertfach verstärkt; das Gehupe dröhnte in meinem Kopf und überdeckte alle Gedanken. Selbst Kinder, die einander etwas zuriefen, gewohnte Geräusche, hatten jetzt eine vollkommen andere Wirkung auf mich. Schließlich bestieg ich einen Bus zum Hyde Park. Dort gab es unter den riesigen Ulmen viele ruhige Plätze, und irgendwie musste ich mich ja wieder an London gewöhnen, wenn auch nur für einen Tag.

Ich fand eine Bank in der Nähe der Stelle, wo Nur und ich den Narzissen zugeschaut und beobachtet hatten, dass selbst die Natur auf ein Erkennen in Liebe reagiert. Die Blumen waren noch da, aber ihre Zeit war fast um, das Gelb verblasste. Unser Erlebnis mit diesen Blumen schien so lange her zu sein, dass es mir fast unwirklich vorkam. Ich fragte mich, wie es wohl gewesen wäre, wenn wir damals schon gewusst hätten, was in der nächsten Woche passieren würde. Ich bezweifelte, dass mein Verstand diese Möglichkeit hätte aufnehmen können.

Die ganze Entwicklung hatte mit dem einen Augenblick in Konya begonnen, als ich zum ersten Mal einen Geschmack davon bekam, was es heißt zu wissen, dass ich geliebt bin. Es war so offensichtlich, und obgleich ich es mein ganzes Leben lang gewusst haben muss, hatte ich mich noch nie den Konsequenzen dieses Wissens gestellt. Ich fragte mich, ob es Nur getan hatte.

Der Schock meiner Rückkehr nach London verschob die Zeitskala. Alte Verhaltensmuster tauchten wieder auf. Alte Zweifel und Ängste stellten sich wieder ein und ließen die Ereignisse der letzten Tage blass und unwirklich erscheinen. Ich erinnerte mich an die vielen Male, die ich Zustimmung bei anderen gesucht hatte; wir schützten uns sozusagen gegenseitig vor dem Eingeständnis unserer Ängste und damit vor Schritten in eine andere Richtung. Wir hielten uns für freundlich und hilfsbereit, aber es war alles nur Schein.

Ich rief mir ins Gedächtnis zurück, was man mir in der Türkei gesagt hatte. »Was du suchst, ist das, was du liebst – Wahrheit, Gott – wie immer du es nennen willst. Deshalb vergiss nie, dass du aus der Welt der Erscheinungen in die wirkliche Welt unterwegs bist. Du gehst aus der Welt der Form ins Formlose, bis du schließlich vielleicht ohne eine Spur von Zweifel sagen kannst: ›Gott ist die Liebe, das Liebende und das Geliebte.‹«

London holte mich so heftig in die Vergangenheit zurück, dass mein Verstand bald alles wieder zu vergleichen begann. Die Möglichkeit des Verstehens schien so entrückt wie die fernsten Berge. Eine Zeitlang erschien mir selbst Nur unwirklich, und die vergangene Woche war wie ein Märchen. Aber es war alles geschehen, daran gab es nichts zu deuteln. War mein Zweifel nur ein Teil des »eingefädelten Spiels«?

Als ich irgendwann auf die Uhr sah, waren über drei Stunden vergangen. Meine Gedanken waren im Kreis gegangen, so dass es kaum einen Unterschied machte, ob ich wach war oder schlief. Ich rief Nur an.

»Was ist los?«, fragte sie, als ich endlich durchkam. »Du klingst so verändert. Ist alles in Ordnung?«

»Hier unten wirkt alles so unwirklich«, jammerte ich. »Ich weiß einfach nicht mehr, was los ist. Ich zweifle an allem, und der Straßenlärm betäubt mich dermaßen, dass ich nicht mehr klar denken kann. Ich war stundenlang im Park. Einmal habe ich mich sogar gefragt, ob diese letzte Woche ein Traum war. Ich bleibe nur, weil ich heute Abend mit Elizabeth verabredet bin, sonst wär ich schon weg. Ich halt das hier nicht aus.«

»Na, du bist ja in einem netten Zustand!«, sagte sie. »Ich kenne das. Mach um Gottes willen nicht einfach so weiter, bade nicht drin. Ich wünschte, ich wär jetzt bei dir. Wir könnten es zusammen wieder in Ordnung bringen. Aber ich muss mich um John kümmern. Er sieht heute ein bisschen besser aus und ordnet die Papierberge auf seinem Schreibtisch. Pass auf, Liebling, ich sage dir, was du tun musst. Es gibt zwei Möglichkeiten. Entweder du gehst ins Kino und vergisst einfach alles für ein paar Stunden, oder du gehst in deine Wohnung zurück und arbeitest ernsthaft an den Übungen, die wir gelernt haben. So oder so hast du dann etwas zu tun. Ruf mich heute Abend an, wenn du kannst.«

Aber alles wurde nur noch schlimmer. Ich konnte mir nicht vorstellen, irgendetwas Kreatives zu tun, also ging ich ins Kino.

Diese Entscheidung war ungefähr so idiotisch wie die Stimmung, in die ich mich gebracht hatte. Es war ein an den Haaren herbeigezogener Streifen über die Auflösung einer Ehe, in dem mächtig auf die Tränendrüsen gedrückt wurde. Nach den Rezensionen in der Zeitung nahm ich an, der Film sei gut, aber er war schauderhaft. Ich hielt eine Weile aus und ging dann raus. Bis zum Abend war immer noch eine Menge Zeit totzuschlagen, also rief ich erstmal Elizabeth an, um die Zeit endgültig festzulegen, und ging dann zurück in meine Wohnung. Ich hatte meine Stimmung bis oben hin satt und legte mich schlafen. Ich konnte nicht einmal an John denken. Es war, als lebte ich in einer zweidimensionalen Welt.

Erst viel später wurde mir klar, warum in allen esoterischen Lehren über Transformation die Regelmäßigkeit praktischer Übungen so betont wird. Eine einfache Idee und sehr einleuchtend, aber leicht zu vergessen: Wenn uns Zugang zur Möglichkeit einer anderen Art zu leben gewährt wird, sind wir verpflichtet, das zu praktizieren, was uns gelehrt wurde. In Elizabeths Worten: »Du musst weitermachen, so dass die Illusionen keine Chance haben, sich einzuschleichen; das ist wie Unkraut jäten. Eine Brücke kann durch viele Menschen im Gleichschritt zum Einsturz gebracht werden, und wir wollen unsere Übungen so regelmäßig machen, dass ›unechte Zeit‹, wie John sagt, keine Chance hat, sich festzusetzen.«

Wir hatten uns in einem Pub in der Nähe des Restaurants verabredet, und Elizabeth war schon da, als ich ankam. »Ich hoffe, du hast einen guten Tag gehabt«, sagte sie. »Was hast du gemacht?« Meine Stimmung hatte sich etwas gebessert, aber mir erschien alles immer noch deplatziert und sinnlos. Ich gab mir Mühe zu erklären, und sie hörte geduldig zu. Schließlich unterbrach sie mich. »Du bist zu ernst, Reshad«, sagte sie zwinkernd. »Immer wenn du die Möglichkeit hast, etwas zu erreichen, fängst du an zu denken. Und sieh dir an, was dabei herauskommt. Ich habe das Ganze eigentlich in Gang gesetzt, weil ich gesagt habe, du sollst dir die Zukunft ansehen, aber das war notwendig. Du musst lernen, in zwei Welten zugleich zu leben. Damit meine ich die Welt um uns herum, die Welt der Form, und die andere Welt. Sie brauchen sich gegenseitig, meinst du nicht?« Ihr Gesichtsausdruck war ganz neutral, aber ich spürte, dass sie mich aufzog. »Schließlich sind sie ja nur getrennt, damit man sie besser sieht. Erst siehst du die eine, dann die andere. Und wenn du wirklich begreifst, wirst du sehen, dass sie ein und dasselbe sind und nur verschieden aussehen.

Aber genug. Unser Abendessen wartet. Ich komme so selten raus, dass es für mich was ganz Besonderes ist. Genieß es einfach, dann verschwindet die Verwirrung.«

In Sophies Restaurant ging es an diesem Abend zu wie in einem Bienenkorb. Ich hatte einen Tisch bestellt – glücklicherweise, denn es war brechend voll. Eine schottische Folk-Gruppe spielte, und das hatte sich herumgesprochen. Man hatte zusätzliche Stühle aufgestellt, und die Kellnerinnen mussten sich überall durchzwängen, um das Essen aufzutragen. Es war ein fröhlicher Abend. Die Gruppe sang alte schottische Balladen, und alle fielen in den Refrain ein. Auch ein Dudelsackspieler war dabei; der Klang dieses Instruments löst wie kein anderes Gefühle von Mut und Tapferkeit aus.

Sophie, wie immer gut gelaunt, begrüßte die Gäste an den Tischen und tanzte manchmal ein paar Schritte mit der Gruppe, bevor sie wieder in der Küche verschwand, um weitere Portionen Borschtsch oder Bœuf bourguignon zu holen. Elizabeth und ich sangen die Lieder mit.

»Keine Angst, wir haben später noch Zeit, uns zu unterhalten«, rief Sophie zu uns herüber.

Gegen elf wurde es stiller. Die Gruppe zog in ein anderes Lokal, und die Gäste brachen nach und nach auf. Ich nahm die Gelegenheit wahr, Nur anzurufen und ihr zu sagen, dass alles wieder in Ordnung war und dass wir am Morgen abfahren würden, um möglichst zum Mittagessen bei John zu sein. Sophie setzte sich zu uns.

»Du hast mir nicht gesagt, dass du ihn kennst«, sagte sie zu Elizabeth und zeigte auf mich. »Du ungezogene Frau, immer hast du Geheimnisse vor Sophie. Was hat er denn diesmal angestellt?« Sie lachten beide, und dann erzählte Elizabeth ihr von Nur und mir und von John.

»Ich würde ihn gern wiedersehen«, sagte Sophie. »Es ist lange her. Wir sind alle von der gleichen Schule«, sagte sie zu mir, »wenn wir auch nicht davon sprechen. John, Sophie und andere haben vor über zwanzig Jahren in London zusammengearbeitet. Das war eine Zeit großer Vorbereitung. Jetzt sind manche von uns Lehrer, manche sind hier, manche da. Sophie hat ein Restaurant, aber wir sind immer zusammen, wenn wir dem Weg folgen.« Sie legte den

Arm um Elizabeth. »Stimmt das nicht? Wann wirst du alberne Lady dieses Stück Glas aufgeben?«, fragte sie und hob das Monokel hoch. »Sophie sieht aus ihrem einen Auge besser ohne jedes Glas!«

Sie johlten vor Lachen, und das war so ansteckend, dass die übrigen Gäste einstimmten.

»Ihr kümmert euch um euren Kram...« sagte Sophie zu ihnen. »Das hier ist meine Sache. Kommt morgen wieder. Das macht Sophie glücklich.

Und ihr macht euch keine Sorgen, Kinderchen«, sagte sie zu uns. »Alles wird sich finden. Ein Spiel ist ein Spiel, nicht?«

Sechzehn

ICH VERLIESS MEINE WOHNUNG GEGEN ACHT AM NÄCHSTEN Morgen, um Elizabeth abzuholen. Ich wollte früh losfahren, aber als ich bei ihr ankam, saß sie am Schreibtisch, und es sah so aus, als hätte sie die ganze Nacht geschrieben. Nach den Ringen unter ihren Augen zu urteilen, würde sie die Fahrt kaum ohne Rast überstehen, also rief ich Nur an und erklärte ihr, dass wir jetzt doch erst irgendwann nach dem Mittagessen ankommen würden.

Es war ein herrlicher Maitag. Alles war frisch und grün. Die Bäume und Hecken sprühten in der Morgensonne vor Leben. Die Vögel sangen und zwitscherten, schossen aus den Hecken hervor und wieder hinein, flogen in Scharen vor dem Wagen her. Kleine Wolkenbäusche hingen um die Gipfel der höheren Hügel; sonst war der Himmel tiefblau. Mir fiel ein, wie ich als Junge auf der Erde gelegen und in solch einen Himmel geschaut hatte; ich war überzeugt, ich könnte durch ihn hindurchsehen und die Sterne erkennen. Nach dem Durcheinander des Vortags verlief die Fahrt ruhig und ereignislos.

Elizabeth schaute schweigend aus dem Fenster auf die vorbeiziehende Landschaft. Sie war ganz anders als sonst. Ihre schroffe und lustige Art war weg, die Oberfläche über einer großen inneren Tiefe, die ich zwar gespürt, aber nicht gesehen hatte. Ich störte sie nicht, und sie war es, die schließlich das Schweigen brach.

»Ich habe seit gestern über vieles nachgedacht«, sagte sie. »Wir haben bisher kaum Zeit gehabt, einander kennenzulernen. Aber wenn dieser Kreis geschlossen ist, werde ich noch da sein, und vielleicht haben wir dann Gelegenheit, uns näherzukommen. Ich verstehe schon, dass es für dich und Nur schwer sein muss, mit der Geschwindigkeit der Ereignisse fertig zu werden, aber es wusste nun mal niemand von uns, wann John sterben würde. Ich bin darin genauso menschlich wie du. Für mich ist die unglaubliche Wirklichkeit dieser Reise auch nicht immer leicht.

Weißt du, John ist für mich mehr als ein Freund gewesen. Wir waren all die Jahre ›Schulkameraden‹ und haben eine sehr tiefe innere Verbindung. Du hast das sicher gemerkt, aber ich nehme an, dass ihr nicht viel Zeit gehabt habt, darüber zu sprechen. Ich habe Nur ein bisschen über Johns und mein Leben erzählt; auch darüber, dass wir es nie geschafft haben zu heiraten. Es war eine sonderbare Lage; wir wussten von Anfang an, dass wir zusammengehörten und doch nie wirklich ein gemeinsames Leben haben würden. Vielleicht war das im Grunde ganz gut so, aber manchmal war es auch sehr hart.

John hat immer fest im Leben gestanden, im Zentrum seines eigenen gegenwärtigen Augenblicks. Manche fanden ihn ›überlebensgroß‹, aber das ist albern. Wie kann irgendwer größer sein als das, was ist? Wir leben nur die meiste Zeit so armselige Leben, dass die Leute auf jemanden, der die Kunst der Spontaneität beherrscht, neidisch sind.

Meine Liebe zu John ist sehr tief, denn er hat mir nach und nach gezeigt, dass es letztlich keine Trennung gibt. Er scheint ständig Zugang zu einem riesigen Speicher von Wissen und Kraft zu haben. Ich glaube, dass er diese Quelle gefunden hat, als seine Lähmung begann. Vielleicht war der Schock der Krankheit ein Geschenk im richtigen Augenblick.

Ich erzähle dir diese Dinge, Reshad, weil John mir beigebracht hat, diese Quelle der Lebenskraft anzuzapfen, und ich hoffe, dass ihr beide, Nur und du, eines Tages auch Zugang zu ihr habt. Aber der Weg dahin heißt Verpflichtung und Hingabe. Ich sollte fragen, was du und Nur eigentlich genau tun wollt, aber das ist jetzt schwierig. Denk nur daran, dass du nur in absoluter Verpflichtung Schritt für Schritt zur Freiheit geführt werden kannst. Je mehr wir uns einer Sache verpflichten und hingeben, desto mehr beeinflusst jede unserer Handlungen alles andere auf diesem Planeten und desto verantwortungsbewusster müssen wir wiederum sein. Entschuldige, dass ich so ernst bin, aber es gibt so viel zu lernen.

Wir brauchen sehr viel Erfahrung und Wissen, um uns gegenseitig zu helfen. Ironischerweise haben John und ich immer gedacht, dass ich zuerst gehen würde. Wir haben darüber vor mehr als zwanzig Jahren gesprochen und uns nach Möglichkeiten umgeschaut, jemandem über die Schwelle des Todes hinwegzuhelfen. Für John gibt es eigentlich keinen Übergang mehr, denn er ist schon angekommen. Es wird nur noch ein sanftes Hinausgleiten aus der Zeit ins Zeitlose sein. Wenn du dich ganz dem Werk der Transformation verpflichtest, könnte es für dich auch so sein. Um zu sterben, bevor du stirbst, musst du dich ganz dem Leben verpflichten – dann wird das Leben selbst der Führer und der Lehrer.«

Ich wusste, wie sehr ihr an Nur und mir gelegen war, und ich erkannte ihre ungeheure Umsicht und ihren Glauben an die Vollkommenheit, die in der Matrix liegt.

Wir fuhren schweigend weiter. Elizabeths Worte hatten mich tief beeindruckt. Die Straße war beständig angestiegen, und auf einem Hügel, von dem aus man über den Wye blickt, fanden wir einen Landgasthof, wo wir zu Mittag essen konnten.

Elizabeth stieg mühsam aus dem Wagen. Ihr Rücken war gebeugt, und sie wirkte irgendwie älter als die Elizabeth, die ich in London getroffen hatte. Wir betraten den Gasthof und setzten uns an den Kamin.

»Was meinst du eigentlich mit ›jemandem durch den Tod helfen‹? «, fragte ich sie, als der Wirt uns die Sandwiches brachte, die wir bestellt hatten. »Ich frage, weil ich wissen möchte, ob es da etwas Besonderes gibt, das wir wissen sollten.«

»Nein«, erwiderte sie. »Wie ich sagte, mit John ist es irgendwie anders. Eigentlich ist es sehr einfach. Du hast deinem Lehrer gesagt, du wolltest wissen, dass du geliebt bist. Darin liegt ein großer Schlüssel. Du hast eine Menge davon verstanden, aber es hat so viele Ebenen. Für jeden von uns gilt, dass er an nichts mehr hängen darf, wenn er frei sein will. Das Hängen oder Haften an den Dingen hat mit Raum und Zeit zu tun. Wir hängen an Dingen, Leuten, Erinnerungen und so weiter, weil wir voller Angst sind. Wir fragen uns, was wohl passieren würde, wenn wir nichts mehr hätten, um uns dran festzuhalten. So klammern sich die verschiedenen Teile unseres Seins bis ans Ende fest, und der Körper lässt ganz zuletzt los, denn er ist aus dem gröbsten Stoff gemacht. So phantastisch das klingt, selbst die Körperzellen haben ein Erinnerungsmuster.

Der Körper ist ein Fahrzeug, Reshad. Wir sollten ihn achten, denn er beherbergt den Geist, aber wir sollten uns nicht an ihn klammern. Auch mit Gefühlen und Empfindungen sollten wir uns nicht identifizieren. Auch sie sind Fahrzeuge für andere, höhere Energieformen. So habe ich gelernt, dass ›die Energie dem Denken folgt‹. John hat den Zustand des Nicht-Verhaftetseins erreicht. Er *denkt* nicht mehr im üblichen Sinn dieses Wortes, sondern benutzt das reine Denken, reine Energie für das innere Werk – in sich selbst, aber auch, um anderen zu helfen. Er hängt nicht an Gefühlen, aber das heißt nicht, dass er nicht fühlt. Ganz und gar nicht! Dieser Mann fühlt tiefer als alle, die ich je getroffen habe. Wir alle, die diese ganzen Jahre dieser Schule angehört haben, sind in der Kunst des Nicht-Verhaftetseins geschult worden. Der Tod ist die größte Prüfung für diese Fähigkeit. Für John ist es jetzt nur noch eine Frage der Zeit. Er ist in sich selbst frei, aber die Lebensspanne des Körpers ist noch nicht abgeschlossen.

Entschuldige, dass ich noch weiter plappere, aber da ist etwas, das ich erklären möchte. Ein wirklicher Meister kann den Zeitpunkt seines Todes wählen. Die Legenden sind voll mit Berichten von Leuten, die ihre Zeit kannten und bis zum Tod und durch ihn hindurch vollkommen bewusst blieben. John weiß ganz genau, wann das sein wird. Wir nicht. Er ist der Meister seines Körpers und wird zur rechten Zeit wissen, wann er loslassen will. Du stehst erst am Anfang, Reshad, deshalb scheinen diese Dinge dir vielleicht weit über deinem Horizont zu liegen, aber es liegt ganz im Bereich der Möglichkeit, dass du einmal verstehen wirst. Tatsache ist, dass du nicht hier wärst, wenn du dich nicht schon dem Weg verpflichtet hättest. Jetzt musst du lernen, dich dem Leben und all den Verantwortungen ›hier unten‹ auf dieser Erde hinzugeben, dann findest du vielleicht, dass das Leben und der spirituelle Pfad eins sind.

Komm. Wir müssen weiter. Vergiss nicht, was ich über deine eigene Verpflichtung und über Nur gesagt habe, denn das gehört zu all dem, was jetzt geschieht.« Sie lächelte und schwenkte ihr Monokel. »Sei vernünftig, aber nicht zu ernst!«

Siebzehn

NUR KAM DEN GARTENWEG HERUNTER, UM UNS ZU BEgrüßen. Wir umarmten uns zu dritt. »So«, sagte Elizabeth schließlich. »Gehen wir lieber jetzt rein. Seltsam, nach so langer Zeit wieder hier zu sein.«

Im Haus war alles still. In der Diele trafen wir Jim. Er hatte sein Stethoskop um den Hals und packte eben seine Tasche wieder ein. »Sie müssen Elizabeth sein«, sagte er und hielt ihr die Hand entgegen. »John hat den ganzen Morgen von Ihnen gesprochen. Es geht ihm leider nicht sehr gut, aber das war zu erwarten. Ich habe ihm etwas gegen die Schmerzen gegeben und den Verband gewechselt. Er ist oben. Ich kann zurzeit nicht mehr für ihn tun, aber es wird ihm bestimmt besser gehen, wenn er Sie sieht. Sie können mich jederzeit anrufen.«

»Wenn es euch nichts ausmacht«, sagte Elizabeth zu uns, »möchte ich gern eine Weile mit John allein sein. Mein Zimmer finde ich später schon.« Sie ließ ihre Reisetasche an der Tür stehen und ging langsam nach oben. Ich hörte, wie Johns Tür aufging und wieder geschlossen wurde.

Nur strahlte. Ich werde diesen Augenblick nie vergessen. Es war, als sähen wir uns wieder zum ersten Mal. Wir hielten uns an den Händen; es gab nichts zu sprechen. Wir küssten uns, und ich wusste ohne eine Spur von Zweifel, dass ich sie bitten würde, mich zu heiraten. Das hier war die Wirklichkeit, die ich wollte. Der Schmerz, die Verwirrung und die Zeitspaltung – all der Druck dieser zwei kurzen Wochen verschwand für einen Moment in der Liebe, die wir füreinander empfanden und die uns beide durchdrang.

Ich spürte, dass Nur verstand. »Komm, hilf mir mit dem Tee«, sagte sie. »Wir haben allerhand zu tun. Später können wir uns unterhalten.«

Der Tee war bald fertig. »Soll ich mit nach oben kommen?«, fragte ich.

»Warte lieber«, sagte sie. »Er möchte jetzt bestimmt mit Elizabeth allein sein, deshalb werde ich nur anklopfen und das Tablett vor die Tür stellen.«

Das Haus wirkte sonderbar still und leer. Ich ging von Zimmer zu Zimmer und sah mir die Bücher und die Dinge auf dem Tisch in der Diele an. Mit jedem dieser Dinge war ein Abschnitt von Johns Leben verbunden. Die Zeit stand still. Nach einer Ewigkeit, so kam es mir vor, hörte ich wieder Nurs Schritte auf der Treppe.

»Ich hatte recht«, sagte sie. »Sie wollen allein sein, aber John hat uns gebeten, zum Abendessen nach oben zu kommen. Komm, gehen wir unseren Lieblingsweg am Fluss. Jetzt, wo Elizabeth da ist, können wir das ruhig machen.« Sie nahm mich an der Hand und führte mich den Pfad hinunter zu der Bucht am Fluss.

»Wann, glaubst du, wird es sein?«, fragte ich sie schließlich.

Wir hatten schon lange schweigend am Ufer gesessen. »Glaubst du, heute Abend? Elizabeth hat gesagt, dass Menschen wie John die Zeit ihres Todes wählen können. Ich bin schrecklich nervös. So vieles hängt in der Schwebe. Es gibt vieles, was ich dir sagen möchte, aber ich kann anscheinend nicht...«

»Scht!«, sagte sie. »Sei einfach still, Reshad.« Sie beugte sich herüber, legte mir die Hand auf den Mund und gab mir einen Kuss auf die Stirn. »Woher sollen wir das wissen? Es gibt etwas, das weiß, und wir haben nichts weiter zu tun, als für John hier zu sein; wir müssen uns nicht sorgen oder aufregen oder traurig sein – nichts dergleichen. Er sorgt sich nicht. Seit du weggefahren bist, sagt er mir immer wieder, dass du dich nicht aufregen sollst. Gestern Abend hat er gesagt, das hier soll eine Gelegenheit zur Freude werden. Von uns will er nichts weiter, als dass wir so wach und bewusst sind, wie wir können. Er wollte jedenfalls noch über etwas mit uns sprechen, vielleicht ist also noch Zeit. Am allerwichtigsten ist aber, wie er sagt, dass wir nicht sentimental sind, denn Sentimentalität ist der größte Feind der Liebe. Er hat mir sogar gesagt, dass du viel zu sentimental bist und dass ich dir helfen müsse. Jetzt komm«, sagte sie auf mein verblüfftes Gesicht hin, »wir haben nicht viel Zeit für uns.«

Sie legte sich hin und schloss die Augen. Ihr langes Haar floss über das Gras. Ich lag neben ihr, spürte die Schönheit der Vollendung, die die Frau in sich trägt. Sie war selbst der Schoß des Augenblicks. Wenn etwas stirbt, hatte John gesagt, dann wird etwas empfangen, um geboren zu werden. Die Zukunft entfaltete sich in all ihren unendlichen Möglichkeiten. In diesem Augenblick war die Matrix zum ersten Mal in meinem Leben vollständig.

Wieder im Haus, räumten wir auf und machten das Abendessen fertig. Elizabeths Tasche stand noch an der Tür; ich trug sie in ihr Zimmer. Auf dem Frisiertisch standen frische Blumen, und neben ihrem Bett lag ein Buch mit Mevlanas Gedichten. Es dunkelte bereits, deshalb zog ich die Vorhänge zu und schaltete die Nachtlampe ein. Aus Johns Zimmer waren gedämpfte Stimmen zu hören, aber sonst war alles still. Ich ging in unser Zimmer und sah aus dem Fenster. »Wagst du nun, oh Seele, auszugehen mit mir in das unbekannte Land?« Diese Worte gingen mir immer wieder durch den Kopf, während ich zusah, wie das Tageslicht auf den Hügeln blasser wurde.

Später saßen Nur und ich unten zusammen. Sie war in der Küche fertig, und solange Elizabeth noch oben war, hatten wir jetzt Zeit, miteinander zu sprechen. »Nur, was ist eigentlich passiert, während ich weg war? Ich hatte erwartet, dich nach all der Anstrengung müde und voller Sorgen anzutreffen. Statt dessen wirkst du vollkommen entspannt.«

Sie lächelte. »Nicht viel ist passiert. John war sehr schwach und hat nicht viel gesprochen. Er hat sich mit seinen Schriften und Aufzeichnungen beschäftigt und wollte die meiste Zeit offenbar allein gelassen werden. Margaret ist einmal vorbeigekommen und hat gelegentlich angerufen, aber das ist eigentlich schon alles.«

»Aber da ist doch noch was. Irgendwas hat sich in dir verändert. Du wirkst sanfter.«

»Das ist vielleicht, weil ich Johns Tod vollkommen akzeptiert habe. Zu wissen, dass jemand aus deinem Leben genommen wird, ist schön und gut, aber es anzunehmen, das ist etwas anderes. Nicht so sehr das, was er sagte, sondern das, was er nicht sagte, hat mir geholfen, als wir hier allein zusammen waren. Manchmal hat er mich nach dem Essen gebeten, bei ihm zu sitzen; manchmal hat er gesprochen und manchmal nicht. Wenn er sprach, dann oft über dich und mich, und in kurzer Zeit ist in mir eine innere Zuversicht gewachsen, die ich vor langer Zeit verloren hatte. Seit meiner Krankheit ist viel passiert, und es gab viel zu reparieren. Ich glaube, wenn wir wirklich auf den Augenblick vertrauen, gibt es keinen Grund, aufgeregt oder nervös zu sein. Und das ist wirklich alles.«

»Was hat John über uns gesagt?«, fragte ich.

»Oh, nicht allzu viel. Nur eine Menge persönliche Dinge über Mann und Frau und Beziehungen. Er wollte das vertiefen, was er vorher schon gesagt hatte. Überleg mal, wieviel er in der Zeit gesagt hat, über all die Ideen, dass Geburt, Sex, Tod und Empfängnis alle im gleichen Augenblick geschehen.«

»Aber gibt es nicht irgendwelche besonderen Einzelheiten, die du mir erzählen könntest? Es betrifft uns doch beide.«

»Na ja, um ehrlich zu sein«, sagte sie nach einer langen Pause, »John hat angedeutet, wir sollten uns mal übers Heiraten Gedanken machen. Er kann nicht verstehen, dass du mich noch nicht gefragt hast.« Sie stand auf und legte einen Scheit aufs Feuer. Ich konnte ihr Gesicht nicht sehen.

Elizabeth war immer noch oben, und es war bald Zeit zum Abendessen. »Nur«, sagte ich, »hat John das wirklich so gemeint?« Sie nickte schweigend.

»Möchtest du mich heiraten?«, fragte ich sie.

»Ja«, sagte sie leise. »Aber nur, wenn du das mit der Bestimmung akzeptieren kannst – vollkommene Verpflichtung heißt, dass wir alles akzeptieren müssen, was das Leben bringt. Für mich muss die Ehe einen wirkliche Hingabe sein.« Sie sah zu mir auf. Tränen füllten ihre Augen, fielen auf ihr Gesicht und liefen ihr über die Lippen. Noch nie hatte ich den Ausdruck ihrer Augen bei einer Frau gesehen. Das war die Bitte, sie zu erkennen, die Sehnsucht, in die Erde, in das Fleisch selbst aufgenommen zu werden. Ich wusste, sie flehte nicht darum, dass ich sie heiratete – die Sehnsucht in ihren Augen stieg aus einem tiefen Bereich des Weiblichen auf, beschwor einen Mann, zu sehen und zu verstehen, wer sie ist, und sich so der Vollkommenheit zu verpflichten, die in der Frau liegt. Für einen Augenblick waren wir in einer Blase außerhalb der Zeit, einen Sekundenbruchteil zwischen zwei Zyklen. Dann war es vorbei, und ich bat sie in dem Wissen, dass wir uns nicht nur einander, sondern auch dem Leben verpflichten würden, mich zu heiraten.

Ein paar Minuten später hörten wir Elizabeth die Treppe herunterkommen. Wir müssen anders als sonst ausgesehen haben, denn sie blieb einen Moment stehen und musterte uns. »Ah«, sagte sie, und man sah ihr an, dass sie sich freute, »da seid ihr also.

John möchte, dass wir jetzt alle nach oben in sein Zimmer kommen. Ich habe euch vorhin in der Küche gehört, also wird wahrscheinlich für uns alle was zu essen fertig sein. Er möchte nicht viel, vielleicht etwas Suppe, wenn ihr welche habt. Übrigens, Reshad, du hast ihn ja zwei Tage nicht gesehen. Er wird immer schwächer, erschrick nicht. Er hat sich zuerst ganz schön erholt, als ich kam und wir über die alten Zeiten sprechen konnten, aber er hat mit Unterbrechungen den größten Teil des Tages geschlafen, und ich habe einfach nur bei ihm gesessen.«

John war stark verändert. Er wirkte dünner, als sei ein Teil von ihm schon fort. Er saß in seinem Stuhl. Nur brachte ihm seine Suppe und setzte sich dann zu seinen Füßen auf ein Kissen. Er lächelte uns an und reichte mir die Hand.

»Es ist schon wieder lange her«, sagte er.

Er trank seine Suppe schweigend. Schließlich fragte er Nur: »Nun, hast du mit ihm gesprochen?«

»Ja, John. Wir werden heiraten. Ich habe es Elizabeth noch nicht mal gesagt.«

»Gott sei Dank!«, sagte er. »Hast du das gehört, Elizabeth? Jetzt wird endlich alles wahr, was ich vor so langer Zeit gesehen habe. Ah, das ist wunderbar, ihr beiden. Kommt, seht mich an. Mal sehen, ob sich was verändert hat!

Es ist gut«, sagte er nach einer Weile. »Jetzt habt ihr mir geholfen, meine Lebensreise abzuschließen. Ich glaube, Elizabeth und ich haben das beide vorausgesehen. Das ist eine ungeheure und wunderbare Entscheidung. Wenn ich bloß ein bisschen mehr Kraft hätte, dann würden wir jetzt ausgehen und feiern. So kann ich aber wenigstens eine Art Pate für euch sein. Heute Abend bin ich sehr müde, aber vielleicht können wir morgen miteinander sprechen.«

Er lehnte sich in seinen Stuhl zurück. Nach einer langen Pause öffnete er die Augen. »Sprich jetzt nicht«, sagte Elizabeth. »Morgen ist genug Zeit dazu.«

»Du hast recht«, sagte er, »aber heute Abend könnt ihr über ein Thema, eine Idee kontemplieren, und morgen sehen wir dann, was sich darüber sagen lässt. Denkt daran, dass ihr nicht eure Körper seid; ihr seid nicht eure Sinne oder Gefühle, ihr seid nicht einmal der Verstand, den ihr euren nennt. Ihr seid nichts von all dem, und doch ist es der Körper, durch den alles in dieser Welt entsteht. Und wie die Ehe heilig ist, so sind es eure Körper. In der Liebe gibt es nichts, das nicht heilig ist. Jede einzelne der Manifestationen Gottes ist heilig, und sie sind alle in euch. Die Ehe ist ein wunderbares Geschenk, denn durch sie können wir Gott befreien. Denkt darüber nach! Gott ist Liebe, und Liebe ist die reine Kraft, aus der alles entsteht. All das ist in das Gefängnis aus Körper, Geist und

Sinnen eingeschlossen. Die Ehe soll die Liebe in die Welt hinein befreien, ob es die innere Ehe ist oder ihr sichtbarer Ausdruck, wenn zwei Menschen sich vereinigen. Wir sind in der Liebe vereinigt, aber Gott ist immer noch in unseren selbst geschaffenen Illusionen gefangen. Befreit Gott! Befreit die Liebe, die in euch ist. Jeder von euch ist ein Spiegel für den anderen; jeder kann dem anderen auf dem Weg zur einzigen wahren Freiheit eine Hilfe sein. Für mich ist jetzt endlich nichts mehr übrig als Gott.«

In dieser Nacht schliefen wir nicht. Etwas Unumkehrbares war durch unsere Entscheidung und mit Johns Worten in Bewegung gesetzt worden.

Achtzehn

DER MORGEN DÄMMERTE AN EINEM KLAREN HIMMEL. Wir hörten John in seinem Zimmer herumfahren, und dann wurde seine Tür geöffnet. Das Geräusch seines Rollstuhls hielt vor unserer Tür an, und er klopfte sehr leise. »Kommt«, sagte er, »wir wollen Elizabeth nicht wecken. Sie braucht Ruhe.

Jetzt ist die beste Zeit; man kann alle Dinge auf eine ganz andere Art hören. Schiebt mich an meinen Schreibtisch, ich möchte euch beiden etwas geben.«

Stapel von Papier standen säuberlich aufgeschichtet auf dem Schreibtisch und in der Mitte eine kleine Schachtel.

»Das ist ein Siegel, das mir vor vielen, vielen Jahren geschenkt wurde. Ich möchte es an euch weitergeben. Es wurde mir anvertraut, und jetzt sollt ihr es haben. Eines Tages müsst auch ihr es weitergeben. Hier – nehmt es.«

Er reichte uns die Schachtel. Nur öffnete sie. Drinnen lag ein Bronzesiegel, in das keine Worte eingeschnitten waren, nur der Umriss eines *sikke,* des hohen Hutes der Derwische, die dem Weg Mevlanas folgen.

»Du kennst das, Reshad«, sagte John, und Nur erklärte er: »Die Bedeutung ist einfach. Die Derwische tragen diesen Hut; er stellt den Grabstein dar und bedeutet, dass sie für alle Illusionen bereits gestorben sind, bevor sie den Körper abstreifen. Das Wort *Derwisch* bedeutet wörtlich ›Schwelle‹. Ich hoffe, ihr werdet eines Tages für die, die nach euch kommen, wahre Derwische sein.

So, ich habe noch ein paar andere Dinge zu sagen. Hört bitte einfach zu. Lasst zu, dass ihr den inneren Sinn von dem hört, was ich sage. Ein paar Buchstaben, die zu Wörtern zusammengefügt werden, sind nicht der ganze Sinn. Es gibt einen inneren Sinn, und um den geht es mir.

Inzwischen wisst ihr ja sicher, dass wir alle denselben Weg gewandert sind, wissend oder nicht. Ich habe das schon ganz am Anfang angedeutet, als ich sagte, dass ich im Weg Mevlanas die vollendete Möglichkeit sehe. Ich will nicht sagen, dass man es nicht auch auf anderen Wegen finden kann. Natürlich kann man, denn es *gibt* nur die Liebe. Aber *kismet* hat uns auf demselben Weg zusammengeführt, und dieser Weg gewährt uns die Möglichkeit zu sehen, wie alles zur Vollendung gelenkt wird. Es heißt, Mevlana habe die Vereinigung mit Gott erlangt, aber was kann das im Licht dessen, was ich letzte Nacht gesagt habe, bedeuten? Sicherlich heißt es, dass nichts mehr zwischen der Wahrheit und der manifestierten Welt stand. Könnt ihr euch vorstellen, welche Wirkung dieser Mann in einer Zeit, als die Struktur der Religion klar definiert war, auf die Welt hatte? Ist es jetzt anders? Wünscht Gott sich nicht mehr, frei zu sein?

Die berühmtesten Worte Mevlanas sind vielleicht diese:

Komm, komm, wer immer du bist,
Wanderer, Götzenanbeter,
du, der du den Abschied liebst,
es spielt keine Rolle.
Dies ist keine Karawane der Verzweiflung.
Komm, auch wenn du deinen Schwur
tausendfach gebrochen hast.
Komm, komm, noch einmal, komm!

Nehmt diese Worte als Motto eures gemeinsamen Lebens. Wenn die Tür eures Herzens einmal geöffnet ist, dürft ihr sie nie wieder schließen. Christen, Juden und Muslime haben denselben Gott; nehmt jeden auf, der zu euch kommt. Helft, den Gott in ihnen zu befreien, wie ihr einander helfen werdet. Helft ihnen – wer immer sie sind – zu verstehen, dass wir nur durch vollkommene Hingabe in allem, was wir tun, dem gefangenen Gott helfen können. Seht euch die Motive und Absichten eures Handelns an und fragt nach dem Zweck des Lebens. Seid klar in euren Absichten, damit eure Motive rein sind. Das Lernen hört nie auf; die Antwort manifestiert sich in jedem Moment und verbrennt die Schleier einen nach dem anderen, bis es kein ›du‹ und ›ich‹ mehr gibt, sondern nur noch diese ungeheure Einheit allen Lebens. Unterschätzt euch selbst niemals, denn wenn ihr das tut, schlagt ihr die Tür des Gefängnisses wieder zu. Der Gott in jedem von euch ist derselbe, denn es gibt nur einen. Das soll das Thema eurer Ehe und eures gemeinsamen Lebens sein.

Nur noch eins«, sagte er, »dann muss ich eine Weile ausruhen. Auf dem Tisch da drüben sind drei Bücher mit den sechs Bänden des *Mathnawi* von Mevlana Jalaluddin Rumi. Unter denen, die dem Weg folgen, gilt es als eins der großen mystischen Bücher der sufischen Tradition. Wenn ihr wisst, wie es zu lesen ist, findet ihr darin die Antworten auf eure Fragen. Akzeptiert, dass sein Inhalt wahr ist. Gebt mir die Bücher einmal herüber.«

Nur ging hinüber zum Tisch und brachte die Bücher. »Lest jeden Tag ein wenig«, sagte er, »und kontempliert die Bedeutung dessen, was ihr lest. Heute lese ich für euch.«

Wir sahen zu, wie er die drei Bücher nahm und eins davon mit geschlossenen Augen irgendwo öffnete. Er las:

»›Wenn die Kerze ganz vom Feuer der Göttlichen Erleuchtung verzehrt ist, wirst du von ihr oder den Strahlen ihres Lichts keine Spur mehr sehen. Das ist das ewige Strahlen, und diese körperliche Kerze ist vergänglich; die Kerze des Geistes hat eine Göttliche Flamme.‹

Seht ihr, der bewusste Tod ist nichts weiter als die Freisetzung des ewigen Feuers des Geistes.« Er gab uns die Bücher. »Ich bin jetzt sehr müde«, sagte er, »aber könntet ihr Margaret bitte anrufen und ihr sagen, sie möchte in ein paar Stunden einmal vorbeikommen?«

Der Tag verging wie ein Traum. Wir machten für Elizabeth das Frühstück, aber keiner von uns aß viel. Sie sah das Siegel und das *Mathnawi,* sagte aber nichts. Margaret kam gegen elf. Sie blieb nur kurz, und dann sah ich, wie sie still die Treppe herunterkam und das Haus verließ. Sie drehte sich nicht mehr um. Mittags rief Jim an und sprach mit Elizabeth; danach ging sie nach oben. Im Haus war es sehr still.

Niemand sprach. Ich spürte, dass der leiseste Laut den Raum zerreißen und das zeitlose Warten zwischen einem Mann und seiner Bestimmung stören würde. Ich wanderte im Haus umher, erledigte Kleinigkeiten, fand keine Ruhe. Gegen vier knarrte das Gartentor, und ich ging schnell nach draußen, um etwaige Besucher fortzuschicken. Es war ein alter Mann, den ich noch nie gesehen hatte. Er sah aus wie ein Gärtner oder jemand, der auf dem Feld arbeitete. Seine Stiefel waren schlammüberkrustet, Hose und Jacke und auch sein verblasster grüner Hut vom Alter zerschlissen. Als ich auf ihn zuging, legte er einen Finger an den Hut und holte eine unglaublich schöne Rose aus dem Korb, den er trug. Ihre Blüte war von einem so tiefen Rot, dass die inneren Blätter wie schwarzer Samt aussahen. Er gab sie mir und deutete auf das obere Fenster. Dann wandte er sich um und ging ohne ein Wort den Weg hinunter. Ich habe ihn nie wieder gesehen.

Nicht lange danach kam Elizabeth heraus, um uns zu holen, und ich vergaß die Rose.

»Es wird nicht mehr lange dauern«, sagte sie. »Er möchte, dass ihr jetzt hereinkommt.« Ihre Stimme klang gepresst, und ich sah, dass ihr die Tränen in den Augen standen.

Nur und ich stiegen langsam die Treppe hinauf. Ich versuchte, mich an das zu erinnern, was John gesagt hatte: »Halte dir deine Intention bei jedem deiner Schritte vor Augen. Du möchtest Freiheit – vergiss das nie.«

Die Tür stand halb offen, und ein Kegel aus Sonnenlicht lag über dem oberen Teil der Treppe. Johns Stimme war schwach, aber ohne eine Spur von Angst oder Traurigkeit.

»Kommt herein«, sagte er.

Irgendwie hatte Elizabeth ihn ins Bett gebracht. Es war frisch bezogen, und sie hatte ihn mit Kissen aufrecht hingesetzt, so dass er aus dem Fenster über die Felder auf den Hügel blickte. Die Sonne würde kaum noch eine Stunde am Himmel sein. Schatten schoben sich über den Rasen, und die Sonne sank auf die Bäume am Ende des Gartens zu.

»Habt keine Angst. Kommt, holt euch Stühle und setzt euch nah zu mir hin.« Nur und ich setzten uns an eine Seite des Bettes, Elizabeth gegenüber. Er war sehr blass, sein Atem unregelmäßig. Die Wunde war nur mit einem Stück Gaze bedeckt, und man sah darunter die Adern pulsieren. Die unvermeidliche Zigarette brannte neben ihm im Aschenbecher ab. Wir lächelten uns an, als ich mich hinüberbeugte und sie ausdrückte.

»Ich muss mich wegen dieser Angewohnheit nicht mehr lange sorgen.« Wir lachten, und dann wurde seine Stimme ernst.

»Weißt du, Reshad«, sagte er, »wir kommen mit dem Atem in die Welt, und wir verlassen sie mit dem Atem. Es ist Sein Atem des Erbarmens, der uns in die Welt bringt, und es ist derselbe Atem, der uns in die Welt der Wirklichkeit trägt, die jederzeit hier vor uns liegt. Verstehst du? Ich möchte so gern, dass du verstehst.«

»Ja«, sagte ich. »Irgendwo weiß ich.«

»Wir wollen zusammen atmen für die Zeit, die noch bleibt. Ihr beide habt mir so viel Freude gebracht, denn ihr habt viel von dem annehmen können, was mir gegeben wurde, und jetzt ist es an euch, dieses Wissen an andere weiterzugeben. Vergesst nie, dass die

Zukunft dieses Planeten in den Händen der Kinder liegt. Sie wählen sich uns aus. Wenn ihr dafür offen seid, wird euch vielleicht ein Kind geschenkt, das dieses Wissen weitertragen wird in eine wartende Welt.«

Vieles wollte ich noch fragen und für vieles mich entschuldigen, aber ich musste mich jetzt zusammennehmen und daran denken, dass dies die einzige Zeit war, die uns blieb, und dass Tod und Empfängnis in einem Augenblick lagen; etwas Neues würde geboren werden, und dazu musste es still sein.

»Seid nicht traurig.« Die Stimme versagte ihm, und er hustete heftig. Nur kühlte ihm die Stirn mit einem Tuch, bis die Krämpfe sich legten. Seine Handflächen waren schweißnass, und am Hals durchtränkte die Feuchtigkeit langsam sein Hemd. Die Sonne stand tief.

»Es ist nicht nötig, traurig zu sein«, sagte er und drehte sich langsam zu Elizabeth um. »Man trauert wohl in der Zeit des Übergangs, aber vergesst nicht, ich habe nichts mitzunehmen als das Wissen von der Liebe. Ich brauche sonst nichts mehr. Endlich gibt es nichts mehr zu suchen.« Mit großer Mühe griff er nach unseren Händen und hielt sie fest.

Etwas veränderte sich im Zimmer. Die Spannung stieg. Auf der Stirn brach mir der Schweiß aus, und über Elizabeths Gesicht liefen Tränen. Nur war ganz still. John sah jedem von uns tief in die Augen. Er schaute so tief in uns hinein, dass es schien, als blickte er durch uns hindurch. Der Griff seiner Hand wurde fester, und ich bemerkte, dass ich die Spiegelung der untergehenden Sonne in seinen Augen sehen konnte. Sein Kopf war in die letzten orangeroten Strahlen getaucht.

»Es ist Zeit«, sagte er. »Atmet mit mir. Wendet euch nicht ab.«

Plötzlich begann sein Körper zu zittern, kleine Schauder liefen durch jeden Muskel, jede Faser. Ich sah, dass er große Schmerzen hatte, aber er war so vollkommen bewusst, dass er über ihnen stand. Wir hielten seine Hand und sahen das blendende Licht in seinen Augen verblassen. Das Abendrot glitt langsam an seinem Gesicht herunter und auf das Laken über seiner Brust. Einen Augenblick lang waren unsere Hände darin gebadet.

Im Zimmer war es vollkommen still. Seine Stimme war jetzt so schwach, dass wir uns vorbeugten, um verstehen zu können, was er sagte. Sein Körper erschauerte, sank auf die rechte Seite, und ich sah das Blut. Die Arterie in seiner Schulter war aufgebrochen, und das Blut strömte über das Bett. Mit den Augen gab er uns ein Zeichen, nichts zu tun. Mit letzter Kraft hob er den Kopf, um durch das offene Fenster schauen zu können. Das Blut strömte, ein roter Fluss. Wir drehten uns um und sahen mit ihm hinaus. Der Himmel war rot geworden. Der erste Stern glänzte über der Kiefer. Der letzte Vogel war verstummt. »Ich liebe euch«, sagte er. »Sonst gibt es nichts.«

Wir blieben bei ihm, bis es dunkel war, und dann schloss Elizabeth sanft seine Augen. Nur ging nach unten, holte die Rose aus der Küche und stellte sie in einer Vase neben das Bett. Ihr Duft erfüllte das Zimmer. Nur legte ihren Arm um Elizabeth und ging still mit ihr hinaus.

Ich blieb mit John allein. Es war ein zeitloser Zustand, der dennoch alle Zeit enthielt. Er hatte gesagt, Tod und Empfängnis geschähen im gleichen Augenblick. Ich hatte das nie ganz verstanden, aber in der Stille des Zimmers dämmerte mir die Wahrheit dieser Aussage. Wie dumm war Sentimentalität angesichts des Todes! Sentimentalität und Liebe sind die größten Feinde, und wenn Liebe die Ursache der Schöpfung ist und ihre eigene Wirkung, dann geschieht die Manifestation der Liebe in Form eines Kindes dadurch, dass etwas anderes scheinbar stirbt. Aber in Wahrheit gibt es keinen Tod. Als ich mit John in jenen letzten Augenblicken durch das offene Fenster sah, wusste ich das – und nicht als Theorie, sondern als lebendige Wirklichkeit – aus der Erkenntnis, der ich nun nie wieder entkommen konnte. Ich würde es auch nicht wollen. Die Reise der Seele auf dem Pfad der Rückkehr ist keine sentimentale Reise. Das möchte der Verstand gern daraus machen, um sich selbst und die Illusionen, die er sich schafft, zu schützen. Die wirkliche Reise der Seele ist eine Reise im Geist selbst, eine Reise außerhalb der Zeit.

Nur kam zurück ins Zimmer. »Es ist Zeit zu gehen«, sagte sie. »Jim wird gleich da sein, und Elizabeth möchte, dass wir zu Margaret gehen und ihr sagen, dass es vorbei ist.« Sie zog die Bettlaken zurecht und breitete ein frisches Laken darüber. Sie beugte sich herunter und küsste John auf die Stirn; dann verließ sie, ohne sich umzudrehen, das Zimmer und ging die Treppe hinunter.

Ich folgte ihr in den Garten. Wir nahmen Taschenlampen mit und gingen schweigend zu Margarets Haus.

Der Chalice Verlag widmet sich
der Publikation des Werkes von Reshad Feild
und wertvollen Texten aus verschiedenen
spirituellen Traditionen

Unser Verlagsprogramm und weitere Informationen
finden Sie auf unserer Website

www.chalice-verlag.com

Weitere Titel
im Chalice Verlag

Der erste Teil der autobiografischen Trilogie: ein echter Klassiker der modernen spirituellen Literatur und eines der großen Selbstzeugnisse mystischer Sinnsuche, das in den vergangenen vierzig Jahren weltweit Hunderttausende von Lesern beeindruckt hat.

In dieser packend erzählten Geschichte begleiten wir einen jungen Engländer auf seiner abenteuerlichen Suche nach der wirklichen Bedeutung des Lebens und den allerletzten Wahrheiten. Unter der Führung des geheimnisvollen Antiquitätenhändlers Hamid, der sich im Laufe dieses ›metaphysischen Roadmovies‹ als ein strenger spiritueller Lehrer entpuppt, entwickelt sich Reshads Interesse an den Derwischen des Mittleren Ostens zu einer äußeren wie inneren Entdeckungsreise zu heiligen Stätten, weisen Menschen und tiefen Einsichten in die Wirklichkeit der Welt. Unter härtesten Prüfungen, die sein westliches Denken erschüttern, wird er in die inneren Lehren des Sufismus eingeführt und mit den Geheimnissen des Atems, der spirituellen Bedeutung der Jungfrau Maria und den gemeinsamen Wurzeln der jüdischen, christlichen und islamischen Traditionen vertraut gemacht. Schritt für Schritt beginnt er, die Heiligkeit allen Lebens zu verstehen, und erfährt die Liebe als die Erste Ursache der Schöpfung, bevor ihm schließlich die Erkenntnis der Einheit des Seins gewährt wird.

»Eine eloquente Orchestrierung, die von sehr hoher Kreativität zeugt« (*The Times*). »Wenn Sie sich für die Weisheit dieses Buches öffnen, wird es Ihr Leben verändern« (Ellen Burstyn).

ISBN 978-3-942914-11-6
216 Seiten

Im dritten Teil seiner autobiografischen Trilogie rundet der Autor die Erzählung der ersten beiden Bände, *Die letzte Schranke* und *Wissen, dass wir geliebt sind,* mit einer bunten Sammlung von Geschichten ab, die frühere und spätere Stationen seiner jahrzehntelangen Suche nach der Wahrheit und dem Sinn des Lebens auf der Erde ebenso hintergründig wie humorvoll schildern. Wir begleiten ihn auf seinen Reisen zu spirituellen Zentren und esoterischen Schulen nach Kanada, den Vereinigten Staaten, Mexiko, England, Deutschland oder Südfrankreich. Dabei begegnen uns weitere eindrückliche und geheimnisvolle Gestalten – ein afghanischer Derwischkoch, ein milliardenschwerer Alchimist, ein indianischer Flötenmacher, eine bezaubernde Hollywood Schauspielerin, ein entflohener Strafgefangener und viele andere – sowie bekannte Mystiker und Lehrer wie Mikhael Aivanhov, Pir Vilayat Inayat Khan oder E.J. Gold. Diese vom Leben geschriebenen Geschichten bieten uns farbige Einblicke in die innere Essenz des Sufismus, aber auch in die spirituellen Traditionen der Hopi-Indianer oder der Zigeuner, und lehrreiche Ausführungen über Transformation, Geomantie oder die Heilkunst und über »die Weisheit der Unbeständigkeit«.

»Ich schreibe in Bildern, die meine Leser, wie ich hoffe, ohne endgültige Antwort zurücklassen, dafür aber mit einer ewigen Frage – mit jener Frage, die das Blut in unseren Adern bewegt. Schließlich gibt es keine Antworten; es gibt nur immer einfacher werdende Fragen.«

ISBN 978-3-942914-13-0
220 Seiten

Das Buch enthält einen Schatz an tiefen Einsichten aus spiritueller Perspektive in das große Mysterium des Atems. Inspirierende Vorträge, praktische Übungsanleitungen und eine Auswahl poetischer Texte aus unterschiedlichsten Traditionen laden die Leser ein, das Wunder des Atems auf vielen Ebenen zu erforschen.

Was ist dieser Atem? Welche Bedeutung liegt in diesem Leben spendenden Geheimnis? Wie wichtig ist das bewusste Atmen für echte spirituelle Transformation? Was sagt uns die Tatsache, dass unser Leben all seine Möglichkeiten zwischen einem Einatmen und einem Ausatmen entfaltet? Wie hängt das alles mit dem Rhythmus des Universums und der Zeit zusammen? Welche Rolle spielt der Atem im »Werden des Seins« aus dem immerwährenden »Schoß des Augenblicks«? Wie können wir Nahrung einatmen und sie ins alchimistische Exilier destillieren, das wir für die nachhaltige Verwandlung unseres Lebens brauchen? Wie können wir ausatmen, um die Atmosphäre in einem Raum oder in einer Situation zu verändern, in Verantwortung für unsere Mitmenschen und für die »kommende Welt«? Was könnte es bedeuten, dass Jesus »auf dem Wasser wandelte« und dass »Atem und Geist eins sind«? Welches ist die esoterische Beziehung zwischen Maria, Jesus, dem Geist Gottes, *Ruh Allah,* und Christus?

Vor dem Hintergrund seines lebenslangen Studiums der großen spirituellen Traditionen der Menschheit und insbesondere der inneren Essenz der Sufi-Lehren liefert uns der Autor Gedankenanstöße und praktische Tipps zur Atemarbeit in unserem Alltag.

ISBN 978-3-942914-09-3
172 Seiten

Der Atem ist vielleicht eines der größten Geheimnisse überhaupt. Wenn wir uns unseres Atems bewusst werden, erhalten wir die Fähigkeit, tiefgreifende Veränderungen hervorzurufen: in unserem Körper, unserem Geist und unseren Sinnen, aber auch in unserer unmittelbaren Umwelt. Was ist dieser Atem, der den Grund bildet für das Wunder des Lebens?

In diesem Klassiker der Atemliteratur gibt Reshad Feild, der bekannte englische Mystiker, spirituelle Lehrer und Bestsellerautor (*Die letzte Schranke – Ich ging den Weg des Derwischs*) wertvolle Gedankenanstöße und Übungsanleitungen zur Beleuchtung dieser zeitlosen, existenziellen Fragestellung.

Einen bewussten Atemzug zu tun, heißt, die Verantwortung zu übernehmen für diesen einen gegenwärtigen Augenblick – diesen einzigen Moment, der uns wirklich zur Verfügung steht. Das bewusste Atmen bringt die Dinge in Fluss, und dann erst kann wirkliche Veränderung geschehen. Wir müssen durch Erfahrung verstehen lernen, wie der Atem unser Leben buchstäblich umkrempeln kann.

Aus dem Inhalt: Atemthemen · Zeit zählt · Ein Gedanke im Geist Gottes · Die Triade der Freiheit · Erwartung · Reinkarnation und ewige Wiederkunft · Bestimmung · Sensibilität · Wie oben, so auch unten · Die Pforten-Übung · Stirb, bevor du stribst · Das Licht jenseits der Sonne · Der Mutteratmen.

ISBN 978-3-905272-15-4
156 Seiten

»Ein spirituelles Leben zu führen, heißt, ganz natürlich und normal zu leben und nicht dauernd zu versuchen, vor dem Leben zu fliehen. ›Natürlich‹ meint das Gleiche wie ›spirituell‹, und beides bedeutet, mit dem Fluss des Lebens selbst eins zu sein. Ein spirituelles Leben zu führen, heißt, dem Ewigen zu gestatten, sich durch uns im gegenwärtigen Augenblick zu äußern, ohne es allzu sehr von unseren inneren Schleiern färben zu lassen. Diese Schleier verzerren die Erscheinungsformen und blockieren den Fluss der Essenz, die sich manifestieren möchte.«

Aus dem Inhalt dieser *Vorträge über das Abenteuer der Selbstfindung:* Die Frage stellen · Die Suche nach Identität · Die Notwendigkeit wirklicher Veränderung · Bewusste Liebe · Erinnerung, Meditation, Vertrauen und Dienen · Freiheit · Der Pfad der Rückkehr · Notwendigkeit des Willens · Demut und das Wirken der Liebe · Entscheidung · Einstimmung · Der einzige Zweck der Liebe ist Schönheit · Nahrung · Der Atem · Erkenntnis der Wahrheit · Bewusstes Leiden · Lieben · Verlangen · Trennung überwinden · Das Fixieren von Gold im Herzen · Hindernisse für die Transformation · Das Werk beginnen · Transformation und Energien · Sein und Aufnahmefähigkeit · Muster · Dem Gast dienen · Gemeinschaft · Brüderlichkeit · Gebet · Stirb, bevor du stirbst · Gotteserkenntnis · Der Pfad des Mystikers · Symbolik der Hochzeitszeremonie · Grenzen des Verstandes · Erschaffung der Seele · Alchimie des Herzens.

ISBN 978-3-905272-14-8
184 Seiten

ISBN
978-3-905272-21-5
400 Seiten · € 35,–

ISBN
978-3-905272-22-2
400 Seiten · € 36,–

ISBN
978-3-942914-01-7
424 Seiten · € 36,–

Die innere Arbeit – Studienmaterial einer lebenden esoterischen Schule Band I bis III

Mit diesen grundlegenden Studientexten von Reshad Feild bietet der Chalice Verlag zum ersten Mal einem breiteren Publikum Einblick in die Arbeitsweise einer lebenden esoterischen Schule. Das dreibändige Werk mit insgesamt 1200 Seiten und zahlreichen Abbildungen ist eine zweisprachige Sammlung von Textmaterial, welches bisher ausschließlich Initiierten vorbehalten war, und stellt ein eindrückliches Zeugnis der über vierzigjährigen, weltweiten Lehrtätigkeit des bekannten englischen Autors dar.

»Als Erstes muss man verstehen, dass auf dem Weg der Lehrer den Schüler auswählt, und nicht anders herum. Es ist deutlich zu erkennen, dass dies die Umkehrung des üblichen Schulsystems ist, wo wir sozusagen ›bekommen, wofür wir bezahlt haben‹.«

»Ich betrachte ›für die Eingeweihten oder die Vorbereiteten‹ als die beste Definition des Begriffs ›esoterisch‹. In anderen Worten: Eine esoterische Schule besteht für bestimmte Typen von Menschen, die an einer besonderen Art von Wissen interessiert sind, und in diesem Fall ist es – natürlich – die Kenntnis seiner selbst. Bis zu diesem Ziel gibt es offensichtlich viele Etappen und ebenso viel zu opfern wie zu lernen und zu studieren. In dem Moment, in dem wir auf eine solche Schule treffen, ist es fast so, als ob wir alles aufzugeben hätten, von dem wir dachten, es sei für uns wirklich, da sie auf nichts Geringerem basiert als der Universellen Liebe.«

Sex ist eine der machtvollsten Kräfte in unserem Leben, und doch vermögen nur die wenigsten Menschen, ihn ganzheitlich zu betrachten. Weit über Fortpflanzung und Vergnügen hinaus kommt ihm besondere Bedeutung für die spirituelle Transformation des Menschen zu. Suchenden, denen sich zu diesem Thema schwierige Fragen stellen, bietet dieses Buch neue Denkanstöße und überraschende Blickwinkel auf eines der größten Wunder und tiefsten Rätsel der Schöpfung. In diesen zusammengestellten Auszügen aus seinen Vorträgen behandelt der Naturwissenschaftler, Philosoph und spirituelle Lehrer Bennett Themen wie den Ursprung der Sexualität, ihr Verhältnis zur Liebe, die Bedeutung des Geschlechtsakts, die komplementären Rollen von Mann, Frau und Kind, Ehe und Partnerschaft, Fortpflanzung, Elternschaft, Kreativität, »negativen Sex« sowie psychologische und gesellschaftliche Aspekte.

»Die innere Spaltung des Menschen ist die Trennung seiner geistigen und materiellen Hälften. Sie führt zur Unzufriedenheit und Suche, die seine Transformation erst ermöglichen. Die wirkliche Freude am Sex liegt weder in gedanklicher Stimulation noch in emotionaler Erregung, sondern in verbesserter Klarheit, Kraft und Stärke der Erfahrung auf allen Ebenen. Im Geschlechtsakt können wir wahrhaft wir selbst sein, und dies sollte uns in Sachen Sex sehr feinfühlig machen.«

ISBN 978-3-942914-06-2
120 Seiten

Guter Geschmack will gelernt sein: *Le bon-goût s'apprend.* Das gilt insbesondere für das spirituelle Schmecken der Einheit des Seins. In dieser einzigartigen Anthologie beschreiben liebestrunkene Sufis, wahrheitshungrige Gnostiker, erkenntnisdurstige Geisterseher und verschmitzt-weise Skandalgurus, hingebungsvolle Brotbäcker, humorbegnadete Geschichtenerzähler, ägäisverzauberte Lebensreisende und extremfastende Meisterspione Möglichkeiten und Wege, das Feine vom Groben zu unterscheiden, das Obere mit dem Unteren zu verbinden und so die scheinbare Trennlinie zwischen dem Körperlichen und dem Spirituellen zu überwinden. Wenn wir die ›Küchenarbeit an uns selbst‹ in der richtigen, nämlich dienenden Haltung angehen, kultivieren wir in uns diesen guten, feinen Geschmack für die Nähe Gottes. Bewusstes Kochen und Gekochtwerden lässt uns die Heiligkeit in der Transformation von Äußerem und Innerem entdecken.

Neben Ausgesuchtem von Jalaluddin Rumi, Bahauddin Walad, Hafis, Khalil Gibran, Bulent Rauf, Reshad Feild, Muzaffer Ozak, G.I. Gurdjieff, P.D. Ouspensky, Idries Shah, Osho, Scotus Eriugena, Emanuel Swedenborg oder Henry Miller finden sich hier zum ersten Mal auf Deutsch vorliegende Trouvaillen von Annemarie Schimmel, Muhyiddin Ibn Arabi, John G. Bennett, Christopher Bamford und Paul Dukes.

ISBN 978-3-942914-20-8
324 Seiten